中國小說發展史

唐傳奇與宋代通俗文學的崛起

從《鶯鶯傳》到《清平山堂話本》
從傳奇小說的誕生到話本的初生

作者

石昌渝

目錄

目錄

參考文獻

後記

目錄

自序

　　自魯迅《中國小說史略》問世以來，近百年間，這類作品可以說林林總總，其中小說斷代史、類型史居多，小說全史也有，然全史鮮有個人編撰者。集體編撰，集眾人之力，能在短時間裡成書，且能發揮撰稿者各自所長，其優勢是明顯的，但它也有一個與生俱來的弱點：脈絡難以貫通。即便有主編者訂定體例，確定框架，編次章節，各章撰稿人卻都是秉持著自己的觀點和書寫風格，各自立足本章而不大能夠照應前後，全書拼接痕跡在所難免。因此，多年以前我就萌發了一個心願：以一己之力撰寫一部小說全史。

　　古代小說研究，在古代文學研究領域中，比詩文研究要年輕得太多，作為一門學科，從「五四」新文學運動算起，也只有百年的歷史，學術在不斷開拓，未知的空間還很大。就小說文獻而言，今天發現和開發挖掘的就遠非魯迅那個時代可以相比的了。對於小說發展的許多問題和對於小說具體作品的思想藝術，一代人有一代人的看法。史貴實、貴盡，而史實正在不斷產生，每過一秒就多了一秒的歷史，「修史」的工作也會一代接續一代地繼續下去。

　　小說史重寫，並不意味著將舊的推翻重來，而應當是在舊的基礎上修訂、補充，在想法上能夠與時俱進。我認為小說史

自序

不應該是小說作家、作品論的編年，它當然應該論作家、論作品，但它更應該描敘小說歷史發展的進程，揭示小說演變的前因後果，呈現接近歷史真相的立體和動態的圖景。小說是文學的一部分，文學是文化的一部分，文化是社會生活的一部分，小說創作和小說形態的生存及演變，與政治、經濟、思想、宗教等有著千絲萬縷的關係，揭示這種複雜關係洵非易事，但它卻是小說史著作必須承擔的學術使命。小說史既為史，那它的描敘必須求實。經過時間過濾篩選，今天我們尊為經典的作品固然應該放在史敘的顯要地位，然而對那些在今天看來已經黯然失色，可是當年在民間盛傳一時，甚至傳至域外，對漢文化圈產生了較大影響的作品，也不能忽視。史著對歷史的描述大多不可能與當時發生的事實吻合，但我們卻應當努力使自己的描述接近歷史的真相。

以一己之力撰寫小說全史，也許有點自不量力，壓力之大自不必說。從動筆到今天完稿，經歷了二十多個年頭，撰寫工作時斷時續，但從不敢有絲毫懈怠。我堅信獨自撰述，雖然受到個人條件的諸多局限，但至少可以做到個人的小說觀念能夠貫通全書，各章節能夠前後照應，敘事風格能夠統一，全書也許會有疏漏和錯誤，但總歸是一部血脈貫通的作品。現在書稿已成，對此自己也不能完全滿意，但限於自己的學識，再加上年邁力衰，也就只能如此交卷了。

導論

一、小說界說

　　為小說撰史，首先要弄清楚「小說」指的是什麼。「小說」概念，歷來糾纏不清。糾纏不清的原因，是我們總在文字上打轉。「小」和「說」的連用，最早見於《莊子‧外物》：「飾小說以干縣令，其於大達亦遠矣。」意思是說裝飾淺識小語以謀取高名，那與明達大智的距離就遙遠了。這裡「小說」還不是文體概念。首先指「小說」為一種文類的是東漢的桓譚和班固。桓譚說：「若其小說家，合叢殘小語，近取譬論，以作短書，治身理家，有可觀之辭。」[01]

　　班固說：「小說家者流，蓋出於稗官。街談巷語，道聽塗說者之所造也。孔子曰：『雖小道，必有可觀者焉，致遠恐泥。』是以君子弗為也，然亦弗滅也。閭里小知者之所及，亦使綴而不忘，如或一言可采，此亦芻蕘狂夫之議也。」[02]

　　兩人說法相近，皆指一種「叢殘小語」，記錄的是街談巷語，「芻蕘狂夫之議」，其中或者含有一些治身理家的小道理。班固說這些「叢殘小語」是由專門收集庶人之言的「稗官」所編撰，意在向天子反映民情。這種文類與後世文學類中散文敘事

01　《昭明文選》卷三十一江淹雜體詩〈李都尉陵從軍〉注。

02　《漢書‧藝文志》。

的小說絕不是一回事，但「小說」作為一種文體概念卻成立了，而且影響深遠。後來歷代史傳典志著錄藝文類都有「小說家」，正如清代《四庫全書總目》所說，「其來已久」，並將「小說」分為三派，「敘述雜事」，「記錄異聞」，「綴輯瑣語」。如《西京雜記》、《世說新語》、《唐國史補》、《開元天寶遺事》、《癸辛雜識》、《輟耕錄》等歸在「雜事」類，《山海經》、《穆天子傳》、《漢武故事》、《搜神記》、《夷堅志》等歸在「異聞」類，《博物志》、《述異記》、《酉陽雜俎》等歸在「瑣語」類。《四庫全書總目》認為「小說」應承擔「寓勸戒、廣見聞、資考證」的功能，所謂「猥鄙荒誕，徒亂耳目者」，不合古制，有失雅馴，一概排斥。《四庫全書總目》的「小說」概念，代表了傳統目錄學的觀點，與文學類的「小說」含義相差甚遠。

　　按照《四庫全書總目》的小說概念，不但白話短篇小說如「三言二拍」之類算不上小說，就連文言的唐代傳奇、《聊齋志異》之類也算不上小說，於是有人認為今天稱之為文學敘事散文的「小說」概念來自於西方。這種看法是知其一，不知其二。殊不知古代，至遲在明代已存在文學敘事散文「小說」的概念，它與傳統目錄學的小說概念並存。明代產生了《三國志演義》、《水滸傳》、《西遊記》、《金瓶梅》四大奇書，產生了「三言」、「二拍」，這些作品，當時人已經稱它們為小說了。清康熙年間，劉廷璣《在園雜誌》就說：

蓋小說之名雖同，而古今之別則相去天淵。自漢、魏、晉、唐、宋、元、明以來不下數百家，皆文辭典雅，有紀其各代之帝略官制，朝政宮幃，上而天文，下而輿土，人物歲時，禽魚花卉，邊塞外國，釋道神鬼，仙妖怪異，或合或分，或詳或略，或列傳，或行紀，或舉大綱，或陳瑣細，或短章數語，或連篇成帙，用佐正史之未備，統曰歷朝小說。讀之可以索幽隱，考正誤，助詞藻之麗華，資談鋒之銳利，更可以暢行文之奇正，而得敘事之法焉。降而至於「四大奇書」，則專事稗官，取一人一事為主宰，旁及支引，累百卷或數十卷者……近日之小說若《平山冷燕》、《情夢柝》、《風流配》、《春柳鶯》、《玉嬌梨》等類，佳人才子，慕色慕才，已出之非正，猶不至於大傷風俗。若《玉樓春》、《宮花報》，稍近淫佚，與《平妖傳》之野、《封神傳》之幻、《破夢史》之僻，皆堪捧腹，至《燈月圓》、《肉蒲團》、《野史》、《浪史》、《快史》、《媚史》、《河間傳》、《癡婆子傳》，則流毒無盡。更甚而下者，《宜春香質》、《弁而釵》、《龍陽逸史》，悉當斧碎棗梨，遍取已印行世者，盡付祖龍一炬，庶快人心。[03]

　　文中所說「歷朝小說」就是傳統目錄學的「小說」，它與文學範疇的小說「相去天淵」，足證今天我們要為之撰史的「小說」的概念，是與「四大奇書」等作品伴生的，絕非舶自西洋。

　　理論源於實踐，有了「四大奇書」宏偉絢麗的巨著，自然就

03　劉廷璣：《在園雜誌》卷二，中華書局 2005 年版，第 82—85 頁。

會有相應的小說理論。在明清兩代有關小說的理論文字中，我們大致可歸納出明清時代對於小說的概念大致有三個要點：

第一，小說以愉悅為第一訴求。明代綠天館主人《古今小說敘》云：「按，按南宋供奉局，有說話人，如今說書之流，其文必通俗，其作者莫可考。泥馬倦勤，以太上享天下之養，仁壽清暇，喜閱話本，命內瑺日進一帙，當意，則以金錢厚酬。於是內瑺輩廣求先代奇蹟及閭里新聞，倩人敷演進御，以怡天顏。」且不論太監進御話本一事之有無，重點是在話本供人消遣這個事實上。凌濛初說他創作《拍案驚奇》是「取古今來雜碎事可新聽睹、佐談諧者」[04]，後來又作《二刻拍案驚奇》同樣是「偶戲取古今所聞一二奇局可紀者，演而成說，聊舒胸中磊塊。非日行之可遠，姑以遊戲為快意耳。」[05]。所謂「新聽睹、佐談諧」、「以遊戲為快意」，都是強調小說是以娛心為第一要義。明代戲劇家湯顯祖談到文言的傳奇小說也持同樣觀點，他為傳奇小說選集《虞初志》作序時說，該書所收作品「以奇僻荒誕，若滅若沒，可喜可愕之事，讀之使人心開神釋，骨飛眉舞。雖雄高不如《史》、《漢》，簡澹《世說》，而婉縟流麗，洵小說家之珍珠船也」[06]。

04　即空觀主人（凌濛初）：《拍案驚奇·自序》。

05　即空觀主人：《二刻拍案驚奇·小引》。

06　湯顯祖：《點校虞初志序》，《湯顯祖詩文集》卷五十，上海古籍出版社 1982 年版，第 1482 頁。

第二，出於愉悅的訴求，為滿足讀者的好奇和快心，小說不能不虛構。明代「無礙居士」《警世通言敘》稱，小說「人不必有其事，事不必麗其人」；明代謝肇淛[07]說：「凡為小說及雜劇戲文，須是虛實相半，方為遊戲三昧之筆。亦要情景造極而止，不必問其有無也……近來作小說，稍涉怪誕，人便笑其不經，而新出雜劇，若《浣紗》、《青衫》、《義乳》、《孤兒》等作，必事事考之正史，年月不合，姓字不同，不敢作也，如此則看史傳足矣，何名為戲？」

　　清代乾隆年間陶家鶴《綠野仙蹤序》則說得更徹底：「世之讀說部者，動日『謊耳謊耳』。彼所謂謊者，固謊矣；彼所謂真者，果能盡書而讀之否？……夫文至於謊到家，雖謊亦不可不讀矣。願善讀說部者，宜急取《水滸》、《金瓶梅》、《綠野仙蹤》三書讀之。彼皆謊到家之文字也。」[08]

　　小說雖為杜撰，但並非沒有真實性，它的真實性不表現為所寫人和事為生活中實有，而是表現為所虛構的人和事反映著生活邏輯的真實。

　　第三，既然小說為娛心而虛構，就必須如謝肇淛所說，「亦要情景造極而止」，也就是說，要把假的寫成像是真的，把虛擬的世界描繪得像生活中真實發生的那樣，使人相信，令人感

07　謝肇淛：《五雜組》卷十五「事部三」，上海書店出版社 2001 年版，第 313 頁。

08　陶家鶴：《綠野仙蹤序》，《綠野仙蹤》，人民文學出版社 1987 年排印本「附錄」，第 815 頁。

動。這樣，就必須調動筆墨，該渲染處要渲染，該描摹處要描摹，總之要達到繪聲繪色、惟妙惟肖的境界。如此，一般來說「尺寸短書」便容納不了，且不說長篇章回小說，就是話本小說和文言的傳奇小說，也都不是《搜神記》、《世說新語》式篇幅所能容納得了的。

如果上述概念基本符合歷史事實的話，那麼可以說古代小說的誕生在唐代，以傳奇文為主體的文言敘事作品是小說的最初形態。宋元俗文學興起，由說唱技藝的「說話」書面化而形成的話本和平話，漸漸成長為長篇的章回小說和短篇的話本小說，以「四大奇書」和「三言」為代表，構成小說的主體，並登上文壇與傳統詩文並肩而立。唐前的志怪、志人以及雜史雜傳雖然與小說有歷史淵源，但它們只是小說的孕育形態，還不具有小說文體的內涵。不能依據歷代史志的「小說」概念，把「小說家類」所著錄的作品都視為文學範疇的小說，從而把小說文體的誕生上溯到漢魏甚至先秦。

二、娛樂與教化

小說的產生，遠在詩歌和散文之後。如果說因情感抒發的需要而創造了詩，因資政宣教的需要而創造了文，那麼因娛樂消遣的需要則創造了小說。魯迅說詩歌起源於勞動，小說起源於休息，「人在勞動時，既用歌吟以自娛，借它忘卻勞苦了，

則到休息時，亦必要尋一種事情以消遣閒暇。這種事情，就是彼此談論故事，而這談論故事，正就是小說的起源」[09]。這推測大概距事實不遠。但說故事是口頭的文學，不是書面文學的小說，從口頭到書面的轉化，究竟是怎樣實現的？講故事的傳統可以追溯到上古時代，像清初小說《豆棚閒話》所描寫的鄉村豆棚下講說故事的情形，大概沿演了數千年。口頭故事和書面故事儘管只有一紙之隔，可是從口頭到書面的轉化卻經歷了漫長的歷史歲月。轉化必須條件具備。物質的條件是造紙和印刷，早期的甲骨、絹帛、竹簡不可能去承載供消遣的故事；精神的條件是人們在觀念上接受書面故事也是文的一個部分，傳統觀念認為文章是經國之大業，《文心雕龍》第一篇即為〈原道〉，「聖因文以明道」，「文之為德也大矣」[10]，用文字記錄娛樂性故事，豈不是對經國大業的褻瀆？民間下士或許可以這樣做，但一般看重聲譽的文人卻不屑或者不敢這樣做。而故事要提升到情節的藝術層面，必須要有具備文化修養和文學功底的文人參與。

誠然，唐代以前也有一些文字記錄了口傳故事，但它們絕不是為娛樂而記錄。先秦諸子散文如《莊子》、《孟子》、《荀子》、《韓非子》等都或多或少採擷了口傳故事，這些故事只是被先秦思想家們用來闡明某些哲理。魏晉南北朝有志怪的《搜神

09　魯迅：《中國小說的歷史的變遷》。

10　劉勰：《文心雕龍・原道》。引自周振甫《文心雕龍注釋》，人民文學出版社 1981年版，第 1 頁。

記》之類的許多作品，這些作品的宗旨主要在宣揚神道，多為佛教、道教的輔教之書[11]；志人的《世說新語》之類的許多作品是當時為舉薦需要創作的作品，是人倫鑒識的產物，它們所記錄超邁常人的異操獨行，是供士人學習和仿效的，《世說新語》也就成為士人的枕邊書；雜史雜傳中有許多故事，但它們是史傳的支脈，是為補正史之不足而存在的，絕非供人娛樂消遣。

　　不可否認，唐前的志怪、志人和雜史雜傳都程度不同地含有文學的因素，從敘事傳統來說，它們孕育了小說，或者可以說是「古小說」、「前小說」。從唐前的「古小說」轉化為唐傳奇這個小說的最初形態，其驅動力量就是娛樂。文人遊戲筆墨，拿文字作為遊戲消遣工具，並且成為一種潮流，始於唐代。這並非偶然，唐代是一個開放的、思想多元的時代，儒家的文道觀不再是文壇的主宰力量。詩言志，文以載道，已不是不可違背的金科玉律。白居易的〈江南喜逢蕭九徹，因話長安舊遊，戲贈五十韻〉、白行簡的《天地陰陽交歡大樂賦》等，描寫豔情，其筆墨之放肆，並不下於張鷟的傳奇小說〈遊仙窟〉。就是以重振儒家道統文統為己任的韓愈，受世風薰染，也免不了涉足小說的撰作，因而遭到張籍的批評，引發了一場關於小說是否為「駁雜之說」的爭論。唐代文人用文學消遣已無甚顧忌，是小說誕生的精神條件。

11　詳見湯用彤《漢魏兩晉南北朝佛教史》第十五章，中華書局 1983 年版。

事實上，唐傳奇大多就是士大夫貴族閒談的產物。韋絢說他的《嘉話錄敘》是劉禹錫客廳上閒聊的記錄，「卿相新語，異常夢話，若諧謔、卜祝、童謠、佳句，即席聽之，退而默記，或染翰竹簡，或簪筆書紳」，記錄之目的，「傳之好事以為談柄也」[12]。陳鴻談到他的〈長恨歌傳〉的寫作緣起時說：「元和元年冬十二月，太原白樂天自校書郎尉於盩屋，鴻與琅琊王質夫家於是邑。暇日相攜游仙遊寺，話及此事（指唐玄宗與楊貴妃事），相與感嘆。質夫舉酒於樂天前日：『夫希代之事，非遇出世之才潤色之，則與時消沒，不聞於世。樂天深於詩，多於情者也，試為歌之，如何？』樂天因為〈長恨歌〉。意者不但感其事，亦欲懲尤物，窒亂階，垂於將來者也。歌既成，使鴻傳焉。」[13]〈長恨歌傳〉得之於遊宴，而〈任氏傳〉則聞之於旅途，「建中二年，既濟自左拾遺於金吳。將軍裴冀，京兆少尹孫成，戶部郎中崔需，右拾遺陸淳皆適居東南，自秦徂吳，水陸同道。時前拾遺朱放因旅遊而隨焉。浮潁涉淮，方舟沿流，晝宴夜話，各征其異說。眾君子聞任氏之事，共深嘆駭，因請既濟傳之，以志異云」[14]。李公佐的〈古岳瀆經〉也聞之於旅途，

12　韋絢：《嘉話錄敘》。轉引自侯忠義編《中國文言小說參考資料》，北京大學出版社1985年版，第254頁。

13　陳鴻：〈長恨歌傳〉。引自汪辟疆校錄《唐人小說》，上海古籍出版社1978年版，第141頁。

14　沈既濟：〈任氏傳〉。引自汪辟疆校錄《唐人小說》，上海古籍出版社1978年版，第58頁。

「貞元丁丑歲，隴西李公佐泛瀟湘、蒼梧。偶遇征南從事弘農楊衡，泊舟古岸，淹留佛寺，江空月浮，征異話奇」，楊衡講述無支祁的故事，幾年以後，李公佐訪太湖包山，於石穴間得古《岳瀆經》殘卷，所記無支祁事蹟與楊衡所述相符，由此寫成〈古岳瀆經〉。[15] 李公佐煞有介事，似乎確有水神無支祁，其實學者一看即知其為虛誇以娛目而已，明代宋濂指它是「造以玩世」[16]，胡應麟也稱之為「唐文士滑稽玩世之文」[17]。唐傳奇得之於閒談，這樣的例子不勝枚舉。

曾有一說認為唐傳奇可作行卷，有博取功名之用，傳奇小說由是而興，系根據宋代趙彥衛《雲麓漫鈔》卷八的一段話：「唐之舉人，先藉當世顯人以姓名達之主司，然後以所業投獻。逾數日又投，謂之溫卷。如《幽怪錄》、《傳奇》等皆是也。蓋此等文備眾體，可以見史才、詩筆、議論。」今人程千帆指出趙彥衛的話與現存的關於唐代納卷、行卷制度的文獻所提供的事實不合 [18]，不足為據。倒是有證據證明，傳奇小說因其內容虛妄，作為納卷呈獻禮部後反倒壞了科舉的前程。錢易《南部新書》甲卷：「李景讓典貢年，有李復言者，納省卷，有《纂異》一部

15　李公佐：〈古岳瀆經〉。引自張友鶴選注《唐宋傳奇選》，人民文學出版社 1964 年版，第 55 頁。

16　宋濂：《宋學士全集》卷三十八〈刪〈古岳瀆經〉〉。

17　胡應麟：《少室山房筆叢》卷三十二〈四部正訛下〉，上海書店出版社 2001 年版，第 316 頁。

18　程千帆：《唐代進士行卷與文學》，上海古籍出版社 1980 年版。

十卷。榜出曰：『事非經濟，動涉虛妄，其所納仰貢院驅使官卻還。』復言因此罷舉。」《纂異》即今傳《續玄怪錄》，李景讓知貢舉為唐文宗開成五年（西元八四〇年）。可見，納卷、行卷的內容應當有關「經濟」（經時濟世），是明道的文字，絕非遊戲筆墨如傳奇小說之類[19]。白話小說晚於文言小說，它是由口頭技藝「說話」轉變而成。「說話」是宋元勾欄瓦肆供娛樂的技藝，從口頭技藝轉變為書面文學的話本和平話，娛樂的宗旨一以貫之。

但是，單純娛樂的文字是行之不遠的，現存的早期話本如〈柳耆卿詩酒玩江樓記〉、〈西湖三塔記〉、〈洛陽三怪記〉、〈西山一窟鬼〉、〈孔淑芳雙魚扇墜傳〉等，故事之離奇，足以聳人聽聞，然而僅止於感官而已。馮夢龍就曾批評〈玩江樓〉、〈雙魚墜記〉之類為「鄙俚淺薄，齒牙弗馨焉」[20]。娛樂是小說的原生性功能，娛樂的動力如果失去審美和教化的導向，就會陷於低級惡謔的泥淖。唐傳奇雖然產生於徵奇話異的閒聊之中，但畢竟是在文人圈子裡講傳，灌注著文人的情志，多少蘊含有審美、道德、政治、哲理、宗教等意蘊。唐前志怪寫狐精的很多，唐傳奇〈任氏傳〉也寫狐精，但它卻能化腐朽為神奇，在狐精任氏身上賦予了美好的人情。作者寫任氏對愛情的執著，為

19　詳見傅璿琮《唐代科舉與文學》第十章「進士行卷與納卷」，陝西人民出版社 1986 年版。

20　綠天館主人（馮夢龍）：〈古今小說敘〉。

愛而甘冒生命的風險，是寄託著對現實庸俗習氣的批判的。李公佐寫〈謝小娥傳〉是要傳揚謝小娥這樣一位弱女子身上秉承的貞節俠義的美德，「君子曰：『誓志不舍，復父夫之仇，節也；傭保雜處，不知女人，貞也。女子之行，唯貞與節，能終始全之而已，如小娥，足以儆天下逆道亂常之心，足以觀天下貞夫孝婦之節。』餘備詳前事，發明隱文，暗與冥會，符於人心。知善不錄，非《春秋》之義也，故作傳以旌美之」。

白話小說植根於市井娛樂市場，初期的作品大多是「說話」節目的文字化故事而已。從一些僥倖留存下來的作品看，如《紅白蜘蛛》[21]（後被改寫為〈鄭節使立功神臂弓〉，收在《醒世恒言》）、〈攔路虎〉（收在《清平山堂話本》，改作〈楊溫攔路虎傳〉）等，都還是沒有情節的故事。關於故事與情節的區別，英國小說家兼理論家 E·M·福斯特（Edward Morgan Forster）說：「故事是敘述按時間順序安排的事情。情節也是敘述事情，不過重點是放在因果關係上。『國王死了，後來王后死了』，這是一個故事。『國王死了，後來王后由於悲傷也死了』，這是一段情節。時間順序保持不變，但是因果關係的意識使時間順序意識顯得暗淡了。」[22] 凸顯因果關係，就是作者把故事提升為情節，而情節是蘊含著道德的、審美的、政治的評價的。白話小

21　《紅白蜘蛛》僅存殘頁，詳見黃永年《記元刻〈新編紅白蜘蛛小說〉殘頁》，載《中華文史論叢》1982 年第 1 輯。

22　《小說美學經典三種》，上海文藝出版社 1990 年版，第 271 頁。

說從初期的單一娛樂進步到寓教於樂，經歷了漫長的歲月，直到一批重視通俗文學的文人的參與，才達到娛樂與教化統一的境界。

《三國志通俗演義》嘉靖本〈庸愚子序〉講到由三國故事提升為情節的過程時說：「前代嘗以野史作為評話，令瞽者演說，其間言辭鄙謬，又失之於野。士君子多厭之。」羅貫中考諸國史，留心損益，作《三國志通俗演義》，「文不甚深，言不甚俗，事紀其實，亦庶幾乎史，蓋欲讀誦者，人人得而知之，若《詩》所謂里巷歌謠之義也」。題名「演義」，就是宣示通過歷史故事演述世間的大道理。傳統社會輿論總是視小說為小道，鄙俗敗壞人心，主張嚴禁，清康熙間劉獻廷卻說，看小說、聽說書是人的天性，六經之教也原本人情，關鍵在於「因其勢而利導之」[23]，也就是寓教於小說，同樣可以擔負起治俗的使命。

娛樂是小說的原生性功能，教化是小說的第二種功能，是建立在娛樂之上的、比娛樂更高級的功能。教化不只是道德的，還包括審美的、智識的等多種元素。沒有教化的娛樂只是一種感官享受，算不上藝術；沒有娛樂功能的教化，那就只是教化，算不上文學。小說中的娛樂和教化是對立統一的，二者相容並蓄，方能達到成熟的藝術境界。

23　劉獻廷：《廣陽雜記》卷二，中華書局 1957 年版，第 107 頁。

三、史家傳統與「說話」傳統

縱觀小說的歷史，不只是娛樂與教化的矛盾制約著小說的運動，同時還有別的矛盾，這其中就有史家傳統和「說話」傳統的矛盾。史家傳統體現在歷朝歷代的豐富的史傳文本中，同時又表現為由史家不斷積累經驗所形成的一種修史的觀念體系。「說話」傳統則是千百年民間徵奇話異、講說故事的文化習俗，這個傳承不斷的習俗也形成自己的一套觀念體系。史傳與「說話」同是敘事，「說話」發生得更早，史傳在文字出現後才逐漸形成。殷商記錄卜祭以及與之相關事情的甲骨文便是史傳的萌芽。在中國古代史官文化的價值觀念中，官修的正史甚至具有法典的權威。「說話」雖然根深蒂固，千百年來牢不可破，頑固地在草根間生長，並發展成文學敘事的小說，但在史傳面前總是自慚形穢，抬不起頭來。史家傳統，簡而言之就是「據事蹟實錄」，他們認為真理就寓居在事實中，王陽明說「以事言，謂之史；以道言，謂之經。事即道，道即事」[24]。《春秋》就被儒家列為「五經」之一。「說話」恰恰輕視事實，只要好聽，怎麼杜撰編造都可以。劉勰談到修史時說：「然俗皆愛奇，莫顧實理。傳聞而欲偉其事，錄遠而欲詳其跡。於是棄同即異，穿鑿傍說，舊史所無，我書則傳。此訛濫之本源，而述遠之巨蠹

24　王陽明：《傳習錄集評》卷上，《王陽明全集》，上海古籍出版社 1992 年版，第 10 頁。

也。」[25] 在史家眼裡，不顧事實的虛構是修史的巨蠹。

小說文體恰恰又是從史傳中孕育出來的，志怪、志人、雜史雜傳，都被傳統目錄學家看成是史傳的支流和附庸，事實上唐傳奇作品多以「傳」「記」題名，如〈任氏傳〉、〈柳氏傳〉、〈霍小玉傳〉、〈東城老父傳〉、〈長恨歌傳〉以及〈古鏡記〉、〈枕中記〉、〈三夢記〉、〈離魂記〉等，作家們是用史家敘事筆法來創作的。早期話本來源於「說話」，帶有濃重的說唱痕跡，與史傳敘事距離較遠，可一旦文人參與，史家傳統便滲透進來。

小說的本性是虛構，本與史傳不搭界，但史家傳統實在太強大了，小說不得不謙恭地說自己是「正史之餘」[26]，由是也不得不掩飾自己的虛構。小說開頭一定要交代故事發生的確切時間和地點，一定要交代人物的來歷，說明小說敘述的故事是千真萬確發生過的事情。

史家傳統對白話小說的牽制，突出地表現在歷史演義小說的創作過程中。宋元「說話」四大家數中有「講史」一家，專門講說前代書史文傳興廢爭戰之事，從現存的元刊《三國志平話》來看，虛的多，實的少，情節中充滿了於史無稽的民間傳說，與歷史相去十萬八千里。但它是小說，不是史傳，市井草民喜聞樂見，故坊賈願意刊刻印行。但君子卻認為它言辭鄙謬，又

25　劉勰：《文心雕龍·史傳》。引自周振甫《文心雕龍注釋》，人民文學出版社 1981 年版，第 171—172 頁。

26　笑花主人：〈今古奇觀序〉。

失之於野，於是就有羅貫中據《通鑒綱目》等正史予以匡正，
寫成《三國志通俗演義》。羅貫中稔熟三國歷史，又有深邃的識
見和文學的功底，使得《三國志通俗演義》虛實莫辨，清代史學
家章學誠仔細考辨，結論是「七分實事，三分虛構」。這是歷史
演義小說最成功的範例。繼之而起的林林總總的「按鑒演義」，
大都是抄錄史書，摻雜少許民間傳說作為調味作料，正如今人
孫楷第所言，「小儒沾沾，則頗泥史實，自矜博雅，恥為市言。
然所閱者至多不過朱子《綱目》，鉤稽史書，既無其學力；演義
生發，又愧此槃才。其結果為非史抄，非小說，非文學，非考
定」[27]。包括《三國志通俗演義》在內的歷史演義小說，本質是
小說，不能動輒以史實來挑剔它，「按鑒演義」的編撰者正是受
史家傳統的制約，才造成它如此曖昧的面孔。

　　小說家從史家傳統中掙扎出來很不容易，明代中期以來，
就有不少小說作者和批評者進行抗爭，謝肇淛說小說「須是虛
實相半，方為遊戲三昧之筆」，《說岳全傳》的作者金豐也主張
小說「虛實相半」，「從來創說者不宜盡出於虛，而亦不必盡由
於實。苟事事皆虛則過於誕妄，而無以服考古之心；事事皆實
則失於平庸，而無以動一時之聽」[28]。如果說「虛實相半」還是
在史家傳統面前遮遮掩掩，猶抱琵琶半遮面，那麼清代乾隆年

27　孫楷第：《日本東京所見小說書目》卷三〈明清部二〉，人民文學出版社1958年版，
　　第38頁。
28　金豐：〈新鐫精忠演義說本岳王全傳序〉。

間為《綠野仙蹤》作序的陶家鶴就乾脆直白得多了，說《綠野仙蹤》與《水滸傳》、《金瓶梅》都是「謊到家之文字」。曹雪芹徑直稱自己的《紅樓夢》是「真事隱去」、「假語村言」，所敘述的故事無朝代可考，「滿紙荒唐言」而已。「史統散而小說興。」[29]當小說完全克服了對史家傳統的敬畏和依附時，小說才得到創作的解放，才真正找回了自我。

四、雅與俗

雅和俗是一種文化現象。雅文化是社會上層文化，孔子《論語‧述而》說：「《詩》、《書》執禮，皆雅言也。」雅言，既指文化內容，又指語言外殼。古代合於經義的叫雅，雅馴篤實的叫雅；語言和風格方面，含蓄穩重的叫雅，語言精緻，也就是有別於地方方言的士大夫的標準語，或可稱當時的國語叫雅。與雅相對，俗文化是屬於下層民眾的文化，其內容不盡符合《詩》、《書》禮教的規矩繩墨，語言和風格方面，詭譎輕佻的為俗，方言俚語為俗。雅和俗既對立，又統一在一個民族文化中。中華文化中雅俗文化沒有斷然的分界，雅既從俗中提煉出來，又承擔著正俗化俗的使命。

任何一個民族的文學形式都有雅俗的分野，中國文學中的傳統詩文屬於雅文學，小說、戲曲、民歌、彈詞寶卷屬於俗文

29　綠天館主人（馮夢龍）：〈古今小說敘〉。

學。文學的雅俗是相對而存在的，一種文學形式的內部也有雅俗之分。文言小說作為小說，相對傳統詩文是俗，這是由於它的駁雜荒誕；但在小說內部，它相對白話小說卻又是雅。小說內部的雅和俗的對立統一，是小說發展的又一個重要的因素。

　　唐代傳奇小說是士人寫給士人讀的文學，它產生和活躍在雅文化圈內。在儒家道統鬆弛的年代，它可以汪洋恣肆、百無禁忌，創造出一大批想像豐富、情感動人的作品。道統一旦得以重振，它就要受到「不雅」的指責。張籍批評韓愈的〈毛穎傳〉「駁雜無實」，而「駁雜無實」就是俗的代名詞。司馬遷《史記‧五帝本紀》中說「百家言黃帝，其言不雅馴」，不雅馴即指荒誕無稽。張籍的批評代表了唐代中後期的主流思潮的觀點，這種觀點占了社會輿論的上風，唐傳奇就要衰退了。事實也是單篇的傳奇小說銳減，小說又復古到魏晉南北朝，尚質黜華，出現了像《酉陽雜俎》這樣的作品集，其中不少文章已失去傳奇小說的風味。傳奇小說蒙上不雅的俗名，士人便疏遠它，它便漸漸走出雅文化圈子，下移到「俚儒野老」的社會層級。明代胡應麟說：「小說，唐人以前，紀述多虛，而藻繪可觀。宋人以後，論次多實，而彩豔殊乏。蓋唐以前出文人才士之手，而宋以後率俚儒野老之談故也。」[30]

30　胡應麟：《少室山房筆叢》卷二十九〈九流緒論下〉，上海書店出版社 2001 年版，第 283 頁。

胡應麟所謂的「小說」，包括一志怪、二傳奇、三雜錄、四叢談、五辨訂、六箴規，他這段文字所指「小說」，是「志怪」「傳奇」兩類記述事蹟文字，說宋以後小說作者大多出自「俚儒野老之談」，反映了歷史事實，但說宋人小說「多實」則不盡貼切。宋人志怪模仿晉宋，據傳聞實錄，文字趨於簡古是客觀存在，但宋人傳奇多以歷史故事為題，如〈綠珠傳〉、〈迷樓記〉之類，虛構多多，文字亦鋪張，只是藻繪確實遠遠不及唐傳奇。元以降，至明代中後期，出現了一大批如《嬌紅記》、《尋芳雅集》、《鍾情麗集》之類的作品，高儒《百川書志》卷六著錄它們的時候，特加評語說：「皆本〈鶯鶯傳〉而作，語帶煙花，氣含脂粉，鑿穴穿牆之期，越禮傷身之事，不為莊人所取，但備一體，為解睡之具耳。」[31]

　　「越禮」當然是不雅，「不為莊人所取」則是口頭上的，拿它做「解睡之具」透露著「莊人」之所真好。還是胡應麟說得直白：「大雅君子，心知其妄，而口競傳之，且斥其非而暮引用之，猶之淫聲麗色，惡之而弗能弗好也。夫好者彌多，傳者彌眾；傳者日眾，則作者日繁。夫何怪焉？」[32]

　　這類半文半白、篇幅已拉得很長的傳奇小說繼續走著俗化的道路，到清初它們乾脆放棄文言，使用白話，並且採取章回

31　高儒：《百川書志》，上海古籍出版社 2005 年版，第 90 頁。

32　胡應麟：《少室山房筆叢》卷二十九〈九流緒論下〉，上海書店出版社 2001 年版，第 282 頁。

的形式，便成為才子佳人小說。若不是《聊齋志異》重振唐傳奇雄風，傳奇小說果真要壽終正寢了。

如果說傳奇小說是從雅到俗，那麼白話小說的運動路向恰好相反，是從俗到雅。白話小說從「說話」脫胎而來，長期處於稚拙俚俗的狀態，它們帶著濃厚的草根氣息，粗拙卻又鮮活，不論是「講史」如《三國志平話》，還是「小說」如《六十家小說》（現名《清平山堂話本》），都難以登上大雅之堂。

由俗到雅的變化的發生，與王陽明「心學」的崛起有著直接的關係。王陽明認為人人皆可成聖賢，他的布道講學是面向民眾的，要讓不多識字或根本不識字的草民懂得他的道理，就不能不用通俗的方式講說。他說：「你們拿一個聖人去與人講學，人見聖人來，都怕走了，如何講得行？須做得個愚夫愚婦，方可與人講學。」[33] 他雖沒有談到通俗小說，但講到戲曲就可以用來化民善俗，他說：「今要民俗反樸還淳，取今之戲子，將妖淫詞調俱去了，只取忠臣孝子故事，使愚俗百姓人人易曉，無意中感激他良知起來，卻於風化有益。」[34]

從來的莊人雅士對於俗文學都是鄙夷不屑的，至少在口頭上如此。王陽明如此說而且如此做，目的當然是要把儒學從書本章句中推向民間的人倫日用，與佛、道爭奪廣大的信徒，但他利用通俗的形式來傳道，卻為文士參與小說創作開了綠燈。

---

33 《王陽明全集》，上海古籍出版社 1992 年版，第 116 頁。
34 《王陽明全集》，上海古籍出版社 1992 年版，第 113 頁。

白話小說的作者在很長時間裡都是不見經傳的無名氏，從這時開始出現有姓名可考的大文人，如吳承恩、馮夢龍、凌濛初、李漁、吳敬梓、曹雪芹等。

　　文人的參與，使俗而又俗的白話小說有可能改變娛樂唯一的宗旨，從而具有了雅的品質。李漁認為俗可寓雅，「能於淺處見才，方是文章高手」[35]。煙水散人說：「論者猶謂俚談瑣語，文不雅馴，鑿空架奇，事無確據。嗚呼，則亦未知斯編實有針世砭俗之意矣。」[36] 小說既然可以肩負「針世砭俗」的使命，自然就不能用一個「俗」字罵倒它。羅浮居士〈蜃樓志序〉指出，小說雖有別於「大言」，但小說寫「家人父子日用飲食往來酬酢之細故」，卻可以「准乎天理國法人情以立言」，「說雖小乎，即謂之大言炎炎也可」。白話小說俗中有雅，是白話小說藝術成熟的重要標誌。

　　雅俗共存的典範作品莫過於《聊齋志異》和《紅樓夢》。馮鎮巒評《聊齋志異》說：「以傳記體敘小說之事，仿《史》、《漢》遺法，一書兼二體，弊實有之，然非此精神不出，所以通人愛之，俗人亦愛之，竟傳矣。」[37]

35　李漁：《閒情偶寄・詞曲部》。引自《中國古典戲曲論著集成》（七），中國戲劇出版社 1959 年版，第 28 頁。

36　煙水散人：〈珍珠舶序〉。轉引自大連圖書館參考部編《明清小說序跋選》，春風文藝出版社 1983 年版，第 45 頁。

37　張友鶴輯校：《聊齋志異》會校會注會評本，上海古籍出版社 1978 年新 1 版，第 15 頁。

　　諸聯評《紅樓夢》說:「自古言情者,無過《西廂》。然《西廂》只兩人事,組織歡愁,摛詞易工。若《石頭記》,則人甚多,事甚雜,乃以家常之說話,抒各種之性情,俾雅俗共賞,較《西廂》為更勝。」[38]《聊齋志異》和《紅樓夢》能夠成為小說的經典之作,除了蒲松齡和曹雪芹的主觀因素和他們所處的時代條件之外,雅與俗的碰撞與融合也是重要的一點。

38　一粟編:《紅樓夢卷》,中華書局 1963 年版,第 118 頁。

第一編

傳奇小說的誕生和發展

第一章

傳奇小說誕生、發展的條件

第一節　唐代經濟的繁榮和思想的開放

「傳奇小說」指的是用文言敘事的故事性作品。它與志怪的宗旨不同，志怪旨在宣揚神道，具有宗教性，而傳奇小說旨在娛樂；志怪的作者是相信鬼神存在的，他們記敘鬼神，原則上是據見聞實錄，排斥鋪敘藻繪，即便有故事也只是粗陳梗概，傳奇小說也有講述鬼神的，他們把它當作故事，並不都相信鬼神，既然講故事，就要講究故事性，有頭有尾，波瀾起伏，虛構和描繪是應有之義。傳奇小說與雜史雜傳的不同，在於它不是講史，只是講故事，即使寫的是歷史上的真人，也不受事實真相的約束，恣意地想像和描寫，以求得動人的效果。

「傳奇小說」作為一種文學體裁的名稱，在唐代是沒有的，它是一個相當晚近的概念。對於這種新興文體，唐代人沒有一個統一的稱呼。單篇流通的作品，唐代人多以「傳」或「記」稱之，它們的作者大抵受史傳觀念的驅使，用史家筆法來敘寫故事。也有個別作品用「傳奇」命名的，例如〈鶯鶯傳〉其名，據今人周紹良考證，乃是《太平廣記》編者所加，原名叫作〈傳奇〉。宋代曾慥編《類說》，收《異聞集》一卷，其中此篇題作〈傳奇〉，可知元稹的原題就是〈傳奇〉[01]。

以「傳奇」命名作品集的是晚唐的裴鉶，他的小說集名為《傳奇》，《新唐書·藝文志》曾著錄。從現知文獻看，最早用「傳

01　周紹良：《紹良叢稿》，齊魯書社 1984 年版，第 167—170 頁。

奇」作為這類小說文體的名字的是元代虞集（西元一二七二年至西元一三四八年），他的《道園學古錄》卷三十八〈寫韻軒記〉說：「蓋唐之才人，於經義道學有見者少，徒知好為文辭，閒暇無所用心，輒想像幽怪遇合、才情恍惚之事，作為詩章答問之意，傅會以為說，盍簪之際，各出行卷，以相娛玩，非必真有是事，謂之傳奇。元稹、白居易猶或為之，而況他乎。」稍後夏庭芝（約生於西元一三一六年，卒於明初）《青樓集志》也說：「唐時有傳奇，皆文人所編，猶野史也，但資諧笑耳。」元末明初陶宗儀《南村輟耕錄》卷二十五〈院本名目〉說：「唐有傳奇，宋有戲曲、唱諢、詞說，金有院本、雜劇、諸宮調。」同書卷二十七〈雜劇曲名〉又說：「稗官廢而傳奇作，傳奇作而戲曲繼。」清代乾嘉學者章學誠《文史通義》卷五〈詩話〉也承襲此說：「小說出於稗官，委巷傳聞瑣屑，雖古人亦所不廢。然俚野多不足憑，大約事雜鬼神，報兼恩怨，《洞冥》、《拾遺》之篇，《搜神》、《靈異》之部，六代以降，家自為書。唐人乃有單篇，別為傳奇一類。（專書一事始末，不復比類為書）大抵情鐘男女，不外離合悲歡。……或附會疑似，或竟托子虛，雖情態萬殊，而大致略似。」[02] 以上言論，說明元代才把唐人這種小說統稱為「傳奇」，並認為它是從唐前稗官演化而來，想像虛擬，「相娛玩」、「資諧笑」，其功能與戲曲說唱同屬一類。

02　《文史通義校注》卷五〈內篇五・詩話〉，中華書局 1994 年版，第 560—561 頁。

第一章　傳奇小說誕生、發展的條件

　　南北朝志怪、雜史雜傳演化成隋唐傳奇小說，從文體的角度自然是水到渠成，但這只是文學體裁發展的內因，傳奇小說雖然與志怪、雜史雜傳有著深厚關係，可是它從母體出來，卻是與母體不同的獨立文體，它的誕生，除了文體內因之外，還必須具備外部條件。比如傳奇小說較南北朝志怪的篇幅長，這就需要作為書寫工具的紙張發展到足夠的條件。中國發明造紙術在漢代，從發明到廣泛運用於書寫，有漫長的歷史過程，到晉代，紙卷才完全取代簡牘[03]。

　　晉代用於書寫的紙張仍是珍貴的商品，它代替了竹木簡牘，卻還是要求寫作者惜墨如金。供人消閒的唐代傳奇小說動輒數千言，這代表當時紙的生產已經相當發達，紙的品質和價格已普遍被接受。沒有這種物質條件的允許，唐代傳奇小說就難以成立。那麼，究竟還有哪些外部條件促成了傳奇小說的誕生呢？

　　首先是國家的統一和社會的長期穩定。漢末天下大亂，至三國、晉、南北朝，國家分裂和動盪了三百多年，沒有安定的社會環境，經濟發展和文化建設都無從談起。唐朝相承隋朝，承繼和發展了北魏、隋朝的均田制、租庸調製和民戶編制，經濟和社會制度並無實質性創新，但它建立了大一統的政權，吸取了隋朝二世而亡的教訓，政治相對清明，適當地減輕了農民

03　詳見錢存訓《中國紙和印刷文化史》第二章，廣西師範大學出版社 2004 年版。

的負擔，又獲得隋朝所開鑿的運河所帶來的巨大好處，農業和手工業得到空前的繁榮和發展，從唐朝建立到唐玄宗「安史之亂」，有一百二十多年的安定和發展時期。杜甫〈憶昔〉詩云：「憶昔開元全盛日，小邑猶藏萬家室。稻米流脂粟米白，公私倉廩俱豐實。九州道路無豺虎，遠行不勞吉日出。齊紈魯縞車班班，男耕女桑不相失。宮中聖人奏雲門，天下朋友皆膠漆。百餘年間未災變，叔孫禮樂蕭何律。……」[04]

　　杜甫此詩寫在「安史之亂」發生之後，表達了他對往昔的經濟繁榮和社會安定的懷念，其中不乏溢美之詞，但還是反映了唐朝前期百餘年的社會景象：糧食豐足，社會治安良好，百姓安居樂業。「安史之亂」後，經濟呈現衰落之勢，政治狀態已大不如前，但仍維持了一百五十年。

　　唐朝立國之初，唐太宗李世民有鑑於隋二世而亡，曾說：「君依於國，國依於民。刻民以奉君，猶割肉以充腹，腹飽而身斃，君富而國亡矣。朕常以此思之，不敢縱欲也。」又說：「昔禹鑿山治水，而民無謗者，與人同利故也。秦始皇營宮室而民怨叛者，病人以利己故也。夫靡麗珍奇，固人之所欲，若縱之不已，則危亡立至。」[05] 不與民爭利，減輕百姓負擔，培養素樸風俗，社會自然安定富足。當初有大臣請唐太宗以重法止盜，

04　《全唐詩》，上海古籍出版社 1986 年版，第 526 頁。

05　《綱鑑易知錄》卷四十二〈唐紀〉，中華書局 2009 年版，第 591 頁。

他說：「『朕當去奢省費，輕徭薄賦，選用廉吏，使民衣食有餘則自不為盜，安用重法邪！』自是數年之後，海內升平，路不拾遺，外戶不閉，商旅野宿焉。」[06] 唐太宗鑑於歷史上亡國之君拒諫納佞的後果，深信「兼聽則明，偏信則暗」，故鼓勵群臣直諫，於是言路大開，政治思想環境相對自由，言論禁忌較少，與魏晉南北朝時期言論動輒得咎形成鮮明對比。像李白「鳳歌笑孔丘」，杜甫「儒冠多誤身」以及元結「不師孔氏」的言論，若在魏晉，很有可能引來殺身之禍。唐太宗所開創的言論開放風氣，雖經「安史之亂」，到中後期仍然承襲，即便禁錮已漸次加重。正是這種風氣的存在，唐代傳奇才毫無忌憚地敘寫時事，甚至把譏刺的鋒芒指向皇帝。宋代洪邁說：「唐人歌詩，其於先世及當時事，直辭詠寄，略無避隱。至宮禁嬖昵，非外間所應知者，皆反復極言，而上之人亦不以為罪。」洪邁舉出白居易的《長恨歌》、元稹的《連昌宮詞》、杜甫的「三吏」、「三別」等許多詩篇，謂「今之詩人不敢爾也」[07]。魯迅比較唐傳奇與宋傳奇時曾說：「唐人大抵描寫時事，而宋人則極多講古事。」[08] 也說明政治思想的相對自由造就了唐代傳奇小說的模樣。

06　《綱鑑易知錄》卷四十二〈唐紀〉，中華書局 2009 年版，第 591 頁。

07　洪邁：《容齋續筆》卷二〈唐詩無諱避〉，吉林文史出版社 1994 年版，第 184—185 頁。

08　魯迅：《中國小說的歷史的變遷》第四講〈宋人之「說話」及其影響〉。

第二節　交通發達和社會相對安定

　　唐代傳奇小說的題材，許多來自文人墨客在旅途中的閒談，比如〈任氏傳〉，作者沈既濟說，他與裴冀等人自陝西到江蘇，「浮潁涉淮，方舟沿流，晝宴夜話，各徵其異說」，談到任氏之事，共深嘆駭，於是有〈任氏傳〉之作。又如〈盧江馮媼傳〉的作者李公佐說，他是在從京城長安回漢南於傳舍中聽到高鉞講說馮媼的故事，據而寫成此篇的。凡此種種，不一而足。唐代的士人有漫遊之風，只要翻開唐詩集，就可以見到士人漫遊九州的足跡，無論是趕考、銓選、遷轉還是遊歷，這都需要交通的便利和社會的富足與安定。

　　唐朝一統天下，拆除了長期戰亂和分裂所形成的藩籬，南北交通由於運河的開鑿，黃河、淮河、長江連成一個水系。朝廷對運河航道進行了不止一次的疏治，使吳楚之船可經汴淮入黃河，越砥柱之險，直達長安。武則天長安三年（西元七〇三年），崔融說：「天下諸津，舟航所聚，旁通巴漢，前指閩越，七澤十藪，三江五湖，控引河洛，兼包淮海，弘舸巨艦，千軸萬艘，交貿往還，昧旦永日。」[09]。當年杜甫在四川梓州聽說官軍收復河南河北，欣喜若狂，其詩〈聞官軍收河南河北〉有「即從巴峽穿巫峽，便下襄陽向洛陽」之句，從梓州沿涪江下渝州（今重慶），沿長江出巴峽巫峽，至武昌漢陽，溯漢水北上

09　《舊唐書》卷九十四〈崔融傳〉

襄陽，然後登陸，北上南陽至洛陽，水陸交通是便捷的。唐朝的陸路交通也空前發達。杜佑（西元七三五年至八一二年）《通典》記開元年間，自長安「東至宋、汴，西至岐州，夾路列店肆待客，酒饌豐溢。每店肆皆有驢賃客乘，悠忽數十里，謂之驛驢。南詣荊、襄，北至太原、范陽，西至蜀川、涼府，皆有店肆，以供商旅。遠適數千里，不持寸刃」[10]。這與杜甫詩「九州道路無豺虎，遠行不勞吉日出」相印證，《舊唐書·玄宗紀》謂「雖行萬里，不持兵刃」，不是虛言。唐代不僅版圖內的水陸交通十分發達，長安往西的絲綢之路亦復暢通，與阿拉伯、波斯、印度的商貿和人文交往趨於繁密，今人季羨林《大唐西域記校注》的前言〈玄奘與《大唐西域記》〉中列舉的唐初至武則天九十年間與西域及印度頻繁交往的事實可證。[11] 海上交通同時也大有發展，唐前海外商業交通口岸主要在廣州，唐代中後期，泉州、揚州均成為重要口岸。

　　交通的發達和社會的安定，是魏晉南北朝不曾有過的，士人不再長期局限於本鄉本土，可以遊歷天下、廣交朋友、瞭解社會民情，而域外文化紛紛傳入，更使中國文化愈加豐富多彩，士人的眼界心胸亦得到空前的開闊，不僅唐詩有雄健、豪放的氣象，唐代傳奇小說也同樣富於汪洋恣肆的風采。

10　杜佑：《通典》卷七〈食貨七〉，中華書局 1988 年版，第 152 頁。

11　詳見季羨林等校注《大唐西域記校注》，中華書局 2000 年版，第 89—100 頁。

第三節　科舉制度的確立

　　科舉始創於隋，唐朝沿襲此制而有所完善和發展。科舉制度是為糾正此前的「九品中正制」而創立的，目的是打破豪門世族對政治行政權力的壟斷，使有能力的庶族士人有上升和施展才能的機會。即便有唐一代在科舉選拔時門第出身仍是一個重要因素，但它總算是提供些許進身機會給寒門子弟，對於魏晉以來的士族制度是一個極深刻的衝擊。與科舉制度配套的是用於培養人才的中央和地方學校的建設。《通典》載：「自京師郡縣皆有學焉。」[12]《通典》又記中央所屬、性質為貴族學校的有弘文館、崇文館，兩校學生僅五十名，皆皇親、外戚及朝廷高官子弟。隸屬國子監的有六學：國子學、太學、四門學、律學、書學、算學。「國子、太學、四門、律、書、算凡二千二百一十員」[13]，按《新唐書》記，國子學三百學生，文武三品以上子孫，從二品以上曾孫，以及勳官二品、縣公京官四品帶三品勳封之子，才有資格入學。太學五百學生，五品以上子孫，職事官五品期親若三品曾孫，勳官三品以上有封之子，有資格入學。四門學一千三百學生，其中五百人為勳官三品以上無封、四品有封及文武七品以上之子，八百人為庶人之俊異者。律學五十學生，書學三十學生，算學三十學生，招收八品以下子弟

12　杜佑：《通典》卷十五〈選舉三〉，中華書局 1988 年版，第 353 頁。
13　杜佑：《通典》卷十五〈選舉三〉，中華書局 1988 年版，第 362 頁。

以及庶人通其學者。國子學、太學、四門學的培養目標是應進士、明經科試的人才，而律學、書學、算學只是培養文化技術人才。弘文館、崇文館及國子監屬下的前三學所培養的學生，當然都要應試才能擢第明經和進士，不一定都可以取得功名，但他們顯然擁有優勢，這是封建等級制度使然。地方府有府學，州有州學，府州之下有縣學，縣之下又設有鄉校或村學。村學是最基層的學校，校舍簡陋，教書先生窮困寒酸，村童通常也只有一二十人，但教育總算普及鄉村，在歷史上是一大進步。地方學校的學生學成之後，可應鄉試，鄉試錄取作為舉子送到京城，應禮部試，有的則選拔入國子監所轄四門學。

　　唐朝的科舉和教育制度仍有明顯的封建等級烙印，庶族人氏要破繭而出良非易事，但它與唐前士族制度的「九品官人」和文化壟斷相比，已經是歷史的大進步。魏晉南北朝志怪、志人小說的作品和作者數量是很有限的，作者或者主持編撰者基本上是王公貴冑、世家豪族，如曹丕、劉義慶、干寶、張華等，而唐代的傳奇小說作品再加上志怪、筆記小說集，其數量遠遠超過魏晉南北朝，作者的身分，進士出身的士人大概不會超過作者全數的一半[14]，許多作者身世難以考證，其中庶族出身的應該大有人在。文化愈普及，人才愈濟濟，文學發展的空間也就愈廣，大概是事實。

14　參見馮沅君〈唐傳奇作者身分的估計〉，《文訊》1948 年第 9 卷第 4 期；俞鋼：《唐代文言小說與科舉制度》第五章，上海古籍出版社 2004 年版。

有論者把傳奇小說的發展與科舉制度的行卷直接掛鉤，認為科舉士子行卷風尚推動了傳奇小說的創作。此說起於南宋趙彥衛《雲麓漫鈔》卷八：「唐之舉人，先藉當世顯人以姓名達之主司，然後以所業投獻。逾數日又投，謂之溫卷。如《幽怪錄》、《傳奇》等皆是也。蓋此等文備眾體，可以見史才、詩筆、議論。」這一論點曾被一些現代學者接受。它其實是很可疑的。趙彥衛生活年代上距唐末已有一百多年，牛僧孺是否用他的《幽怪錄》、裴鉶是否用他的《傳奇》做過溫卷（行卷），是有疑慮的。事實上，溫卷（行卷）流行在元和以後，而元和之前傳奇小說以沈既濟〈任氏傳〉為標誌已經成熟，說溫卷（行卷）使傳奇小說創作蔚然成風，缺乏依據。相反，錢易《南部新書》甲卷記曰：「李景讓典貢年，有李復言者納省卷。有《纂異》一部十卷。榜出日：『事非經濟，動涉虛妄，其所納仰貢院驅使官卻還。』復言因此罷舉。」錢易是北宋真宗朝進士，他說李復言以《纂異》納卷而罷舉，原因是此書「事非經濟，動涉虛妄」。今《纂異》十卷已不存，今存《續玄怪錄》十卷也許是該書的增訂本。錢易此說與趙彥衛的說法一樣，也是無以為證的言論，但它的意思與趙說相抵觸：以小說行卷的效果適得其反，反而因此丟了功名。行卷刺激小說發展的論斷豈不受到質疑？不過，兩說都講唐朝中後期有以小說行卷的情況，從一個側面反映出傳奇小說的流行和士人喜好涉獵的情況。問題在於討論科舉制

度與傳奇小說繁榮的關係時，不可眼界狹窄，單說行卷之風刺激了傳奇小說創作。從整體看，唐代科舉制度鬆動了往昔根深柢固的士族制度，開啟了庶族士人翻轉階層之途徑，推動了文化教育的普及，這無疑激發了社會的活力。應該說，傳奇小說和唐詩的繁榮，都在一定程度上得益於這種選舉制度的變革。

第二章

唐代傳奇小說的初興

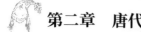

第一節　初興期創作概況

傳奇小說在唐代的發展大致經歷了初興、繁榮和衰落三個時期，它與唐詩的初、盛、中、晚四個時期是不同步的。從初唐到大曆的一百五十年是傳奇小說的初興期，這個時期的代表作有〈古鏡記〉、〈白猿傳〉、〈遊仙窟〉等，它們是傳奇小說文體從志怪、雜史雜傳中獨立出來的指標，即便作品不多，且殘存著六朝志怪的痕跡，但它們敘述婉轉，文辭華豔，文學敘事風格甚為鮮明。從大曆、建中到大和、開成的七十年是傳奇小說的繁榮期，單篇行世的傳奇小說經典作品大多出自於斯，如魯迅所說，「惟自大曆以至大中中，作者雲蒸，郁術文苑，沈既濟、許堯佐擢秀於前，蔣防、元稹振采於後，而李公佐、白行簡、陳鴻、沈亞之輩，則其卓異也」[01]。自會昌、大中以後的七十年是傳奇小說的衰落期，此間單篇行世的作品銳減，雜俎式的集子增多，大有回歸六朝的復古傾向。

唐代上承魏晉南北朝搜奇志怪的風氣，在史傳的編撰中可見一斑。貞觀十年（西元六三六年），奉詔編撰的《梁書》、《陳書》、《北齊書》、《周書》、《隋書》成書。稍後《南史》、《北史》亦編成。貞觀二十二年（西元六四八年），《晉書》編成。以上八史均受到劉知幾《史通・敘事篇》的批評，認為它們「或虛加

01　魯迅：〈唐宋傳奇集・序例〉，《魯迅論中國古典文學》，福建人民出版社 1979 年版，第 248 頁。

練飾，輕事雕彩；或體兼賦頌，詞類俳優。文非文，史非史」。
其中《晉書》、《南史》、《北史》三種尤被後世史學家詬病，朱
熹指《南史》、《北史》「除司馬公《通鑑》所取，其餘只是一部
好看的小說」[02]。王世貞則稱《晉書》為「稗官小說」[03]。趙翼《廿
二史劄記》說李延壽編撰《南史》，「專以博採異聞，資人談助
為能事，故凡稍涉新奇者，必羅列不遺，即記載相同者，亦必
稍異其詞，以駭觀聽」[04]。應該堅守實錄原則的史傳編撰竟如此
孟浪地搜奇志異，充分反映當時文壇的風氣。這種風氣侵蝕了
史傳崇實的本質，卻有利於傳奇小說的滋生。

　　唐代開國一百五十年間，我們能夠看到的傳奇小說、包括傳
統的志人志怪作品是不多的。今存的作品當然不是歷史上實際存
在的全部，如〈遊仙窟〉早已湮沒，幸傳至日本被保存下來；《冥
報記》全書在中土亦失傳，部分佚文輯錄在《法苑珠林》、《太平
廣記》中，若不是發現日本藏本，也難睹其全貌。今存作品雖然
不能說是當時實際存在的全部，但大致上還是反映了那個時期小
說並不繁榮的情況。志怪、志人和雜史雜傳之類的作品集，今存
《冥報記》、《冥報拾遺》、《搜神記》、《紀聞》、《朝野僉載》、《隋
唐嘉話》等，而單篇行世的傳奇小說僅〈古鏡記〉、〈白猿傳〉、
〈遊仙窟〉、〈唐晅手記〉、〈蘭亭記〉等數種。

02　轉引自《史通通釋》，上海古籍出版社 1978 年版，第 486 頁。
03　轉引自胡應麟《少室山房類稿》卷一〇一。
04　趙翼：《廿二史劄記》卷十一，王樹民校證本，中華書局 1984 年版，第 226 頁。

這個時期的作品，無論是「小說」集，還是單篇行世的傳奇文，在題材和文體風格上都具有南北朝至隋唐的過渡特徵。唐臨的《冥報記》繼承《觀世音應驗記》、《冥祥記》釋氏輔教之書傳統，專講善惡報應的故事，宣揚佛經神像的法力，勸人向佛行善。但它以雜史雜傳體為之，

　　寫當代人事蹟，為強調真實可信，篇末常常要特別說明故事的出處，所謂「具陳其所受及聞見緣由」，這一點與傳奇文極為相同，也是南北朝志怪所不曾有過的普遍特徵。因此《舊唐書‧經籍志》把它列入傳記類。而傳奇文則又沒有褪盡志怪色彩，〈古鏡記〉記一古鏡的神奇，與唐前博物述異猶出一轍，況鏡之能照妖，《抱朴子‧登涉》已有此說。〈古鏡記〉貌似志怪，實為傳奇小說，關鍵不在它的篇幅長，而在它以鏡為主角，勾連了隋末大業七年至十三年數年間古鏡特異功能之事，並且以第一人稱，先是以王度自己為敘述者，次以其弟王勣為敘述者，情節宛曲，辭旨詼詭，謂為唐傳奇小說開山之作，似不為過。〈白猿傳〉述南朝梁將軍歐陽紇妻被白猿所擄，後生子即歐陽詢。猿猴盜婦，張華《博物志》等志怪書有載，此故事並不出奇，唯歐陽詢貌如獼猿，將古老傳說加在當代名人頭上，乃翻出新意。〈遊仙窟〉張鷟自述奉使河源，途經人跡罕至的深山，忽入仙人之窟，這也是志怪中入山見仙的常見主題，亦可見其與志怪的親緣關係。

第二節　〈古鏡記〉、〈白猿傳〉和〈遊仙窟〉

　　〈古鏡記〉是傳奇小說開山之作。作者王度[05]，是初唐著名詩人王勣的兄長，絳州龍門（今山西河津）人，北朝士族出身。按〈古鏡記〉所敘，王度於大業七年自御史罷歸河東，適遇侯生卒而得古鏡，說明此前王度在侍御史任上；又敘大業八年在臺直，此年冬兼著作郎，奉詔撰國史，大業九年秋，出兼芮城令，大業十年借鏡給弟王勣，大業十三年鏡回王度手中，然此年七月古鏡悲鳴而去。王度生平事蹟，史書無載，據〈古鏡記〉自述僅此而已。

　　鏡之傳說，古亦有之。葛洪《抱朴子·登涉》就記了兩則故事，一則曰：「昔張蓋蹋及偶高成二人，並精思於蜀雲臺山石室中。忽有一人，著黃練單衣葛巾，往到其前，曰：『勞乎道士，乃辛苦幽隱！』於是二人顧視鏡中，乃是鹿也。」一則曰：「林廬山下有一亭，其中有鬼，每有宿者，或死或病。常夜有數十人，衣色或黃或白或黑，或男或女。後郅伯夷者過之，宿，明燈燭而坐誦經。夜半，有十餘人來，與伯夷對坐，自共樗蒲博戲。伯夷密以鏡照之，乃是群犬也。」[06] 葛洪說古之入山道士皆以明鏡懸於背後，以辨邪魅。鏡之照妖功能，人們多有信者。〈古鏡記〉承續了此說，卻更有發展，重要的是它演繹成一篇小說。

05　〈古鏡記〉作者問題，參見孫望〈王度考〉，《學術月刊》1957 年第 3、4 月號。
06　《諸子集成》第八冊《抱朴子》，上海書店出版社 1986 年版，第 77 頁。

〈古鏡記〉敘事，從得鏡到失鏡，講述了王度和他的兄弟王勣持此鏡所經歷的十多個神異故事。每個故事，如單獨錄出，就是傳統志怪的一則。如王勣持鏡遊嵩山所歷：

> 辭兄之後，先遊嵩山少室，降石梁，坐玉壇。屬日暮，遇一嵌岩，有一石堂，可容三五人，勣棲息止焉。月夜二更後，有兩人：一貌胡，鬚眉皓而瘦，稱山公；一面闊，白鬚，眉長，黑而矮，稱毛生。謂勣曰：「何人斯居也？」勣曰：「尋幽探穴訪奇者。」二人坐與勣談久，往往有異義，出於言外。勣疑其精怪，引手潛後，開匣取鏡。鏡光出，而二人失聲俯伏。矮者化為龜，胡者化為猿。懸鏡至曉，二身俱殞。龜身帶綠毛，猿身帶白毛。[07]

古鏡此段照妖的故事，與《抱朴子》所記何其相似！〈古鏡記〉在記述中往往多所鋪陳和藻飾，如王度初持古鏡，回長安途中使老狸現形的一段：

> （大業七年）六月，度歸長安，至長樂坡，宿於主人程雄家。雄新受寄一婢，頗甚端麗，名曰鸚鵡。度既稅駕，將整冠履，引鏡自照。鸚鵡遙見，即便叩首流血，云：「不敢住。」度因召主人問其故。雄云：「兩月前，有一客攜此婢從東來。時婢病甚，客便寄留，云：『還日當取。』比不復來，不知其婢由也。」度疑精魅，引鏡逼之。便云：「乞命，即變形。」度即掩鏡，曰：「汝先自敘，然後變形，當捨汝

07　引自汪辟疆校錄《唐人小說》，上海古籍出版社 1978 年版。下不再注。

命。」婢再拜自陳云：「某是華山府君廟前長松下千歲老狸，大行變惑，罪合至死。遂為府君捕逐，逃於河渭之間，為下邽陳思恭義女。蒙養甚厚。嫁鸚鵡與同鄉人柴華。鸚鵡與華意不相愜，逃而東，出韓城縣，為行人李無傲所執。無傲，粗暴丈夫也，遂劫鸚鵡遊行數歲。昨隨至此，忽爾見留。不意遭逢天鏡，隱形無路。」度又謂曰：「汝本老狐，變形為人，豈不害人也？」婢曰：「變形事人，非有害也。但逃匿幻惑，神道所惡，自當至死耳。」度又謂曰：「欲捨汝，可乎？」鸚鵡曰：「辱公厚賜，豈敢忘德。然天鏡一照，不可逃形。但久為人形，羞復故體。願緘於匣，許盡醉而終。」度又謂曰：「緘鏡於匣，汝不逃乎？」鸚鵡笑曰：「公適有美言，尚許相捨。緘鏡而走，豈不終恩？但天鏡一臨，竄跡無路。惟希數刻之命，以盡一生之歡耳。」度登時為匣鏡，又為致酒，悉召雄家鄉里，與宴謔。婢頃大醉，奮衣起舞而歌曰：「寶鏡寶鏡，哀哉予命！自我離形，於今幾姓？生雖可樂，死必不傷。何為眷戀，守此一方！」歌訖，再拜，化為老狸而死。一座驚嘆。

此段寫狐精鸚鵡，頗賦予人性，她就是一位被人追討的孤苦的女子，身分暴露時，只求盡醉而死，臨終奮衣起舞而歌，其歌哀傷悲壯，令人慨嘆不已。這一段文字，單獨而論，已離志怪，有了傳奇小說的雛形。

十數則故事，每則單獨而論，多數為志怪，但它們連綴在一起就不是數量的簡單相加，而昇華成另一種文學體裁，那就

是傳奇小說。〈古鏡記〉寫了王度、王勣持有古鏡所經歷的種種神異之事，除害滅妖，逢凶化吉，這些都發生在隋末，隋將亡，古鏡竟悲鳴而遁去。作者嘆曰：「今度遭世擾攘，居常鬱怏，王室如毀，生涯何地，寶鏡復去，哀哉！」全篇敘述由是含有深沉的歷史滄桑之感，具有一般志怪所不曾有的震撼人心的力量。葛洪《西京雜記》卷一記有漢宣帝持寶鏡，帝崩寶鏡即不知所在的異事，此篇立意或從中獲得靈感。

〈古鏡記〉敘事，有兩點值得稱道。一是第一人稱敘事。此前的敘事散文，史傳也好，志怪志人也好，通常採用第三人稱，〈古鏡記〉王度、王勣均用「我」的角度進行敘述，實別出一格。二是倒敘。大業十三年王勣回長安，將古鏡還給王度，對王度說，「此鏡真寶物也」，接著敘述自大業十年從王度手中得鏡後的經歷。這種倒敘，在以往的敘事散文中也不多見。

〈白猿傳〉，《新唐書・藝文志》子部小說家著錄，題〈補江總白猿傳〉，不著撰人。敘南朝梁末歐陽紇妻為猿所竊，後生子歐陽詢，其貌頗類獼猿。歐陽詢貌類獼猿大概是事實，《隋唐嘉話》記云：「太宗宴近臣，戲以嘲謔，趙公無忌嘲歐陽率更曰：『聳髆成山字，埋肩不出頭。誰家麟閣上，畫此一獼猴？』詢應聲云：『縮頭連背暖，俛襠畏肚寒。只由心混混，所以麵團團。』帝改容曰：『歐陽詢豈不畏皇后聞？』趙公，后之兄也。」[08] 趙

08　劉餗：《隋唐嘉話》，中華書局 1979 年版，第 23 頁。

公無忌，即長孫無忌，長孫皇后之兄；歐陽率更，即歐陽詢（西元五五七年至西元六四一年），弘文館學士，以書法聞名，因曾為太子率更令，故世稱歐陽率更。此篇拿歐陽詢的長相做文章，編造故事指他為玃猿所生，頗有誹謗之嫌。唐代以小說為嘲謔別人的工具，〈白猿傳〉實開其端者。

題〈補江總白猿傳〉，江總，南朝梁任太子中宮舍人，入陳為太子詹事，陳亡入隋，拜上開府，死於江都。「補江總白猿傳」，意謂補寫江總〈白猿傳〉，以示言之有據。

玃猿盜取婦女，傳說由來已久。漢焦延壽《易林・坤之剝》云：「南山大玃，盜我媚妾。卻不敢逐，退然獨宿。」志怪《博物志》、《搜神記》等亦多有記載。歐陽紇妻被玃猿盜走生子，其故事類型並不新鮮，新鮮的是指名道姓，而且是當代名人，且情節曲折，描寫細膩，不但塑造了一個不畏艱險，誓要尋回妻子的丈夫形象，還成功地將玃猿人性化。如果撇開它惡謔的宗旨，此篇仍是敘事頗佳的小說。

小說主要篇幅描述歐陽紇尋找並救出妻子的過程。歐陽紇失妻，憤痛不已，不救出妻子誓不回還。在深山老林中四處尋覓，一個月後發現其妻繡履一隻，又旬餘，終於找到妻子被囚之處。該處有「深溪環之，乃編木以度」，「捫蘿引絙，而陟其上」，其環境蔥秀迥出，嘉樹列植，間以名花，綠草豐軟如毯，「清迥岑寂，杳然殊境」，這人間仙境竟是千歲老猿的巢穴！

被竊的婦人不只歐陽紇妻，還有被囚多年的數十個絕色女子。恰逢猿妖不在，諸婦人告訴歐陽紇，他的妻子已懷孕，猿妖力大，只可智取。歐陽紇依計準備美酒兩斛，食犬十頭，麻數十斤。猿妖見犬驚喜，大吃狂飲，遂至沉醉，於是用麻繩隱於帛中將他捆綁至牢而殺之。猿妖臨死對歐陽紇說：「此天殺我，豈爾之能。然爾婦已孕，勿殺其子，將逢聖帝，必大其宗。」其後紇妻生一子，其狀若獼猿，是為歐陽詢。小說描寫猿妖為美髯丈夫，長六尺餘，白衣曳杖，飄飄然如有仙氣，「常讀木簡」，「晴晝或舞雙劍」，並預知死之將至，先已焚其簡書。猿妖和歐陽紇的形象都寫得栩栩如生，非志怪作品所能為。

〈遊仙窟〉的創作年代要晚於〈古鏡記〉和〈白猿傳〉。作者張鷟（約西元六五八年至西元七三〇年），字文成，號浮休子，深州陸澤（今河北深州）人。其事蹟見兩《唐書》之〈張薦傳〉所附（張薦為張鷟之孫），以及莫休符〈桂林風土記〉、《大唐新語》等。張鷟少年即聰敏過人，儀鳳二年（西元六七七年）登下筆成章科，特授襄樂尉。長壽（西元六九二年至西元六九四年）中擢為監察御史。〈遊仙窟〉題「寧州襄樂縣尉張文成作」，據文中所述，他在奉使河源途中進入神仙窟，河源即今青海西寧，他被聘為河源道記室大約在調露元年（西元六七九年），既然署名「襄樂縣尉張文成」，那麼成篇就應該在他做監察御史之前、調露元年之後。

志怪有人神戀的母題，如《幽明錄》之〈黃原〉和〈劉晨阮肇〉，凡人入仙境，〈黃原〉是由青犬導入，劉晨阮肇是取穀皮迷路而入，他們皆是誤入，〈遊仙窟〉卻大不同，張鷟是慕名尋跡而入，是自覺求索而入。文中描述積石山深谷帶地，高嶺橫天，上有青壁萬尋，下有碧潭千仞：

> 古老相傳云：「此是神仙窟也；人跡罕及，鳥路才通。每有香果瓊枝，天衣錫缽，自然浮出，不知從何而至。」余乃端仰一心，潔齋三日。緣細葛，泝輕舟。身體若飛，精靈似夢。須臾之間，忽至松柏岩，桃華澗，香風觸地，光彩遍天。

　　由是而到達仙境，見一浣衣女子即表白：「承聞此處有神仙之窟宅，故來祗候。」凡人入仙境，是志怪的古老話題，〈遊仙窟〉用之而翻出新意。

　　小說中的「余」，與其說是訪仙，莫若說是獵豔。他入仙窟即申懷抱：「余以少娛聲色，早慕佳期，歷訪風流，遍遊天下。」一見到十娘芳顏，頓時魂飛魄散，讚頌道：「向見稱揚，謂言虛假，誰知對面，恰是神仙。此是神仙窟也。」他對貌若天仙的十娘，毫無面對神仙的敬畏之意，反而舞文弄墨，極盡調情戲謔之能事，終於得盡一夜之歡。作品中的十娘，完全是一位孀居多年且多情聰慧的絕色佳人，五嫂則擔任情媒的角色，如同後世的「紅娘」在兩情中穿針引線，撮合好事。她們都已脫盡仙

氣。標榜為人神戀，實際寫的是人間的一夜風流，只不過把這一夜風流神奇化和詩意化罷了。

　　此篇辭旨淺鄙，了不足取，但它在小說敘事方面卻有獨特之處。風流豔遇是此前辭賦中常寫的題材，蔡邕的雜賦〈青衣賦〉、曹植的〈洛神賦〉等都是這種類型，南北朝俗賦〈寵郎賦〉間用駢文和五言詩。〈遊仙窟〉顯然受到它們的影響。此外，民間情歌常以男女酬答的方式言情，樂府詩中的吳聲〈子夜歌〉，敦煌石室所藏〈下女夫詞〉等皆是。〈遊仙窟〉寫景狀物，基本上用駢文麗藻，「余」與十娘的談情說愛亦在酬答之間。小說寫「余」與十娘、五嫂到後園遊玩，藉景說情，指物設喻，酬答中情漸綢繆：

> 　　余乃詠花曰：「風吹遍樹紫，日照滿池丹。若為交暫折，擎就掌中看。」十娘詠曰：「映水俱知笑，成蹊竟不言。即今無自在，高下任渠攀。」……當時，樹上忽有一李子落下官懷中。下官詠曰：「問李樹：如何意不同？應來主手裡，翻入客懷中？」五嫂即報詩曰：「李樹子，元來不是偏。巧知娘子意，擲果到渠邊。」於時，忽有一蜂子飛上十娘面上。十娘詠曰：「問蜂子：蜂子太無情，飛來蹈人面，欲似意相輕？」下官代蜂子答曰：「觸處尋芳樹，都盧少物華。試從香處覓，正值可憐花。」眾人皆拊掌而笑。

　　「余」見園內叢花散紫翻紅，映入池水分外嬌豔，遂以花暗喻十娘，透露有採摘之意，十娘則順水推舟，亦以花自喻，「高

下任渠攀」，略有應允之意。李子落入「余」懷中，「余」即以李子暗喻十娘，五嫂在旁代十娘回答，「巧知娘子意，擲果到渠邊」。當時恰有蜜蜂飛於十娘面上，十娘以蜜蜂暗喻張郎，嗔中有愛，活畫出這位多情佳人的嫵媚之態，「余」乘此再申愛慕之情，頗有垂涎輕薄的狂態。這種表情達意的方式，與〈子夜歌〉、〈下女夫詞〉同出一轍。〈遊仙窟〉的敘事方式與俗賦和民歌距離不遠，行文中用了許多當時的口語，修辭上用了不少通俗的雙關語、拆字法等，可謂不避俗野，當為民間喜聞樂見。這是傳奇小說初興期的敘事形態，後來的作品像這樣對歌酬答的形式就很少見了，代之而起的是詩束傳遞，典型的作品如〈鶯鶯傳〉等。

〈遊仙窟〉在唐代已傳至日本，國內卻無傳本，也不見史志和諸家著錄。此篇文中五嫂稱「張郎」，十娘作離別詩云「自恨無機杼，何日見文成」，直以「文成」呼之，作者為張文成（鷟）當屬無疑。據文獻記載，張鷟下筆敏速，出言詼諧，因「性褊躁，不持士行」而遭到權貴鄙薄，〈遊仙窟〉詞涉猥褻，也許因此被鄙棄而不傳於中土。然而「遊仙」一詞，似乎在中土並未泯滅，明代話本小說〈賣油郎獨占花魁〉中賣油郎秦重到青樓與妓女美娘歡會後感嘆說：「秦重如做了一個遊仙好夢！」遊仙，成了嫖娼的美稱。

第三節　志怪及其他筆記小說

　　唐代傳奇小說從志怪、雜史雜傳分流出來自成一家，開啟了小說獨立發展的歷史，往昔的志怪、雜史雜傳仍沿著文體舊有的軌道繼續前行。志怪作品在唐初有《冥報記》，雜史雜傳與志人小說合流而成記敘名人逸事的野史筆記，唐初有《朝野僉載》、《隋唐嘉話》等。

　　《冥報記》，《舊唐書》和《新唐書》都著錄為二卷，原書已佚，一些佚文被《法苑珠林》、《太平廣記》輯錄。原書傳本在日本有藏，今人方詩銘以日本藏本為底本，校以《法苑珠林》、《太平廣記》等所引佚文，整理成三卷本《冥報記》（附「補遺」、「附錄」）。

　　唐臨（西元六〇〇年至西元六五九年），字本德，京兆長安人。兩《唐書》有傳，官至吏部尚書。《法苑珠林》卷一一九〈傳記篇‧雜集部〉著錄《冥報記》署「唐朝永徽年內吏部尚書唐臨撰」，永徽（西元六五〇至西元六五五年）為唐高宗李治的一個年號。《冥報記》卷下〈唐王璹〉寫王璹於永徽二年六月死而復甦，則此書之成不早於永徽二年（西元六五一年）。《冥報記》卷中〈隋崔彥武〉條中有「崔尚書敦禮說云然」句，卷下《唐韋慶植》條中亦有「崔尚書敦禮具為臨說」句，史載崔敦禮於永徽四年（西元六五三年）十一月結束兵部尚書之任，由唐臨自吏部尚書代崔敦禮為兵部尚書，由此可知唐臨作《冥報記》不晚於永

徽四年十一月。

　　唐臨篤信釋家因果報應，「釋氏說教，無非因果，因即是作，果即是報，無一法而非因，無一因而不報」[09]。他撰寫《冥報記》就是將自己所聞所見的因果報應之事告訴世人，勸人禮佛為善。他在《冥報記序》中說：

> 　　昔晉高士謝敷、宋尚書令傅亮、太子中書舍人張演、齊司徒從事中郎陸果，或一時令望，或當代名家，並錄《觀世音應驗記》，及齊竟陵王蕭子良作《宣驗記》、王琰作《冥祥記》，皆所以徵明善惡，勸戒將來，實使聞者深心感寤。臨既慕其風旨，亦思以勸人，輒錄所聞，集為此記，仍具陳所受及聞見由緣，言不飾文，事專揚確，庶人見者能留意焉。[10]

　　唐臨是朝廷高官，篤信佛教，他自覺地繼承志怪中釋氏輔教傳統，於是寫成《冥報記》。

　　《冥報記》如《應驗記》、《宣驗記》、《冥祥記》等一樣，用信佛和毀佛的正反兩方面的事例，說明報應不爽，但它也有豐富和新發展的地方。例如它對鬼的世界結構描述，顯然較往昔志怪所寫要更豐富。卷中〈唐眭仁蒨〉把傳統的泰山之說與佛教傳入的地獄說結合起來，說冥間「總受泰山控攝」，「閻羅王者如人天子，泰山府君尚書令錄，五道神如諸尚書，若我輩國

09　唐臨：《冥報記》，中華書局 1992 年版，第 2 頁。

10　唐臨：《冥報記》，中華書局 1992 年版，第 2 頁。下不再注。

如大州郡」。又說冥間與人間一樣分為若干等級，在冥間任臨胡國長史的成景與眭仁蒨有一段對話：

> 景曰：「君縣內幾戶？」蒨曰：「萬餘戶。」又：「獄囚幾人？」蒨曰：「常廿人已下。」又曰：「萬戶之內有五品官幾人？」蒨曰：「無。」又曰：「九品已上官幾人？」蒨曰：「數十人。」景曰：「六道之內亦一如此耳。其得天道，萬無一人，如君縣內無一五品官。得人道者有數人，如君九品。入地獄者亦數十，如君獄內囚。唯鬼及畜生最為多也，如君縣內課役戶。就此道中又有等級。」

成景說「人死當分入六道」，所謂「六道」，即天道、人道、阿修羅道、畜生道、餓鬼道和地獄道。

《冥報記》寫冥間鬼情如人情，賄賂一樣風行。卷下〈唐王璹〉寫王璹被逮至冥間，審問判明無罪放回陽間，正要離開冥間時，有吏來索賄：

> 見向所訊璹之吏從門出來，謂璹曰：「君尚能待我，甚善，可乞我千錢。」璹不應，內自思曰：「吾無罪，官放我來，何為有賄吏乎？」吏即謂曰：「君不得無行，吾向若不早將汝過官，令二日受縛，豈不困頓？」璹心然之，因愧謝曰：「謹依命。」吏曰：「吾不用汝銅錢，欲得白紙耳，期十五日來。」

到十五日之期，王璹忘給錢，結果復病困絕，鬼吏責他失信，他遂告家人買紙百張作錢送之，但紙質不好，王璹又病。

鬼吏告之紙錢為惡幣，王璹於是令家人「以六十錢市白紙百張作錢，並酒食，自於隆政坊西渠水上燒之」，至此便身體脫病康健。

　　卷下〈唐柳智感〉寫興州長舉縣令柳智感晝臨縣職，夜判冥事，是此前志怪從未有過的故事類型。柳智感為何被冥府選中，沒有寫明，只是說冥府有一員官缺，請他暫來判案，三年後方有正式補缺者。這「夜判冥事，晝臨縣職」，成為後世小說中包拯的特異功能。

　　唐臨說他的《冥報記》是實錄見聞，「言不飾文」，但飾文之處卻並不少見，比如〈唐王璹〉描寫王璹在冥府所歷：

> 　　璹遙見北門外昏暗，多有城，城上皆女牆，似是惡處。大官因書案上謂璹曰：「汝無罪，放去。」拜辭。吏引璹至東階下拜僧，僧以印印璹臂，曰：「好去。」吏引璹出東門，南行，度三重門，每門皆勘視臂印，然後聽出。至第四門，門甚大，重樓朱粉，三戶並開，狀如宮城門，守衛嚴密，驗印聽出門。東南行數十步，聞有人後喚璹，璹回顧，見侍郎宋行質，面慘黑色，露頭散腰，著故緋袍，頭髮短垂如胡人者，立於廳事階下，有吏卒守之。

　　篇末唐臨特別說明這是他親耳聽王璹所述，在場的還有刑部侍郎劉燕客和大理少卿辛茂將。篇中所述在冥間受罪的尚書刑部侍郎宋行質死於永徽二年（西元六五一年）五月，他在冥間猶如囚徒，皆因「性不信佛，有慢易之言」。這些情景也許完全

出自王璹之口，但唐臨用如此細緻筆墨鋪敍，在南北朝志怪作品中是極為少見的。《冥報記》尤多寫並善於寫人物對話，筆法已接近傳奇小說。

時代變遷，九品中正的舉察制已被科舉制所取代，專寫人品的志人小說已失去現實社會土壤，然而記人記言記事的文體仍然流傳不廢，內容卻發生了巨大變化，它以短書的體裁記錄作者聞見，有名人逸事、時政要聞以及民俗神怪等。這些著作，或被稱為野史筆記，或被稱為逸事小說。傳奇小說初興時期，這類作品主要有張鷟的《朝野僉載》和劉餗的《隋唐嘉話》。

《朝野僉載》的作者張鷟，即前述傳奇小說〈遊仙窟〉的作者。《朝野僉載》卷一記有玄宗開元八年（西元七二〇年）之事，成書當在〈遊仙窟〉之後。此書以筆劄的方式記敍時事見聞，其中以武則天一朝的事蹟為多。張鷟稱武則天朝為「偽周」，記述了其政治黑暗險惡的許多事例。

官員選拔，他說：「乾封（唐高宗年號，西元六六六至西元六六八年）以前選人，每年不越數千，垂拱（武則天年號，西元六八五至西元六八八年）以後，每歲常至五萬。……選司考練，總是假手冒名，勢家囑請。手不把筆，即送東司，眼不識文，被舉南館。正員不足，權補試、攝、檢校之官。賄貨縱橫，贓汙狼藉。」[11] 又揭露「斜封官」之弊，不僅使「屠販而踐高位」，

11　趙守儼點校：《朝野僉載》，中華書局 1979 年版，第 6 頁。

而且使「有才者得官以為辱」。[12] 卷四有一則寫張鷟、沈全交詠詩諷刺朝廷官濫，險些獲罪的趣事：

> 則天革命，舉人不試皆與官，起家至御史、評事、拾遺、補闕者，不可勝數。張鷟為謠曰：「補闕連車載，拾遺平斗量。杷推侍御史，椀脫校書郎。」時有沈全交者，傲誕自縱，露才揚己，高巾子，長布衫，南院吟之，續四句曰：「評事不讀律，博士不尋章。麵糊存撫使，眯目聖神皇。」遂被杷推御史紀先知捉向左臺，對仗彈劾，以為謗朝政、敗國風，請於朝堂決杖，然後付法。則天笑曰：「但使卿等不濫，何慮天下人語？不須與罪，即宜放卻。」先知於是乎面無色。[13]

「杷推」，用杷推聚，形容數量極多；「椀脫」，出自同一模型之碗，個個一樣。這段故事一方面揭露武則天授官之濫，但另一方面也說明武則天對此心中也有數，「但使卿等不濫，何慮天下人語？」事實確乎如此，武則天放手給人官職，但同時又用酷吏消滅大量官員，如《資治通鑑》所說，「是時官爵易得而法綱嚴峻，故人競為趨進而多陷刑戮」。對於武則天明察善斷的這一面，張鷟似乎是淡然處之。

書中記錄武則天朝酷吏的刑訊方法之酷虐，令人髮指，周興號稱「牛頭阿婆」，索元禮號稱「索使」，李嵩、李全交、王

12　趙守儼點校：《朝野僉載》，中華書局 1979 年版，第 7 頁。

13　趙守儼點校：《朝野僉載》，中華書局 1979 年版。下不再注。

旭號稱「三豹」，李全交又號「人頭羅剎」，王旭又號稱「鬼面夜叉」，還有來俊臣等，都是用殘忍刑罰逼供，殺戮甚眾。周興曾牓門判曰：「被告之人，問皆稱枉。斬決之後，咸悉無言。」但酷吏亦無善終。《朝野僉載》有一條記來俊臣審周興：

> 唐秋官侍郎周興與來俊臣對推事。俊臣別奉，進止鞫興，興不之知也。及同食，謂興曰：「囚多不肯承，若為作法？」興曰：「甚易也。取大甕，以炭四面炙之，令囚人處之其中，何事不吐！」即索大甕，以火圍之，起謂興曰：「有內狀勘老兄，請兄入此甕。」興惶恐叩頭，咸即款伏。斷死，放流嶺南。所破人家流者甚多，為仇家所殺。《傳》曰：「多行無禮必自及」，信哉！

這條記載被《資治通鑑》採納，「請君入甕」也成為膾炙人口的成語。

《朝野僉載》記錄當時告密、貪吝諂媚、賣官鬻爵、官場傾軋等事例頗多，作者張鷟眼中的武則天當權是一個黑暗、凶險和醜惡的朝代，且不論張鷟是否存在偏見，由於他在當朝為官，許多事情是親身所歷，耳目所接，隨意記下，雖然不一定都準確無誤，但總體上還是反映了那個時代、那個社會真實的一面。《朝野僉載》的文體，既不同於六朝志人，也不同於雜史雜傳。它記事多片段，不求完整，類於志人小說；而所記之事，多關當朝時政，能補史書之闕，又類於雜史雜傳。《四庫全書總目》把它歸在「小說家類」，引《容齋隨筆》評它「記事瑣屑摭

裂，且多媟語」，但又肯定它「耳目所接，可據者多，故司馬光作《通鑑》亦引用之。兼收博採，固未嘗無裨於見聞也」[14]。

與《朝野僉載》差不多同時的還有《隋唐嘉話》，其作者劉餗是著名史學家劉知幾之子。此書題名《隋唐嘉話》，隋朝記載很少，唐朝乙太宗朝事居多。記武則天朝之事不多，也不像《朝野僉載》那樣持激烈否定的態度。所記至玄宗開元年間為止。作者在此書序言中說：「余自髫丱之年，便多聞往說，不足備之大典，故繫之小說之末。」[15] 然與《朝野僉載》相比卻要遜色得多。張鷟是才子型，所見所聞，隨性而記，縱筆揮灑略無禁忌；劉餗出身史家，著筆先有記史的觀念，無論是選材還是行文，都比較拘謹。

如果把唐前的志人、志怪書統稱為「古小說」的話，那麼「古小說」到唐代就發生了較大的變化。沿襲志怪傳統的作品有之，而新出現的如《朝野僉載》、《隋唐嘉話》等則獨樹一幟，它們保持叢殘小語的體例，而內容偏於記載政治、文化、風俗等領域的瑣事逸聞，發展成為一種具有史料價值的筆記體文字，故稱之為野史筆記。這種野史筆記，唐及唐以後的作品極為繁多，近些年來中華書局出版《唐宋史料筆記叢刊》、《元明史料筆記叢刊》、《清代史料筆記叢刊》，上海古籍出版社出版《宋元筆記叢書》、《明清筆記叢書》，數量之大可見一斑。鑑於

---

14 《四庫全書總目》卷一四〇，中華書局 1965 年版，第 1183 頁。
15 毅中點校：《隋唐嘉話》，中華書局 1979 年版，第 1 頁。

唐代傳奇宣示文學散文敘事的小說文體登上文壇，「古小說」所
包含的志人、志怪和野史筆記即退出本小說史的視野，一般不
再予以論述。

第三章

唐代傳奇小說的繁榮（上）

第一節　繁榮期傳奇小說概說

　　傳奇小說創作的繁榮，發生在「安史之亂」後。「安史之亂」結束了唐朝鼎盛的氣象，詩歌由豪邁激情、瑰麗奇恣轉向沉靜感傷、平實細膩，貞元、元和詩壇興起以白居易、元稹為代表的新樂府運動，標舉「文章合為時而著，歌詩合為事而作」的綱領，創作出一批有巨大影響力的敘事色彩濃厚的詩作，如白居易的〈長恨歌〉、〈琵琶行〉，元稹的〈會真詩〉、〈連昌宮詞〉，李紳的〈鶯鶯歌〉等，這種關注時事不避忌諱的敘事之風滋長了傳奇小說的創作。這個時期傳奇小說的作者與新樂府運動有關的，至少有寫〈鶯鶯傳〉的元稹，寫〈李娃傳〉的白行簡，寫〈長恨歌傳〉的陳鴻，寫〈南柯太守傳〉、〈謝小娥傳〉的李公佐，寫〈霍小玉傳〉的蔣防等。白行簡是白居易的兄弟，他說他寫〈李娃傳〉是受李公佐的敦促，該小說末尾說：「貞元中，予與隴西公佐話婦人操烈之品格，因遂述汧國之事。公佐拊掌竦聽，命予為傳。乃握管濡翰，疏而存之。」而元稹亦作長詩〈李娃行〉（今僅存殘句）。可見，當時傳奇小說與詩歌的新樂府運動有著深刻的精神連繫。

　　繁榮期的傳奇小說作品究竟有多少，作者有多少，難以精確統計。當時的作品是靠抄本流傳，雕版印刷還在起步階段，主要用於佛像、經文以及重要文書的刷印，小說之類的卑微文字不可能付梓，因而它的流傳很有限。大概優秀的作品傳下來

了，平庸的作品便被歷史沉埋，傳存下來的作品並不多，但足以代表那個時代的精神和藝術高度。單篇行世的作品，現知的約有：

陳玄祐〈離魂記〉（約建中初年）

沈既濟〈任氏傳〉（建中二年）

〈枕中記〉（建中年間）

許堯佐〈柳氏傳〉（貞元年間）

李景亮〈李章武傳〉（貞元年間）

李公佐〈南柯太守傳〉（貞元十八年）

〈廬江馮媼傳〉（元和六年）

〈古嶽瀆經〉（元和九年）

〈謝小娥傳〉（元和十三年）

元稹〈鶯鶯傳〉（貞元年間）

白行簡〈李娃傳〉（貞元二十一年）

陳鴻〈長恨歌傳〉（元和元年）

〈東城老父傳〉（元和五年）

蔣防〈霍小玉傳〉（約大和初）

沈亞之〈馮燕傳〉（元和九年）

〈異夢錄〉（元和十年）

〈湘中怨解〉（元和十三年）

〈秦夢記〉（大和元年）

李朝威〈柳毅傳〉（約貞元年間）

柳珵〈上清傳〉（約寶歷年間）

房千里〈楊娼傳〉（大和年間）

第三章　唐代傳奇小說的繁榮（上）

韋瓘〈周秦行紀〉（開成年間）
薛調〈無雙傳〉（約大中年間）

　　這個時期的作品以言情為主。寫神鬼精怪的如〈任氏傳〉、〈李章武傳〉、〈柳毅傳〉等，已完全出離於志怪，不再是宣揚神鬼的存在，傳達近乎宗教的神祕精神，而是藉神鬼寫有血有肉的人的愛情，這情愛有的纏綿，有的甜蜜，有的悲苦，有的哀豔，總之是從不同的側面和不同的層次表現男女情愛的美。有些作品寫方士仙術和妖魅怪異，如〈枕中記〉、〈南柯太守傳〉等，但這些作品並沒有求仙慕化的意向，它們抒發的是人生如夢的深刻哀傷、空間的無限和時間的無限，在無限面前的有限人生，榮華富貴，又何其渺小乃爾！這是超越社會根源的、與生俱來的痛苦，這種情感體驗是哲理的、永恆的，也是美的。至於那些直接描寫現實生活中的愛情的作品，如〈李娃傳〉、〈霍小玉傳〉、〈鶯鶯傳〉等，無論是寫未婚男女的私相戀愛，寫不合理婚姻狀態中女子的婚外戀，還是寫妓女對真情的追求，則更是把愛情的豐富和單純、執著和盲目、喜悅和悲哀、實在和虛緲、永恆和短暫等表現得酣暢淋漓。宋代洪邁曾評論說：「唐人小說，小小情事，淒惋欲絕，洵有神遇而不自知者，與詩律可稱一代之奇。」[01]

01　洪邁：〈唐人說薈凡例〉，轉引自侯忠義編《中國文言小說參考資料》，北京大學出版社 1985 年版，第 21 頁

繁榮期傳奇小說關注和表現的是現實中的人生和愛情，它們展開的故事卻都有奇異非常之處。作品的世界豐富多彩，但大致可分為虛幻的世界和現實的世界。描繪虛幻世界的作品，顯然承襲了往昔志怪書的傳統，生發了人神戀、人鬼戀、人妖戀等母題；描繪現實世界的作品，是往昔志人和史傳孕育的產物。

第二節
幻境型作品（上）：離魂和歸魂 ──〈離魂記〉、〈李章武傳〉

靈魂出竅與情人相會，昔南朝宋志怪《幽明錄》記有〈龐阿〉一條，石氏女愛慕龐阿，靈魂離開軀體與龐阿幽會（參見第一編第三章第四節《幽明錄》），龐阿是有婦之夫，石氏女因目睹龐阿俊美而相思不已，以致靈魂出竅。〈離魂記〉的王宙和倩娘是表兄妹，青梅竹馬，且倩娘之父張鎰曾許以婚配，但長成後張鎰卻失信將倩娘許配他人，王宙悲恨交加而離去。夜半王宙在船上忽聞岸上由遠而近的急促的腳步聲，不料竟是跣足徒行而來的倩娘：

> 宙驚喜發狂，執手問其從來。泣曰：「君厚意如此，寢夢相感。今將奪我此志，又知君深情不易，思將殺身奉報，是以亡命來奔。」宙非意所望，欣躍特甚。遂匿倩娘於船，

連夜遁去。倍道兼行，數月至蜀。凡五年，生兩子，與鎰絕
信。[02]

倩娘畢竟思念父母，夫妻遂俱歸衡州。王宙先至岳父母
家，張鎰稱女兒病在閨中數年，何有私奔之說！派人去船上探
問虛實，果見顏色怡暢之倩娘。而室中臥病的倩娘聞訊欣然出
迎，兩個倩娘相擁合為一體。

〈離魂記〉之不同於〈龐阿〉，在於它描寫了倩娘與王宙願
「殺身奉報」的愛情，表現了青年男女追求愛情和婚姻自主的強
烈願望。在細節上，〈離魂記〉寫兩個倩娘「翕然而合為一體，
其衣裳皆重」，極富想像力。如果說靈魂出竅自有來由，靈肉合
為一體則是一個藝術創造。

〈離魂記〉的作者陳玄祐，兩《唐書》無傳。小說開頭敘
「天授三年（西元六九二年）」，末尾云：「大曆末，遇萊蕪縣令
張仲，因備述其本末。鎰則仲堂叔，而說極備悉，故記之。」可
知此作大約寫於建中初年，陳玄祐當是大曆前後之人。〈離魂
記〉以虛幻之境寫人間至情，頗具藝術感染力，影響深遠。《五
燈會元》卷十六記北宋東京慧林懷深禪師向蔣山佛鑑懃禪師「請
益」，「鑑舉倩女離魂話，反復窮之」。元鄭光祖雜劇〈倩女離
魂〉即據此篇改編而成，從此成為戲曲舞臺各個劇種不斷搬演
的劇碼。

---

02 引自汪辟疆校錄《唐人小說》，上海古籍出版社 1978 年新 1 版。下不再注。

死後靈魂與所愛之人相會，東晉《搜神記》已有〈紫玉〉一則。這種題材類型或可稱為「歸魂」。李景亮之〈李章武傳〉要比〈紫玉〉寫得淒婉委曲得多，它敘貞元年間李章武自長安赴華州，與王氏之婦人萍水相遇而生情，兩情相好彌切。不久李章武因事告歸長安，分別八九年後再訪王氏婦，方知她因感念成疾，死已兩年。臨死曾托鄰婦，萬一李章武來，請留宿於舊室，「冀神會於彷彿之中」。李章武思念情至，不顧顯晦殊途，執意與鬼魂相見。當夜兩情相見，恩愛如初。五更臨別，拭淚以詩贈答，並互贈寶玉寶簪留念。

　　王氏婦之還魂，不是死而復生，而是魂回陽間。其魂仍具往昔之形，與生人無異。王氏婦痴愛李章武，「我夫室猶如傳舍，閱人多矣。其於往來見調者，皆殫財窮產，甘辭厚誓，未嘗動心」。唯一見李章武則不覺自失，別後思念抑鬱而死，死後亦不畏陰司之責，與李章武相會又送別，這王氏婦之情可謂執著至深。而李章武對王氏婦的愛戀也並非好色獵豔，面對鬼魂亦相愛如初，別後眷念之情歷久不減。這一段生死之戀寫得哀婉動人。

　　此篇寫王氏婦魂靈的出現和離去，以李章武主觀角度進行描述，生動而富於感情。寫王氏婦魂靈之來：

　　　　至二更許，燈在床之東南，忽爾稍暗，如此再三。章武
　　心知有變，因命移燭背牆，置室東西隅。旋聞室北角悉窣有

聲，如有人形，冉冉而至。五六步，即可辨其狀。視衣服，乃主人子婦也。與昔見不異，但舉止浮急，音調輕清耳。章武下床，迎擁攜手，款若平生之歡。

凌晨時王氏婦魂靈與章武敘別：

> 遂卻赴西北隅。行數步，猶回顧拭淚。云：「李郎無舍，念此泉下人。」復哽咽佇立，視天欲明，急趨至角，即不復見。但空室窅然，寒燈半滅而已。

燭光明滅閃動，即聞悉（窸）窣之聲，恍惚見有人形冉冉而至，然後才辨其形貌聲音，氣氛冷肅，而章武之期盼卻十分熱切。鬼魂離去，「空室窅然，寒燈半滅而已」，不僅寫景，同時也表現了主人公的惆悵失落。

小說敘事中多次插入詩賦，華州初會分別時贈詩，人鬼敘別又贈詩，後懷念情不自已乃賦詩，均切合具體情景和人物心態，展現了人物內心的情懷。

〈李章武傳〉作者李景亮生卒年不詳，據《唐會要》卷七十六載，曾應貞元十年（西元七九四年）詳明政術可以理人科。小說中主人公人鬼相會在貞元十一年，成書當稍晚。

第三節
幻境型作品（中）：人妖戀和人神戀 ──〈任氏傳〉、〈柳毅傳〉

〈任氏傳〉的作者沈既濟，生卒年不詳。《新唐書》有傳云：「沈既濟，蘇州吳人。經學該明。吏部侍郎楊炎雅善之，既執政，薦既濟有良史才，召拜左拾遺、史館修撰。……炎得罪，既濟坐貶處州司戶參軍。後入朝，位禮部員外郎。卒。撰《建中實錄》，時稱其能。」

《新唐書》卷一三二〈沈既濟傳〉。《舊唐書》附其傳於其子沈傳師傳中。他所撰傳奇小說除〈任氏傳〉外，傳世的還有〈枕中記〉。其他著作則有《建中實錄》、《選舉錄》各十卷，見《新唐書・藝文志》，惜均已亡佚。〈任氏傳〉的寫作時間，篇末記云：「建中二年（西元七八一年），既濟自左拾遺於金吳。將軍裴冀，京兆少尹孫成，戶部郎中崔需，右拾遺陸淳，皆適居東南，自秦徂吳，水陸同道。時前拾遺朱放因旅遊而隨焉。浮穎涉淮，方舟沿流，晝宴夜話，各徵其異說。眾君子聞任氏之事，共深嘆駭，因請既濟傳之，以志異云。」足見其寫於建中二年。

小說女主人公任氏是一個狐精。狐精在唐前志怪中是活躍的角色，晉《玄中記》說：「狐五十歲，能變化為婦人，百歲為美女，為神巫，能知千里外事。善蠱魅，使人迷惑失智。千歲

即與天通，為天狐。」《搜神記》的〈阿紫〉、北魏《洛陽伽藍記》的〈孫岩〉，都講狐精有害於人。但任氏之性情一反狐精之傳統，她豔麗嫵媚、溫柔多情，只助人而絕不害人。她的身分被情人鄭子識破後對鄭生說：「凡某之流，為人惡忌者，非他，為其傷人耳。某則不然。若公未見惡，願終己以奉巾櫛。」

　　任氏容色姝麗，作品正面描繪僅有「妍姿美質，歌笑態度，舉措皆豔，殆非人世所有」幾句，並未進行寫真式的摹寫，但作者善用反襯法，或謂背面傅粉。先是鄭生瞥見她，便驚悅忘形，情不自禁，尾隨至樂遊園任氏寓所；繼而韋崟派家僮去窺探任氏，家僮回報，稱其美貌非當時穠豔如神仙的吳王之女所能相比；韋崟親見，竟「愛之發狂」而失去理智；服裝商人見到即驚嘆「此必天人」。這種寫法，雖不具象，卻給讀者留下了想像的空間。這種小說手法是志怪不曾有過的。

　　任氏初給鄭生的印象似乎是一位教坊女子，居所在長安著名的遊樂之地，且自言「某兄弟名繫教坊」，而居所有任氏姐出迎，室內列燭置膳，舉酒酣飲，也絕非良家規範。但任氏不是一般迎來送往的青樓女子，當韋崟強要與她尋歡時，她堅拒而神色慘變，長嘆曰：

　　　　鄭生有六尺之軀，而不能庇一婦人，豈丈夫哉！且公少
　　豪侈，多獲佳麗，遇某之比者眾矣。而鄭生，窮賤耳，所稱
　　愜者，唯某而已。忍以有餘之心，而奪人之不足乎？哀其窮

餒，不能自立，衣公之衣，食公之食，故為公所系耳。若糠
　　糧可給，不當至是。

　　義正詞嚴，對鄭生之真情溢於言表，立即震懾了韋崟。此
後她指點鄭生做買賣，獲利頗豐，其意亦在幫助鄭生經濟自
立。任氏對鄭生用情堅貞專一，只在感激他的相知不棄。鄭生
與任氏初會之次日，已從鬻餅胡人口中得知並實地勘驗，證明
任氏實為一多誘男子的狐精，但鄭生仍追求不舍。十許日在西
市終於尋到：

　　　　鄭子遽呼之。任氏側身周旋於稠人中以避焉。鄭子連呼
　　前迫，方背立，以扇障其後，曰：「公知之，何相近焉？」
　　鄭子曰：「雖知之，何患？」對曰：「事可愧恥，難施面目。」
　　鄭子曰：「勤想如是，忍相棄乎？」對曰：「安敢棄也，懼
　　公之見惡耳。」鄭子發誓，詞旨益切。任氏乃回眸去扇，光
　　彩豔麗如初。

　　任氏始終不負鄭生，只在鄭生不嫌棄她的狐精身分。這狐
精身分多有卑賤的象徵意味。但她也過於痴情和順從，明知西
行對她不利，仍跟隨鄭生而行，果然途中為犬所斃。

　　作品中的另兩個人物形象也很有性格。鄭生和韋崟都是紈
綺子弟，鄭生平庸，韋崟豪縱，他們對於任氏這樣美麗的女
子，只是悅其色而已。任氏為擺脫韋崟的糾纏，甚至為他撮合
了兩位美豔的婦人。作者於篇末慨嘆道：「嗟乎，異物之情也有

人焉！遇暴不失節，狗人以至死，雖今婦人，有不如者矣。惜鄭生非精人，徒悅其色而不徵其情性。向使淵識之士，必能揉變化之理，察神人之際，著文章之美，傳要妙之情，不止於賞玩風態而已。惜哉！」這也點出了小說的主題。

〈任氏傳〉是小說第一篇描寫多情可愛的狐精的作品，而且描寫得美妙感人，影響深遠。《董西廂》卷一〈柘枝令〉曲曰：「也不是崔韜逢雌虎，也不是鄭子遇妖狐……」說明宋金時〈任氏傳〉已廣為人知。清乾隆間崔應階據以改編成雜劇〈情中幻〉，同時稍早有佚名戲曲傳奇〈情中幻〉將〈任氏傳〉中韋崟與將軍侍姬寵奴的一段故事演繹成劇。然而繼承其浪漫精神的當屬清初蒲松齡的小說集《聊齋志異》，其中狐精的人性化更加豐富多彩。

〈柳毅傳〉又名〈洞庭靈姻傳〉，或名〈柳毅〉，作者李朝威，生平不詳，有推測謂為唐宗室蜀王後裔。〈柳毅傳〉篇末記開元末柳毅贈表弟薛嘏益壽藥丸，「殆四紀，嘏亦不知所在」，從開元末往後推四十多年，則此篇寫成時間當在貞元年間。

人神戀的故事在唐前志怪中並不罕見，人如何進入仙境是故事的一個關鍵，志怪作品多採用「誤入」方式，〈柳毅傳〉不用「誤入」，柳毅初與龍女相遇是在塵世的涇陽道上，受託傳書入龍宮仙境，卻是在洞庭湖畔，敲擊橘樹，有龍宮使者導之而入。這種方式也不是〈柳毅傳〉的首創，南朝宋劉敬叔《異苑》

卷五已有敘扣藤入水給河伯傳書者，扣樹入水傳書，大概是民間傳說的創造。比〈柳毅傳〉稍早的戴孚《廣異記》之〈三衛〉敘三衛受北海神之女托囑入水傳書，已具〈柳毅傳〉故事之梗概，但三衛僅獲北海神厚賜，並未與其女成婚。〈柳毅傳〉的作者是否據〈三衛〉敷衍成篇，不得而知。作者說這個故事由柳毅的表弟薛嘏傳出，他和戴孚也許是各據傳聞寫成，不過戴孚寫的是志怪，而李朝威寫的是小說。

〈柳毅傳〉與〈三衛〉在故事層面上之不同，在於傳書人與委託傳書的女子結為了夫婦，而〈三衛〉中此二人只是互助的友人。人物形象的差異則更大。〈三衛〉的男主人公三衛是凡庸之輩，他給北海神之女傳書，固然有同情一位受難女子的因素，而北海神之女的一句話「若能為達，家君當有厚報」，應該產生很大的吸引力，所以當北海神以二匹絹相贈時，「三衛不說，心怨二匹之少也」[03]，證明他圖報的私心比較重。〈柳毅傳〉中的柳毅則是具有豪俠之氣的錚錚漢子，當龍女向他訴說屈辱遭遇，問他可否傳書洞庭時，他說：「吾義夫也。聞子之說，氣血俱動，恨無毛羽，不能奮飛。是何可否之謂乎！」從涇陽到洞庭，路遙何止千里，柳毅慨然允諾。龍女之厄解除後，錢塘龍君要以龍女嫁柳毅，居高臨下，不容商量：「如可，則俱在雲霄；如不可，則皆夷冀壤。」柳毅卻不屈服於威權，肅然駁之，「敢

以不伏之心，勝王不道之氣」，使得這位性格狂躁、氣吞山河的錢塘君也不得不退自循顧，拜服其正氣。柳毅的剛毅人格非三衛所能比擬。

在藝術上，柳毅的形象也刻劃得生動真實，他拒絕了錢塘君的提婚，但與龍女臨別時，「殊有嘆恨之色」。龍女隱其身分冒為盧氏，嫁與柳毅並誕下一子後，龍女乃自白身分，問及當年柳毅拒婚心跡，柳毅說：

> 僕始見君於長涇之隅，枉抑憔悴，誠有不平之志。然自約其心者，達君之冤，余無及也。以言慎勿相避者，偶然耳，豈有意哉。洎錢塘逼迫之際，唯理有不可直，乃激人之怒耳。夫始以義行為之志，寧有殺其婿而納其妻者邪？一不可也。善素以操真為志尚，寧有屈於己而伏於心者乎？二不可也。且以率肆胸臆，酬酢紛綸，唯直是圖，不遑避害。然而將別之日，見君有依然之容，心甚恨之。……籲，今日，君，盧氏也，又家於人間，則吾始心未為惑矣。從此以往，永奉歡好，心無纖慮也。

柳毅性格中的剛與柔、理與情，表現得自然且淋漓盡致。龍女對柳毅戀戀不捨，冒名嫁給柳毅，直待生子之後才透露真相，她認為有了兒子，夫妻關係即牢不可破了。她的性情已完全沒有仙氣，純然是一位世間賢淑女子。

〈柳毅傳〉採用第三人稱主觀敘述，小說的一切場景均為柳毅所見所歷。見龍女於長涇之隅自不必論，洞庭湖畔扣樹入

水，水宮之華貴剔透，皆由柳毅眼中所出；錢塘君討伐涇川，出師時雷霆萬鈞的氣勢，亦為柳毅目中所見、耳中所聞；錢塘君如何討伐，並不正面描述，僅由柳毅聽錢塘君與洞庭君對話敘出；龍女如何冒名盧氏嫁柳毅也不正面描述，只在結婚生子之後，才對柳毅訴說初衷。這第三人稱主觀敘述，無疑加強了小說的藝術寫實度，表現了高超的敘事技巧。

〈柳毅傳〉情節曲折生動，人物形象個性鮮明，語言準確華麗，敘述中恰到好處地插入詩賦，堪稱唐傳奇文之佳作。後世戲曲小說多有據以改編者，如元人雜劇〈柳毅傳書〉、清人小說〈蹄雲樓〉等。

第四節
幻境型作品（下）：浮生若夢 ——〈枕中記〉、〈南柯太守傳〉

〈枕中記〉是沈既濟〈任氏傳〉之外的又一小說佳作。沈既濟於建中元年（西元七八〇年）擢左拾遺，次年即被貶，約在興元元年（西元七八四年）轉起禮部員外郎，《全唐文》卷七六〇房千里〈骰子選格序〉云「近者沈拾遺述枕中事」，可見〈枕中記〉作於沈既濟任左拾遺之後、任禮部員外郎之前。

人世無常、浮生若夢的感慨，人多有之，然而以人物情節將它形象化，並達到撥動心弦的效果，良非易事。《搜神記》記

有焦湖廟玉枕，商人楊林於枕中入夢，盡享榮華富貴，歷數十年，忽而夢醒，愴然久之。[04] 後《幽明錄》又稍加修飾輯入。它們都是志怪，篇幅短小，寓意雖在，而形象不足。〈枕中記〉襲其命意，亦以枕中入夢為情節，但描述之細，遠非志怪所能及。

　　枕中入夢的盧生是一位沉於草野的落拓書生，他有建功樹名、出將入相的宏偉志向，只是埋怨生世不諧。邯鄲道上的道士呂翁授之以枕，盧生昏然入枕，覺得自己回家，數月後即娶高門美麗女子為妻。次年舉進士，三年累官至陝牧，鑿河八十里，地方為他刻石記德；又出為節度使，大破戎虜，開疆拓土，邊境百姓為他立石頌其成功。歸朝冊勳，雖為宰相所忌，小有起伏，然終於位極人臣，號為賢相。泰極否來，被朝臣誣陷下獄，僥倖免死，卻也流放他州。數年後昭雪還京，被封燕國公。所生五子，皆有才器，姻媾皆天下望族。所謂「兩竄荒徼，再登臺鉉，出入中外，徊翔臺閣，五十餘年，崇盛赫奕」，人間之榮華富貴登峰造極。但終不能免於一死，瞑目之瞬間倏爾覺醒，「呂翁坐其傍，主人蒸黍未熟」。盧生憮然良久，曰：「夫寵辱之道，窮達之運，得喪之理，死生之情，盡知之矣。」功名利祿的欲望頓時銷訖。

　　〈枕中記〉與志怪同一題材文字之不同，其一，在於它寫盧生夢中的仕宦經歷切近現實，其文治武功雖已達到人臣之

04　參見汪紹楹校注《搜神記》佚文二十八，中華書局 1979 年版。

極致，但中途一次遭貶，一次獲罪幾死，「兩竄荒徼，再登臺鉉」，兩落兩起，官場上的寵辱榮達，人生的死生之情，悉皆盡嘗，唯真實的華貴人生，如夢如幻，方能澆滅盧生熾熱的欲望。其二，它寫盧生夢醒時，蒸黍未熟，夢中五六十年，回顧竟在一瞬間，震撼了盧生，也足以引起讀者的共鳴。「黃粱一夢」此後便成為比喻人生虛幻的成語。搬上戲曲舞臺，元雜劇有〈黃粱夢〉，明傳奇有〈邯鄲記〉。

　　與〈枕中記〉主題同類的還有〈南柯太守傳〉。〈南柯太守傳〉的作者李公佐，字顓蒙，隴西人，生卒年不詳。貞元中曾聽白行簡講述李娃的故事，並敦促白行簡為李娃立傳，可知是白行簡的朋友。他撰寫的傳奇小說，傳世的還有〈古嶽瀆經〉、〈廬江馮媼傳〉、〈謝小娥傳〉。從他在這幾篇小說的自敘文字中，可以勾勒出他的部分行蹤。貞元十三年（西元七九七年）泛瀟湘、蒼梧；貞元十八年（西元八〇二年）自吳之洛，暫泊淮浦；元和六年（西元八一一年）以江淮從事受使至京，回次漢南；元和八年（西元八一三年）春，罷江西從事，扁舟東下，淹泊建業，冬在常州；元和九年（西元八一四年）春，訪古東吳，泛洞庭，登包山；元和十三年（西元八一八年）夏，始歸長安，經泗濱。這遍及南北的遊歷，為他的小說創作提供了不少素材。

　　〈南柯太守傳〉類於〈枕中記〉，卻又與〈枕中記〉有很大的不同。〈枕中記〉敘盧生夢中經歷，只是概述，〈南柯太守傳〉

卻詳於描述。寫淳于棼夢入槐安國，以他的視角描述所見所聞：

> 忽見山川風候草木道路，與人世甚殊。前行數十里，有
> 邪郭城堞。車輿人物，不絕於路。生左右傳車者傳呼甚嚴，
> 行者亦爭辟於左右。又入大城，朱門重樓，樓上有金書，題
> 曰「大槐安國」。執門者趨拜奔走。旋有一騎傳呼曰：「王
> 以駙馬遠降，令且息東華館。」因前導而去。俄見一門洞
> 開，生降車而入。彩檻雕楹，華木珍果，列植於庭下；几案
> 茵褥，簾幃餚膳，陳設於庭上。

淳于生乘車而入這一描述略近於〈柳毅傳〉之柳毅進入洞
庭龍宮，不同的是更為詳細，且富於動感。寫淳于生與金枝公
主成婚之典禮，形容場面之豪華，群女姑娣風態妖麗，言調笑
謔，音樂婉轉清亮，有聲有色，極盡鋪陳之能事。寫他就任
南柯太守，當地官民熱烈迎奉，鐘鼓喧嘩，不絕十數里。守郡
二十載，地方為他建功德碑，立生祠宇。以政績卓著，遞遷大
位。然率軍禦敵敗績，且金枝公主病逝，遽然失寵。淳于生請
歸故鄉，寫他歸途之冷寂，與當年來時之煊赫形成鮮明對比：

> 至大戶外，見所乘車甚劣，左右親使御僕，遂無一人，
> 心甚嘆異。生上車，行可數里，復出大城。宛是昔年東來之
> 途，山川原野，依然如舊。所送二使者，甚無威勢。生逾怏
> 怏。生問使者曰：「廣陵郡何時可到？」二使謳歌自若，久
> 乃答曰：「少頃即至。」

〈枕中記〉以概述居多，雖然是小說，但頗有寓言色彩。〈南柯太守傳〉多有描述，有敘述，也有場景，小說味道更濃。

　　〈枕中記〉寫的是純然一夢，而〈南柯太守傳〉卻似夢非夢，槐安國是夢境，但古槐樹下大穴儼然存在，洞穴中的世界皆為夢中所歷，且夢中的周弁、田子華即淳于生的酒友，夢中周弁病死，淳于生出夢後訪友，周弁暴疾已逝，田子華寢疾在床，與夢中情形相符。槐安國王遣淳于生回鄉，說三年後迎他回來，他出夢後三年果終於家，夢似非夢。〈枕中記〉的神異在呂翁之枕，而〈南柯太守傳〉的神異在古槐樹根下的洞穴世界，淳于生被群蟻所祟，具有更多的靈怪色彩。然而兩篇作品的旨意是相同的，都是慨嘆人世之倏忽，功名利祿之虛浮，具有濃厚的虛無主義傾向。明代戲曲家湯顯祖將〈枕中記〉改編成〈邯鄲記〉，又將〈南柯太守傳〉改編成〈南柯記〉。「南柯一夢」亦成為膾炙人口的成語。

第四章

唐代傳奇小說的繁榮（下）

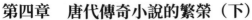

第一節
禮與情・利與情──〈鶯鶯傳〉、〈霍小玉傳〉

　　唐代傳奇小說中影響最大的，莫過於〈鶯鶯傳〉，據此改編的元雜劇〈西廂記〉使得它的故事廣為人知。〈鶯鶯傳〉的作者元稹（西元七七九至西元八三一年），字微之，行九，世稱元九。祖籍洛陽，由鮮卑族拓跋氏改姓元，北魏皇族，周、隋兩代元家多為顯宦，入唐後，特別經「安史之亂」之後，家族漸趨衰落。元稹早年喪父，十五歲舉明經，貞元十九年（西元八〇三年）與白居易同登書判拔萃科，且同入祕書省任校書郎。元和元年（西元八〇六年）登才識兼茂明於體用科，名列第一，授左拾遺，官場上多次沉降升遷，歷監察御史，至工部尚書同平章事，罷相後出為同州刺史、武昌軍節度使。大和五年（西元八三一年）卒於任上。元稹與白居易友誼深篤，詩歌唱和甚多，他們的詩被稱為「元和體」，是新樂府運動的兩位代表性人物。

　　〈鶯鶯傳〉作於貞元年間，是他青年時期的作品。敘貞元中張生與鶯鶯的一段哀豔纏綿的愛情。張生是一位性格溫茂、容貌俊美的才子，遊歷至蒲州，寓居普救寺，其表姨母孀婦鄭氏攜女崔鶯鶯亦旅居於此。恰逢兵變，亂軍大肆擄掠，崔家寡母孤女，財產甚厚，惶駭之際，張生因與亂軍之將有舊，遂化險為夷。鄭氏為答謝張生保全之恩，設宴並命鶯鶯出而相見。鶯鶯顏色豔異，光輝動人。張生為之驚倒，間以情挑之，鶯鶯

無動於衷。他無奈哀求鶯鶯之婢紅娘通達情意，紅娘提示以詩喻情，張生由是綴〈春詞〉二首授之。當晚，紅娘傳來鶯鶯之詩：「待月西廂下，迎風戶半開。拂牆花影動，疑是玉人來。」張生領悟詩意，逾牆達於西廂，卻只見紅娘，紅娘喚鶯鶯來，鶯鶯正色責之為非禮。張生絕望退出。不料數日後紅娘伴鶯鶯自來，遂成兩情之歡。此後兩人幽會西廂，朝隱而出，暮隱而入。一月後張生赴長安，復游蒲州欲再續舊情已不可得，鶯鶯致書表白心跡，淒婉而決絕。一年後鶯鶯出嫁他人，張生亦娶別婦。即便後來張生以表兄身分求見，竟也不能再謀其面。

　　〈鶯鶯傳〉成功地塑造了一位情感豐富而又深受禮教束縛的貴族小姐崔鶯鶯的形象。她美豔動人，舉止貞慎，「藝必窮極，而貌若不知；言則敏辯，而寡於酬對」，喜慍不形於色，純然大家閨秀風範，然而在優雅端莊的背後，卻深藏著豐富、纏綿的青春情愫。其母要她出見恩人張生，她先是拒絕，直到母親發怒，方「常服」、「不加新飾」、「凝睇怨絕」地與張生相見。張生一見鍾情，以詞導之，她卻全然沒有反應，一副凜然不可犯的面孔。可是當見到張生詩束之後，卻回贈〈明月三五夜〉之詩，詩中明明喻有約會西廂之意，可見鶯鶯對張生也是一見鍾情，只不過她善於掩飾罷了。張生如約來到西廂，她反而斥責張生致淫逸之詞，行非禮之動，希望張生「以禮自持，毋及於亂」！義正詞嚴，頓使張生不知所措，陷於絕望。然數日之後，

紅娘侍奉鶯鶯不期而至，這時的鶯鶯「嬌羞融冶」，「曩時端莊，不復同矣」。天明離去時，「嬌啼宛轉」、「淚光熒熒」，淒惻難舍，展露了她幽邃的兒女真情。不過這種愛情在禮教的重壓之下，很快便被壓抑下去，並非家長干預，實為鶯鶯出於禮教的自我譴責。後來她覆信張生云：

> 捧覽來問，撫愛過深。兒女之情，悲喜交集。兼惠花勝一合，口脂五寸，致燿首膏唇之飾。雖荷殊恩，誰復為容？睹物增懷，但積悲嘆耳。伏承使於京中就業，進修之道，固在便安。但恨僻陋之人，永以遐棄。命也如此，知復何言！自去秋已來，常忽忽如有所失，於喧嘩之下，或勉為語笑，閒宵自處，無不淚零。乃至夢寐之間，亦多感咽，離憂之思，綢繆繾綣，暫若尋常，幽會未終，驚魂已斷。雖半衾如暖，而思之甚遙。一昨拜辭，倏逾舊歲。長安行樂之地，觸緒牽情。何幸不忘幽微，眷念無斁。鄙薄之志，無以奉酬。至於終始之盟，則固不忒。鄙昔中表相因，或同宴處。婢僕見誘，遂致私誠。兒女之心，不能自固。君子有援琴之挑，鄙人無投梭之拒。及薦寢席，義盛意深。愚陋之情，永謂終托。豈期既見君子，而不能定情。致有自獻之羞，不復明侍巾幘。沒身永恨，含嘆何言！倘仁人用心，俯遂幽眇，雖死之日，猶生之年。如或達士略情，舍小從大，以先配為醜行，以要盟為可欺。則當骨化形銷，丹誠不泯，因風委露，猶托清塵。存沒之誠，言盡於此。臨紙嗚咽，情不能申。千萬珍重，珍重千萬！

這是一封斷交的信，但絕不是一篇絕情的文字。斷交是出於禮教，而對於張生的愛情卻永遠深藏於心，「骨化形銷，丹誠不泯，因風委露，猶托清塵」。她一方面自怨自責，「兒女之心，不能自固。君子有援琴之挑，鄙人無投梭之拒」、「致有自獻之羞」，說自己不如晉代投梭拒絕謝鯤調戲的女子，以至釀成西廂醜行。另一方面，也是主要的方面，則是在訴說自己纏綿不斷的衷情，言為永別，實是期盼張生不要忘記自己，故而特贈玉環一枚，「玉取其堅潤不渝，環取其終始不絕」、「因物達情，永以為好耳」。這篇文字充分展示了鶯鶯愛怨交織的複雜感情，也表現了禮教社會中貴族小姐面對愛情的表達方式。如此酣暢淋漓地描述少女戀愛心跡的長篇文字，在小說史上極為罕見，唯《紅樓夢》對黛玉心理的描述可以說稍勝一籌。

鶯鶯為什麼要拒絕張生，她對張生說：「始亂之，終棄之，固其宜矣。愚不敢恨。」未婚而及於亂，是為非禮之醜行，即使成婚亦終將遭丈夫鄙棄，這是古代禮教社會的一條不成文的法則。鶯鶯並不是多慮，張生別後即對友人稱鶯鶯為「尤物」，「不妖其身，必妖於人」，輿論也在張生一邊，「時人多許張為善補過者」。鶯鶯的愛情悲劇，歸根結底，還是禮教造成的。

鶯鶯被時人視為尤物，同時也勾起時人對她的深切和無限的同情，這是一位多情而富有詩意的女性形象，是具有強大藝術魅力的典型。〈鶯鶯傳〉刻劃人物十分細膩真實，同時在人物配置和情節構思上也堪稱經典。鶯鶯是全篇中心人物，張生

是主要人物，在鶯鶯和張生之間傳遞詩束的紅娘為次要人物，這三個人的組合成為後世小說戲曲演述才子佳人故事的配置模式。此篇情節的重要元素，傳情的詩束、幽會的西廂、穿針引線的婢女，也都被後世才子佳人小說戲曲不斷襲用並加以演繹。〈鶯鶯傳〉不是清初興起的才子佳人小說的類型，但一切才子佳人小說都受到〈鶯鶯傳〉的影響。如清乾隆時小說〈駐春園小史〉水箬散人〈序〉所說，才子佳人小說「皆從唐宋小說〈會真〉（即〈鶯鶯傳〉）、〈嬌紅〉諸記而來」。

宋金時代，〈鶯鶯傳〉被改編成〈西廂記諸宮調〉，元代王實甫在此基礎上改編成雜劇〈西廂記〉，劇中加入鶯鶯母親干預其婚戀，張生進士及第，終與鶯鶯結成美眷。悲劇也就轉變成了大團圓的結局。這也許更投合大眾的口味，鶯鶯的悲劇結局反倒被人們遺忘了。

如果說〈鶯鶯傳〉演繹了禮與情的衝突，那麼，〈霍小玉傳〉則反映了利與情的矛盾，這矛盾造成了霍小玉的悲劇。

〈霍小玉傳〉的作者蔣防，字子微，常州義興（今江蘇宜興）人。生卒年不詳。《舊唐書》卷一六六〈龐嚴傳〉提到：「嚴與右拾遺蔣防俱為稹、紳保薦，至諫官內職。」他年少有才，由元稹、李紳舉薦，長慶元年（西元八二一年）任翰林學士，二年加司封員外郎，三年加知制誥，四年受元稹、李紳案牽連，被貶汀州刺史，尋改連州，大和二年（西元八二八年）又遷袁州刺

史。據李紳〈趨翰苑遭讒構四十六韻〉詩自注，開成元年（西元八三六年）蔣防已不在人世。所著《蔣防集》、《蔣防賦集》均已散佚。

　　蔣防撰〈霍小玉傳〉沒有交代故事得自何時何處何人，但李益是大曆、貞元時代的詩人，官至禮部尚書，他防閒妻妾，有妒痴之名。李肇《國史補》說他「少有疑病，亦心疾也」，兩《唐書》本傳皆提到他有此頑疾，《舊唐書》本傳稱他「少有痴病，而多猜忌，防閒妻妾，過為苛酷，而有散灰扃戶之譚聞於時，故時謂妒痴為李益疾」。《新唐書》所記略同。蔣防據傳聞而作〈霍小玉傳〉大概是事實，他寫了李益對妻妾猜忌萬端，手段毒虐，但他描寫的重點不在此，他並不認為這種妒疑頑症是李益的天性，〈霍小玉傳〉是要描寫這頑症是李益對霍小玉的負心背盟的結果，重點在寫痴情的霍小玉的悲劇。關於李益的傳說只是素材，〈霍小玉傳〉中的李益決不能與歷史上做過禮部尚書的李益畫上等號。

　　霍小玉本是霍王小女，母親為霍王的寵婢，霍王死後，諸兄弟指她出自賤庶，將她母女攆出王府，並易姓為鄭氏。霍小玉失去王女身分，但仍分得王府的部分資財，與母親居住勝業坊古寺曲（「曲」為坊裡的小街巷）。據孫棨《北里志》，唐代長安諸妓聚居於平康里，其中南曲、中曲為高級妓女所居，「皆堂宇寬靜，各有三數廳事。前後植花卉，或有怪石盆池，左右

對設，小堂垂簾，茵褥帷幌之類稱是」[01]。霍小玉寓所不在平康里，不過勝業坊在平康里東北角，為近鄰。小說描寫她的屋宇院落亦相當闊綽、氣派，與孫棨所寫平康里二曲的妓院相垺，霍小玉母親「淨持」接待李益，頗似鴇母，霍小玉對李益說「妾本倡家，自知非匹」，似可坐實為高於平康里的妓女。

　　李益「門族清華，少有才思」，且「儀容雅秀」，年二十即進士擢第，到長安來等待吏部考試，這時還是一個窮書生。他去見霍小玉，還得向堂兄借坐騎。霍小玉鍾情於他，不在錢財，而在人才。其母謂曰：「汝嘗愛念『開簾風動竹，疑是故人來』，即此十郎詩也。爾終日吟想，何如一見。」李益則是漁色，「博求名妓，久而未諧」，一見小玉立即傾倒：「小娘子愛才，鄙夫重色。兩好相映，才貌相兼。」小玉有自知之明，她不妄求與李益結為連理，李益即將赴鄭縣主簿之任，她對李益說：

> 妾年始十八，君才二十有二，迨君壯室之秋，猶有八歲。一生歡愛，願畢此期。然後妙選高門，以諧秦晉，亦未為晚。妾便捨棄人事，剪髮披緇，夙昔之願，於此足矣。

　　這熾熱纏綿且帶有幾分悽楚的愛，以及小玉對李益的溫柔和體貼，使李益且愧且感，發誓幾月後定來奉迎。但是，利害關係使李益背棄了承諾，家長為他選定了盧氏為妻。盧姓為高

01　孫棨：《北里志》。引自蟲天子編《香豔叢書》，人民文學出版社 1992 年版，第 1273 頁。

門望族，「高宗朝，以太原王、范陽盧、滎陽鄭、清河博陵二崔、隴西趙郡二李等七姓，恃其族望，恥與他姓為婚，乃禁其自姻娶」[02]。李益是隴西人，也是高門望族，此婚姻可謂門當戶對。這婚姻本來也並不與小玉的訴求根本衝突，問題是李益為成就與盧氏的婚姻，辜負了對小玉的盟約。李益因家庭素貧，為籌措巨額聘財，自秋及夏，涉歷江淮向親朋求貸，完全不顧日夜等待他的小玉。李益是一個庸俗勢利之人，他一心想要的是與高門女子聯姻。《隋唐嘉話》記曰：「薛中書元超謂所親曰：『吾不才，富貴過分，然平生有三恨：始不以進士擢第，不得娶五姓女，不得修國史。』」[03] 李益的追求莫過如此，愛情和愛他的人的傷痛、生死在他心中沒有位置。

　　利與情的衝突釀成了霍小玉的悲劇。小玉等待李益不來，「博求師巫，遍詢卜筮，懷憂抱恨，周歲有餘，羸臥空閨，遂成沈疾」。家中日用有出無進，只得以典當維持。凡知內情者皆「感玉之多情」，「皆怒生之薄情」。有俠士黃衫客挾持李益至小玉寓所，時小玉已病在垂危，她對李益說：

> 我為女子，薄命如斯。君是丈夫，負心若此。韶顏稚齒，飲恨而終。慈母在堂，不能供養。綺羅弦管，從此永休。徵痛黃泉，皆君所致。李君李君，今當永訣！我死之後，必為厲鬼，使君妻妾，終日不安！

02　劉餗：《隋唐嘉話》，中華書局 1979 年版，第 33 頁。

03　劉餗：《隋唐嘉話》，中華書局 1979 年版，第 28 頁。

事態發展果如小玉所言，李益成親後對於妻妾猜忌萬端，夫婦之間終無寧日。這結果符合史書所記李益疑妒之疾，但歸結為霍小玉之咒，顯然是一種浪漫的連結，表現了作者對小玉的同情和對李益的譴責。

　　霍小玉和崔鶯鶯都是古代封建社會裡的多情女子，但她們是完全不同的類型。崔鶯鶯是貴族小姐，她的感情追求中始終橫互著禮教的阻隔，她無法逾越這個障礙，總是悲喜交集，愉悅與悔恨同在，最後只能自我了斷與張生的愛情，遺恨終生。霍小玉雖出身貴冑，但已落於風塵，她有貴族小姐的教養風範，卻不得不以色侍人。她深知攀親李益為妄想，更明白一旦色衰即如秋扇被人捐棄，她要求的不多：八年的歡愛！但僅此卻不能得，李益的勢利，斷送了她的痴想，斷送了她的性命。霍小玉的多情感動了長安無數的風流之士，故而有黃衫客的豪俠之舉。作者描寫她臨死見到李益，「含怒凝視，不復有言」，傳神之極。她是那樣善良，見到李益為她縞素，哭泣甚哀，便顯靈感激他：「愧君相送，尚有餘情。」霍小玉情感豐富細膩，敢愛敢恨，是光彩奪目又動人的。

　　相比霍小玉，勢利寡情的李益便顯得庸俗渺小。他自矜風調，與小玉相合僅止於色而已。當他登科將要做官之時，小玉冷靜地告訴他，兩人愛戀的盟約只是虛言，若有佳姻，不妨婚媾，她只有相愛八年的意願。他感動涕流，發誓「死生以之，

與卿偕老」，此刻他也許出自真心，但此心經不起現實的誘惑，與高門女子聯姻，立即把他的誓言拋去大海。明知小玉翹首以待，同在長安卻潛卜靜居不令人知，若非黃衫客挾持，則小玉至死也見不到他一面。李益才思超群，麗詞佳句，時謂無雙，然而其品行卻庸俗不堪。蔣防對李益負心薄行的刻劃也是十分成功的。

　　明代湯顯祖據〈霍小玉傳〉改編成戲曲〈紫釵記〉，然而把結局改為大團圓，這種演繹當然也就失去了原著的深刻含義。

第二節
青樓有情 ── 〈李娃傳〉、〈楊娟傳〉

　　〈李娃傳〉作者白行簡（西元七七六至八二六年），字知退，白居易之弟。元和二年（西元八〇七年）進士，歷任祕書省校書郎、左拾遺、主客郎中等職。事蹟見兩《唐書》「白居易傳」附述。關於〈李娃傳〉的創作緣起，白行簡在小說篇末敘曰：「貞元中，予與隴西公佐話婦人操烈之品格，因遂述汧國（李娃）之事。公佐拊掌竦聽，命予為傳。乃握管濡翰，疏而存之。時乙亥歲秋八月，太原白行簡云。」小說中的男主人公滎陽公之子，據白行簡說，與他的伯祖熟識，「三任皆與生為代，故諳詳其事」，李娃助之功成名就的故事在當時已盛傳於世。元稹《元氏長慶集》卷一十〈酬翰林白學士代書一百韻〉：「翰墨題名盡，

光陰聽話移」句下有自注云：「樂天每與予遊從，無不書名屋壁。
又嘗於新昌宅說〈一枝花話〉，自寅至巳，猶未畢詞也。」《醉翁
談錄》癸集卷一〈李亞仙不負鄭元和〉記李娃，「字亞仙，舊名
一枝花」。元稹的〈一枝花話〉說的就是李娃的故事，證明李
娃的故事在當時為士人津津樂道。白行簡依據傳說創作成篇。
其寫作時間，小說篇末署「乙亥歲秋八月」，貞元乙亥即貞元
十一年（西元七九五年），戴望舒認為「乙亥」是「乙酉」（貞元
二十一年，西元八〇五年）之訛 [04]。

　　李娃是長安名妓，才色俱佳，非貴戚豪族具百萬之資者，
不能動其志。滎陽公之子上京應舉，慕其色而往求。在娼家一
年，耗盡資財僕馬，「姥意漸怠，娃情彌篤」。娼家唯利是圖，
遂設計拋棄滎陽生於街頭。滎陽生怨懣成疾，病篤不起，幸被
料理喪事的店家所救；康復之後不得不與理喪之人為伍。他因
善於歌唱，被推代表東肆與西肆理喪者進行歌唱比賽，他「舉聲
清越，響振林木」，令聞者唏噓掩泣，由是大勝，然而卻被他父
親滎陽公認出，怒其玷辱家門，鞭撻至斃。東肆理喪者將他抬
回，雖救活，受傷手足卻潰爛不能自舉，又將他棄於門外。此
後滎陽生便以乞食為事，白天周遊街市，夜宿糞壤窟室，「枯瘠
疥厲，殆非人狀」。在人人厭棄之時，李娃上前「抱其頸，以繡

04　戴望舒：〈讀李娃傳〉。引自戴望舒《小說戲曲論集》，作家出版社 1958 年版。，
　　暫從此說。

襦擁而歸於西廂」，不顧老姥反對，為他療治傷病，並鼓勵督促他刻苦攻讀，幾年後科舉一捷再捷，授成都府參軍。滎陽生功成名就，李娃卻提出分手。恰滎陽生之父就任成都尹，兼劍南採訪使，父子相遇相認，其父為李娃德行感動，以禮迎娶。後李娃被封為汧國夫人，生四子皆為顯宦。

　　李娃和〈霍小玉傳〉中的霍小玉都是美麗多情的娼女。娼妓，如〈楊娼傳〉所說，「夫娼，以色事人者也。非其利則不合矣」。她們是青樓中的異類，重情而輕利。小玉重情以至於痴，遭到情人背棄便鬱鬱而死；李娃之情更有理性節制。當滎陽生囊中盡空，老姥意欲攆他出門之際，她雖對滎陽生情意彌篤，卻還是參與了攆走滎陽生的騙局，她遵從了娼家圖利的法則。但當看到滎陽生流落街頭，人不人、鬼不鬼的時候，她深藏內心的真情便迸發出來，果斷地接納他進門，老姥力主逐客，她說：

　　　　不然。此良家子也。當昔驅高車，持金裝，至某之室，不逾期而蕩盡。且互設詭計，舍而逐之，殆非人。令其失志，不得齒於人倫。父子之道，天性也。使其情絕，殺而棄之，又困躓若此。天下之人盡知為某也。生親戚滿朝，一旦當權者熟察其本末，禍將及矣。況欺天負人，鬼神不祐，無自貽其殃也。某為姥子，迨今有二十歲矣。計其貲，不啻直千金。今姥年六十餘，願計二十年衣食之用以贖身，當與此子別卜所詣。所詣非遙，晨昏得以溫凊，某願足矣。

這段對老姥的說白，寓情於理，思慮周密，曉之以義，示之以利害，且保證老姥贍養之費，即便與滎陽生別院居住，也會晨昏問安，絕不使老姥失去依靠。此番話語讓老姥辯駁不得，也充分表現了李娃多情而善於謀斷的性格。她精心給滎陽生調養，督促滎陽生斥棄百慮專心以學，讓他恢復「千里駒」的本來面目，以贖當年令他墮落之罪，這義更甚於情。滎陽生科舉連捷，成為朝廷命官，她決意從此分別，謂生曰：

> 今之復子本軀，某不相負也。願以殘年，歸養老姥。君當結媛鼎族，以奉蒸嘗。中外婚媾，無自黷也。勉思自愛。某從此去矣。

她和小玉一樣，明白自己的娼女身分，忍情訣別。但滎陽生不是李益，他說「子若棄我，當自剄以就死」。而踐行禮教、要將墮落的兒子置於死地的滎陽公竟也被仗義練達的李娃所感動，成就了他們的婚姻。單單以情是不能打動滎陽公的，李娃情中有禮有義，方被貴族主流社會接納。作者贊曰：「嗟乎，倡蕩之姬，節行如是，雖古先烈女，不能逾也。」霍小玉痴情而被嫖客背棄之類的故事在古代社會中可能一再重複上演，那是封建禮教社會必然會有的悲劇；而李娃的遭遇卻帶有極大的偶然性，李娃成為汧國夫人，這光明的結局大概會成為普天下娼女難以實現的夢想。

李娃能躋身於上流社會，關鍵是滎陽公父子對她的認可。

作者為了表現這認可的可信性，不惜用較大篇幅描寫滎陽生被趕出妓家的經歷，寫他病篤被凶肆夥計救治，病癒入於治喪行當，充當挽歌郎，賽歌獲勝卻被父親毒打幾死，同夥救起，瘡傷潰爛汙穢之極，又被棄於門外，「被布裘，裘有百結，襤褸如懸鶉。持一破甌，巡於閭里」，「枯瘠疥癘，殆非人狀」。貴族公子淪落成衣食不濟、瀕於死亡的乞丐，如果沒有李娃收留必倒斃街頭，當然更不可能有日後的功名榮耀。作者的這種處理非常成功，滎陽生不是李益，他和他的父親備六禮迎娶李娃為媳，就十分自然了。這一大段文字寫滎陽生，其實更是寫李娃。

〈李娃傳〉被改編搬上戲曲舞臺，元雜劇有石君寶的〈李亞仙花酒麯江池〉、高文秀的〈鄭元和風雪打瓦罐〉（滎陽生，據傳真姓名為鄭元和，鄭氏是滎陽大姓），明傳奇有薛近兗〈繡襦記〉等。

寫娼女之義烈者，還有房千里的〈楊娟傳〉。房千里，字鵠舉，河南人。大和初擢進士第，累官至高州刺史。〈楊娟傳〉出自《太平廣記》卷四九一，題房千里撰。魯迅說此篇「記敘簡率，殊不似作意為傳奇」[05]。《唐書‧藝文志》著錄房千里有《南方異物志》一卷、《投荒雜錄》一卷，《太平廣記》未記此篇出自房氏何書，故權以單行之作視之。此篇雖短，但所刻劃的楊娟的形象卻性格鮮明，可與李娃並列。

05　魯迅：〈唐宋傳奇集稗邊小綴〉，《唐宋傳奇集》，上海北新書局 1928 年版。

楊娼也是長安名妓，她的座上客皆為王公鉅人，「長安諸兒，一造其室，殆至亡生破產而不悔」。嶺南帥甲用重金為她贖身，納之為妾。但帥甲畏懼妒悍之妻，只能偷偷地將她安置在別館。楊娼「平居以女職自守，非其理，不妄發。復厚帥之左右，咸能得其歡心」。忽帥甲得病不起，思念楊娼甚切，與監軍（太監）密商令楊娼裝扮婢女進府，不想機密洩露，帥妻「擁健婢數十，列白梃，熾膏鑊於廷而伺之矣」，準備將楊娼「投之沸鬲」。帥甲聞訊，命家人攜財寶護送楊娼北歸長安，而自己幾天後即與世長辭。楊娼在途中聞帥甲死訊，設位祭奠，盡將財寶返還，哭曰：「將軍由妾而死。將軍且死，妾安用生為？妾豈孤將軍者耶？」遂即自殺。作者贊曰：「楊能報帥以死，義也；卻帥之賂，廉也。雖為娼，差足多乎。」

　　娼妓以色事人，非其利則不合。楊娼為娼，與一般娼妓確有天壤之別。據范攄：〈云溪友議〉卷上《南海非》記載，房千里在嶺南曾納妾趙氏，北上暫別，途遇南下之友，囑託關照趙氏，友人到南海方知趙氏已委身他人，房千里聞知哀慟欲絕。〈楊娼傳〉表彰楊娼的義廉，乃有所寄託。此傳說真實與否，難以判斷，但娼妓以色圖利，情如紙薄，則是普遍的真實。房千里在小說篇末的慨嘆，鞭辟入裡，且飽含深情。

　　本篇敘事簡略，帥甲如何結識楊娼，如何與之情投意合而至於冒凶悍妻子偵知的風險娶之回家，都略而不述。對於楊娼

持家的賢慧謹嚴，也只是概括言之。其人脈之好，以監軍（太監）參與策劃她進府與帥甲相見一事，即已突顯，所以描寫了監軍與帥甲之妻的對話，這也是全篇唯一的人物對話。記人物說話僅有二處，一是帥甲知道楊娟大禍臨頭，囑手下人幫助楊娟逃亡；二是楊娟祭奠帥甲的自白。這兩段言語雖簡短，卻很能表白人物心跡。此篇質直無文，若加以鋪展描繪，定然不遜於同類作品〈李娃傳〉。

第三節
史外逸聞 ── 〈長恨歌傳〉、〈東城老父傳〉

　　〈長恨歌傳〉和〈東城老父傳〉都是以玄宗朝逸聞為題材的作品。

　　〈長恨歌傳〉作者陳鴻，字大亮，貞元二十一年（西元八〇五年）擢進士第。歷官太常博士、虞部員外郎、主客郎中。著有史著《大統紀》三十卷。〈大統紀序〉自稱「少學乎史氏，志在編年」，可知他以玄宗事蹟為題材撰〈長恨歌傳〉不為偶然。

　　陳鴻談及〈長恨歌傳〉創作緣起，於小說篇末記云：「元和元年冬十二月，太原白樂天自校書郎尉於盩屋。鴻與瑯琊王質夫家於是邑，暇日相攜遊仙遊寺，話及此事，相與感嘆。質夫舉酒於樂天前曰：『夫希代之事，非遇出世之才潤色之，則與時消沒，不聞於世。樂天深於詩，多於情者也。試為歌之，如

何？』樂天因為〈長恨歌〉。意者不但感其事，亦欲懲尤物，窒亂階，垂於將來者也。歌既成，使鴻傳焉。世所不聞者，予非開元遺民，不得知。世所知者，有《玄宗本紀》在。今但傳〈長恨歌〉云爾。」陳鴻與白居易、王質夫講說唐玄宗和楊貴妃的逸聞在元和元年（西元八〇六年），距天寶末楊貴妃之死已有半個世紀，但這個話題在士人圈子裡仍有相當的熱度。白居易撰〈長恨歌〉，陳鴻據〈長恨歌〉作傳。白居易的〈長恨歌〉著眼點不在歷史，而在唐玄宗和楊貴妃的愛情悲劇，詩中並非完全沒有對因色誤國的諷喻，但主旨還是在寫這一段帝妃之間的千古悲情。王質夫請白居易執筆，倚重的是白居易的詩才和多情。「天長地久有時盡，此恨綿綿無絕期」，詠誦的就是一個「情」字。〈長恨歌〉是長篇敘事詩的千古絕作，陳鴻作傳，只是把它散文化而已。

　　〈長恨歌〉敘事大致可分三段：第一段敘楊氏入宮得寵，唐玄宗縱情誤國；第二段敘安史之亂，楊貴妃命斷馬嵬坡，唐玄宗悲痛欲絕；第三段敘唐玄宗使方士去仙山叩尋楊貴妃。陳鴻的〈長恨歌傳〉照搬這個情節結構，只在一些細節上有所增飾，或對詩句有所詮釋。例如詩曰「後宮佳麗三千人，三千寵愛在一身」，小說則寫「雖有三夫人、九嬪、二十七世婦、八十一御妻，暨後宮才人、樂府妓女，使天子無顧盼意。自是六宮無復進幸者」。總體來講，〈長恨歌傳〉以小說的樣式複述了〈長恨

歌〉的故事，但未能充分表達詩中所寓之情。比如馬嵬坡貴妃死後，小說僅用「玄宗狩成都」幾字交代入川之行，這是史傳寫法，而詩卻寫玄宗一路眼中之景：「黃埃散漫風蕭索，雲棧縈紆登劍閣，峨眉山下少人行，旌旗無光日色薄。蜀江水碧蜀山青，聖主朝朝暮暮情，行宮見月傷心色，夜雨聞鈴腸斷聲。」這是以景托情，以景色的蕭索灰暗，襯托出玄宗失去貴妃的悽楚傷感。小說應該有別樣的表現方法，但陳鴻似乎沒有這種藝術天賦。

〈東城老父傳〉稍後於〈長恨歌傳〉，它也是寫玄宗朝之事，但其旨意不在「情」，而在反思唐朝的盛衰，以鬥雞獲寵的賈昌的經歷，慨嘆時代的滄桑。其作者有二說，一是《太平廣記》卷四八五引署「陳鴻」撰，《宋史·藝文志》同；二是今存文本中，記「元和中，潁川陳鴻祖攜友人出春明門，見竹柏森然，香煙聞於道，下馬觀昌於塔下」，次後又三次提到「鴻祖」與賈昌對話，作者當是「陳鴻祖」。《全唐文》卷七二〇有陳鴻祖一家事蹟，與陳鴻不是同一個人。此篇歸於陳鴻還是陳鴻祖，兩者是否為一人，遽難定論。

如果說〈長恨歌傳〉批評唐玄宗因色誤國的話，則此篇就是指責他因嬉誤國。「東城老父」賈昌，七歲被召為雞坊小兒，因善於鬥雞，且忠厚謹密，深得玄宗喜愛，顯赫於世，天下號為「神雞童」。玄宗親為他娶梨園弟子之女為妻，其妻善歌舞，

亦得楊貴妃歡心，夫婦榮華富貴四十年。「安史之亂」徹底改變了他的生活，為逃避安祿山的招募而改名換姓，皈依佛門，亂平後仍捨棄家室，一心向佛。元和庚寅五年作者拜謁賈昌時，賈昌已九十八歲，他回敘自己榮枯一生，感慨萬端，令人唏噓不已。賈昌所居寺廟在城東春明門外，故稱「東城老父」。

鬥雞是古已有之的民間遊戲，唐玄宗「生於乙酉雞辰」，也許「雞」的情結使他格外喜好鬥雞，「上之好之，民風尤甚」，鬥雞遂成為朝野上下趨之若鶩的時尚事業，賈昌由是而榮華富貴。楊貴妃以色而顯貴，〈長恨歌〉遂有「遂令天下父母心，不重生男重生女」之句，賈昌以鬥雞而飛黃騰達，民謠則云：「生兒不用識文字，鬥雞走馬勝讀書。賈家小兒年十三，富貴榮華代不如。能令金距期勝負，白羅繡衫隨軟輿。父死長安千里外，差夫持道挽喪車。」這並不為誇張，李白〈古風〉詩亦云：「路逢鬥雞者，冠蓋何輝赫。鼻息干虹蜺，行人皆怵惕。」對於賈昌當年鬥雞場上的風采，作者寫道：

> 昌冠雕翠金華冠，錦袖繡襦袴，執鐸拂道。群雞敘立於廣場，顧眄如神，指揮風生。樹毛振翼，礪吻磨距，抑怒待勝，進退有期，隨鞭指低昂，不失昌度。勝負既決，強者前，弱者後，隨昌雁行，歸於雞坊。

賈昌得寵四十年，他之敏於此伎，自無可厚非，作者認為玄宗沉迷鬥雞，乃是禍亂的先兆。

此篇前半部分用第三人稱敘述賈昌「安史之亂」的前後經歷，概述了他的一生。寫他在平亂之後回到滿目瘡痍的長安，見到妻兒滿臉菜色，荷薪負絮的慘狀，也不能入禁門再操舊業，遂棄絕紅塵遁入佛門。賈昌忠於朝廷，未必能悟到皇上沉迷鬥雞之誤國。作者詢問他「開元之理亂」，他只是懷念開元之盛事，感嘆今不如昔。「安史之亂」後的唐的確元氣盡喪，頹敗之象舉目皆是，經歷繁華之人面對衰敗，言及而聲淚俱下，十分真實。他對當下的批評，作者「默不敢應」，意味深長。小說前部分敘及賈昌出家後與妻兒斷絕往來，一生事蹟已告終結；然而筆鋒一轉，寫作者訪問賈昌，與賈昌談話，也就是第一人稱，來對比今昔，揭示了賈昌所思所想，表現了他的心態，並且強烈抨擊了政治頹敗、世風日下的現實。比較〈長恨歌傳〉，這是一篇更有時政內涵的小說。

第四節
亂世姻緣的悲喜劇 ──〈柳氏傳〉、〈無雙傳〉

　　〈柳氏傳〉的作者許堯佐，生卒年不詳，其事蹟見兩《唐書》許康佐傳所附。貞元六年（西元七九〇年）進士[06]，曾任太子校書郎、諫議大夫等。

　　〈柳氏傳〉敘韓翃與柳氏在「安史之亂」中的一段悲歡離

06　參見陳耀東〈登科記考考補〉，《唐代文史考辨錄》，團結出版社 1990 年版。

合。韓翊，實為韓翃，唐代著名詩人，南陽人，韓姓在北朝為昌黎郡望族，小說故稱「昌黎韓翊」。柳氏原為韓翊友人李生的寵姬，韓翊當時尚未有功名，但詩文之才已顯於世，柳氏慕韓翊之才而有愛意，李生知道後，立即割愛將柳氏贈予韓翊，以成才子佳人之好。但好事不長，韓翊進士及第，二情暫別。接著「安史之亂」爆發，柳氏為防擄掠，剪髮毀形，遁入法靈寺藏身。逃過了亂兵，卻沒有逃過平亂有功的蕃將之手。韓翊為官在外，遣人寄詩與她：「章臺柳，章臺柳，昔日青青今在否？縱使長條似舊垂，亦應攀折他人手。」（「章臺」為漢代長安街名，柳氏在長安，故稱）柳氏以詩回答：「楊柳枝，芳菲節，所恨年年贈離別。一葉隨風忽報秋，縱使君來豈堪折！」韓翊得知，情不能堪，有武士許俊見此不平，突入蕃將之府將柳氏奪回，遂使二情團圓。韓翊上司將此事上奏皇帝，極力為韓翊辯護，皇帝下詔判柳氏復歸韓翊。

在這一段悲歡離合中，韓翊愛柳氏之色，卻始終無所作為。李生不贈予，他則不可得；許俊不冒險行動，則柳氏將只能深藏於蕃將之府。前者有李生的負氣愛才、成人之美，後者有許俊的見義勇為，於是才有這段才子佳人的佳話。相比之下，柳氏卻是一位多情、卓識和敢追求所愛的女子，她第一眼見到韓翊，即判定他不是長久貧賤者，遂屬意於他，所謂慧眼識英雄大抵如此。韓翊擢進士第，她情願忍受分離之苦，「榮名

及親，昔人所尚。豈宜以濯浣之賤，稽采蘭之美乎？」促他回家省親，去開拓自己的事業。「安史之亂」中，她果斷剪髮毀形，藏匿於寺廟。被蕃將掠走，「寵之專房」，卻不能動搖她對韓翊的深情。論身分，她只是一個微賤的、被男人當作玩物的女子，但她的心靈品格實遠遠高出李生、韓翊和蕃將沙吒利一幫男人，作者為她立傳，實當之無愧。

值得注意的是俠義之士許俊的形象，他與韓翊並無舊交，拔刀相助只是路見不平而已。這類俠士形象在唐傳奇小說中屢屢出現，如〈霍小玉傳〉中的衣著黃衫挾持李益與小玉相會的豪士，〈無雙傳〉中犧牲性命從宮中救出無雙的古押衙，〈虯髯客傳〉中的虯髯客等，反映了唐代行俠仗義之風。史載唐代宗李豫即位之初欲殺權奸李輔國，李輔國握有禁兵，權傾朝野，黨羽甚豐，不得已，乃「夜遣盜入其室，竊輔國首及一臂而去」[07]。俠客之存在以及他們武藝之高超可見一斑。這些形象對後世小說有深遠的影響。

〈柳氏傳〉在清代被改寫成白話小說四卷十六回〈章臺柳〉，文字更通俗，然而格調和趣味卻低俗了。

同一時期寫亂世情緣的還有〈無雙傳〉。〈無雙傳〉的背景是建中四年（西元七八三年）涇原兵入長安作亂，朱泚據長安自稱大秦皇帝，改元應天。〈無雙傳〉作者薛調（西元八三〇至西

07　《綱鑑易知錄》，中華書局 2009 年版，第 728 頁。

元八七二年），河中寶鼎（今屬山西省）人。大中年間進士，曾任右拾遺內供奉、戶部員外郎加駕部郎中、翰林學士等職。

〈無雙傳〉的男主人公王仙客幼年喪父，隨母居住舅父家。舅父劉震有女無雙與仙客青梅竹馬，長大則生愛慕之情。仙客求婚，舅父未允。時涇原兵亂起，德宗皇帝倉皇逃離長安，劉震囑仙客押運財物從西北的開遠門出城，自己率家眷從南邊的啟夏門出城，在城外會合。仙客出了城，劉震卻被扣在城內，並被迫做朱泚的偽官，亂平後夫妻均被處死，無雙沒入掖庭。仙客得無雙婢女采蘋之助，與無雙見得一面，獲無雙書信，囑他訪求古押衙其人，或許有救。古押衙令采蘋扮作中使，以「逆黨」罪名令無雙吞藥自盡，然後贖其屍運回，因其藥非毒藥，三天后即甦醒。事成後古押衙殺掉包括蒼頭塞鴻在內的所有知情人，自己亦自刎。仙客與無雙隱姓埋名，夫妻白頭到老。作者在篇末感嘆說：「噫，人生之契闊會合多矣，罕有若斯之比。常謂古今所無。無雙遭亂世籍沒，而仙客之志，死而不奪。卒遇古生之奇法取之，冤死者十餘人。艱難走竄後，得歸故鄉，為夫婦五十年，何其異哉！」

此篇題〈無雙傳〉，但寫無雙並不多，著墨較多者為王仙客和古押衙。作者在跌宕起伏的情節中刻劃王仙客的形象。他當初為求得舅父母允婚，極盡恭敬奉承之能事，對舅家所有的

人，包括奴僕在內，都籠絡無遺，可謂盡其所有、費盡心機。但舅父沒有許配女兒的意思。在王仙客心氣俱喪之際，長安突發兵變，逃亂倉促之際，舅父許諾婚事，失望又復變為驚喜。然而舅父一家被亂兵扣留，兵亂平息又因做了偽官被處極刑，而無雙則被沒入後宮，王仙客的驚喜遂化為絕望。但他仍不死心，訪知無雙之婢采蘋已成他人的使女，便以厚價贖出，「無雙固無見期，得見采蘋，死亦足矣」。可他並不滿足，終於獲得機會，裝做理橋官，與坐車過橋的無雙見得一面，得無雙指點，訪求古押衙，「生（古押衙）所願，必力致之，繒寶玉之贈，不可勝紀」，一年後方開口向他求助。王仙客對無雙的愛情屢經波折而不滅，歷久彌深，這份精誠和堅持終於得到回報。王仙客的形象刻劃得比較鮮明。此外，寫古押衙也頗得其神韻，救出無雙後，為保守祕密，他令塞鴻在舍後掘坑，「抽刀斷塞鴻頭於坑中」，然後自刎，並留下僕人、馬匹及錢財助仙客無雙逃離。古押衙與《搜神記‧干將莫邪》中的俠客同類，而形象更加豐滿。

　　此篇與〈柳氏傳〉都是寫亂世情緣，然而此篇的情節更跌宕起伏。從禁中救出宮女，其難度又非從蕃將府中奪回侍妾可比，所謂絕處逢生，情節編織得離奇而可信。

第五節
女扮男裝的復仇傳奇 ——〈謝小娥傳〉

　　〈謝小娥傳〉作者李公佐是傳奇小說作品傳世較多的一位作家。〈謝小娥傳〉寫於元和十三年（西元八一八年）夏月再見出家為尼的謝小娥之後，是李公佐晚期的作品。按作品所敘，作者不僅見過謝小娥，而且在情節中充當了幫助謝小娥尋獲凶手的關鍵角色，充滿實錄特色，故《新唐書》據以節略採入《列女傳》。

　　謝小娥為商人之女，丈夫亦隨其父經商。父與夫以及丈夫的弟兄、謝家生姪，連同童僕數十人，被盜劫殺，悉沉於江。謝小娥受傷落水，為他船救起，流轉乞食。夢父告曰：「殺我者，車中猴，門東草。」又夢夫告曰：「殺我者，禾中走，一日夫。」此謎經年不解。巧遇罷官路過的李公佐，解開字謎，殺父者叫申蘭，殺夫者叫申春。謝小娥誓訪殺二賊，女扮男裝，在江湖間以傭工為生，一年多至潯陽郡訪得申蘭，併入其家做工，二年多深得申蘭信任，終於得到機會殺掉申蘭，擒住申春，報了血海深仇，事後出家為尼。

　　謝小娥感人之處，一是誓志復仇，二是女扮男裝雜處於傭保之間，但作者所敘過於簡略。所詳者，在求解夢中謎語，這謎語固然是尋凶的關鍵，但謝小娥一年間「為男子服，傭保於江湖間」，一定有許多超乎尋常的艱難危厄，此後在申蘭家，「心

憤貌順」，潛伏二年餘，中間也應有許多故事，這些都一筆帶過，作為小說，是有遺憾的。唯記殺捕申蘭、申春有具體描寫：

> 是夕，蘭與春會群賊，畢至酣飲。暨諸凶既去，春沉醉，臥於內室；蘭亦露寢於庭。小娥潛鎖春於內，抽佩刀先斷蘭首，呼號鄰人並至，春擒於內，蘭死於外，獲贓收貨，數至千萬。

作者為小娥立傳，要表彰的是她的節和貞，「誓志不舍，復父夫之仇，節也；傭保雜處，不知女人，貞也。女子之行，唯貞與節，能終始全之而已」。所以對於小娥報仇後誓心不嫁，出家苦行，又加以渲染。但讀者感佩的，可能更多的是小娥作為一個女子的堅忍頑強且智慧超人的俠義精神。這樣的女性形象，在古代封建社會是極為罕見的。

明代凌濛初據此篇改寫成話本小說〈李公佐巧解夢中言，謝小娥智擒船上盜〉，為《拍案驚奇》之卷十九。凌濛初在話本小說開篇中將謝小娥與歷史上的奇女子並稱，說她是一個「遭遇大難、女扮男身、用盡心機、受盡苦楚、又能報仇、又能守志」的絕奇女人，並以詩贊曰：「俠概惟推古劍仙，除凶雪恨只香煙。誰知估客生奇女，只手能翻兩姓冤。」凌濛初的解讀，庶幾能代表古代一般讀者的意見。

第五章

復古傾向與雜俎體

第一節　古文運動與傳奇小說的復古傾向

　　傳奇小說出自文人士大夫，但它在包括作者在內的文人士大夫眼裡，不過是供娛樂消遣的遊戲之作，終究難登大雅之堂。事實上，古代文壇始終以詩文為正宗，傳奇小說以散文敘事，當歸於文類，然而古文的分類，自《昭明文選》以來從沒有「小說」的位置，更何況初出茅廬的傳奇小說。唐前史志，只將志怪、志人小說放在「小說家類」，存於各家之末。唐代劉知幾《史通》將不能列入正史的卻可以與正史參行的作品統稱為「偏記小說」，《搜神記》、《世說新語》被納入其中，但他不提當時已流傳於世的〈古鏡記〉、〈白猿傳〉等。新興的傳奇小說實為文類作品，但沒有誰為它正名。元稹、白居易的新樂府運動推動了長篇敘事詩的創作，這敘事文學思潮也助長了傳奇小說的發展，白居易有敘事詩〈長恨歌〉，陳鴻則有〈長恨歌傳〉，元稹有傳奇小說〈鶯鶯傳〉，李紳則有敘事詩〈鶯鶯歌〉，兩者的關係顯而易見。然而以韓愈為代表的古文運動卻使傳奇小說發生了微妙的轉變。

　　古文運動的核心思想是「文以載道」。韓愈的〈送陳秀才彤序〉中說：「讀書以為學，纘言以為文，非以誇多而鬥靡也。蓋學所以為道，文所以為理耳。苟行事得其宜，出言適其要，雖不吾面，吾將信其富於文學也。」[01] 他說的「道」，即儒家思想及

01　《韓昌黎全集》卷二十。

其相適應的制度。他的指向十分明確，要重振儒家道統，恢復君臣父子制度的權威。小說〈無雙傳〉的背景是涇原兵之亂，朱泚輕而易舉趕走了德宗皇帝，占據長安自稱大秦皇帝。藩鎮割據，不把唐朝皇帝放在眼裡，已是「安史之亂」以來的政治常態。韓愈的思想在當時順應了民眾的願望，是具有進步意義的。重舉儒家思想，也是要反對當時佞佛的潮流。寺廟的氾濫，僧侶數量的膨脹，使農業經濟不堪重負，韓愈之排佛，也是有道理的，是符合社會發展需要的。「文以載道」，在文學上就要反對華飾的儷偶章句，反對浮靡的文風，文以道為本，失去了道，文的生命則不存。這是一種功利主義文學觀，是文學工具論。蘇軾說韓愈「文起八代之衰，道濟天下之溺」，在思想史和散文史上都具有承先啟後、轉舊為新的作用。這種「文以載道」的理論，對於以娛樂消遣為旨歸的傳奇小說，無疑是當頭棒喝。用「文以載道」來衡量傳奇小說，傳奇小說如果不被嗤斥為猥鄙荒誕，也要被貶謫為不足稱道的閒文。

　　韓愈（西元七六八至西元八二四年）生活的年代正是傳奇小說興盛的時期，在他的文集中並未發現評論傳奇小說的文字，不過他也寫過一篇〈毛穎傳〉，這篇作品用毛穎隱指文房四寶的毛筆，以此抒發懷才不遇的鬱憤之情，頗有寓言意味。似小說而又非小說，標舉「文以載道」的古文領袖寫這種無實駁雜的俳諧文字，自然遭到時人的攻訐。同為古文運動代表作家的柳

宗元撰〈讀韓愈所著毛穎傳後題〉為他辯護:「凡古今是非六藝
百家,大細穿穴用而不遺者,毛穎之功也。韓子窮古書,好斯
文,嘉穎之能盡其意,故奮而為之傳,以發其鬱積,而學者得
以勵,其有益於世歟!」主於「俳諧」,「又非聖人之所棄者」,
為之有何不可?柳宗元強調〈毛穎傳〉不背於聖道,有益於世,
還是在「文以載道」的觀點上立論的。〈毛穎傳〉以及它所引發
的爭議這一個案,足以說明以寫情見長的傳奇小說在「文以載
道」的觀點面前,是難以自信地生存的。

　　傳奇小說受「文以載道」工具論的影響,必然會流失文學本
體精神,漸漸疏離淒婉情事,文風回歸簡古質樸,向唐前志怪
志人和雜史雜傳靠攏。古文運動在某種意義上是一種復古,受
古文運動影響的傳奇小說的復古,則表現在單篇行世的傳奇小
說作品,敘事由鋪陳而趨向簡約,篇幅明顯縮小;還表現在篇
幅短小的作品集,如《玄怪錄》、《集異記》、《傳奇》之類漸漸
成為小說的主流形式。

　　「常遊韓愈門」的傳奇小說家沈亞之撰有〈湘中怨解〉、〈異
夢錄〉、〈秦夢記〉、〈馮燕傳〉等作品,他的作品顯然受到古
文運動所宣導的文風的影響,道學氣較重,行文簡約,篇幅較
短。〈湘中怨解〉乃將友人韋敖的歌行〈湘中怨〉改用散文敘出,
類同於陳鴻據白居易〈長恨歌〉寫成〈長恨歌傳〉。它的故事
是一段人神戀,敘太學鄭生夜過洛橋巧得豔女氾人,一年後方

知汜人為湘中蛟宮之娣，惜緣分已盡，汜人告別而去。十多年後，鄭生游於岳陽樓，汜人現身湖上，然可望而不可即。此篇敘事極為簡略，但不惜篇幅綴以詩詞，且開篇即曰「〈湘中怨〉者，事本怪媚」，今敘其事，是要勸誡於「淫溺之人」。若與〈柳毅傳〉相比，此篇則大為遜色。〈異夢錄〉和〈秦夢記〉都是寫夢中之戀，情節均乏鋪排，作者之意似不在情，而在引出數首詩詞。〈馮燕傳〉之馮燕為亡命之豪士，與張嬰之妻有私，兩人幽會之際，張嬰醉歸，其妻授刀馮燕，令殺張嬰，馮燕反而一刀殺死其妻而去。事發，官府判張嬰殺妻，行刑之際，馮燕當眾自首，官府感其仗義，免其死罪。作者在篇末評道：「嗚呼！淫惑之心，有甚水火，可不畏哉！然而燕殺不誼，白不辜，真古豪矣！」全篇行文也比較質樸。沈亞之的作品，可作為傳奇小說創作風氣轉變的代表。

第二節　傳奇志怪小說集

　　單篇行世的傳奇小說銳減是傳奇小說創作由盛而衰的標誌之一，相對而言，傳奇小說集則多了起來，這些小說集的多數作品的題材取向和敘事意旨均向唐前志怪靠攏，顯現出復古傾向。

　　在單篇行世的傳奇小說興盛之時，結集行世的類似志怪、志人、雜史雜傳的作品並未消歇，本書未予論述，是因為傳奇

小說作為文學意義的小說文體已經獨立，這類集子上承唐前的準小說形態自成系統，與文學意義的小說漸行漸遠，基本上不再是小說史論述的物件。但是傳奇小說成立之後，小說集所輯作品往往一書並載傳奇和志怪，如明人胡應麟所說，志怪、傳奇「尤易出入，或一書之中二事並載，一事之內兩端具存，姑舉其重而已」[02]，事實如此，本書亦只能選擇書中傳奇小說分量較重的作品論述之。

　　《玄怪錄》，《新唐書·藝文志》著錄為十卷，牛僧孺撰。宋代陳振孫《直齋書錄解題》卷十一說：「《唐志》十卷，又言李復言《續錄》五卷，《館閣書目》同。今但有十一卷，而無《續錄》。」明代高儒《百川書志》卷八著錄書名為《幽怪錄》（改「玄」為「幽」，乃避諱宋朝始祖玄朗之名），記云：「唐隴西牛僧孺撰。載隋唐神奇鬼異之事，各據聞見出處，起信於人。凡四十四事。」《玄怪錄》原本已不存，傳世的版本問題不少，今人程毅中以陳應翔刻本為底本，參校了《太平廣記》等書，整理校點成四卷本（附「補遺」十二則）《玄怪錄》，堪為佳本。但正如程毅中在《玄怪錄》、《續玄怪錄》的「點校說明」中所說，「四卷本《幽怪錄》四十四事中，已經混入了李復言《續玄怪錄》的作品」，至少約有十篇作品出自或懷疑出自《續玄怪錄》，兩部作

02　胡應麟：《少室山房筆叢》卷二十九〈九流緒論下〉，上海書店出版社 2001 年版，
　　第 282—283 頁。

品風格相近，李復言標榜自己的作品為「續」書，不為虛言。

　　牛僧孺（西元七八○至西元八四八年），字思黯，安定鶉觚（今甘肅靈臺）人。永貞元年（西元八○五年）進士，元和三年（西元八○八年）應賢良方正科對策第一，長慶間官至御史中丞、戶部侍郎、同中書門下平章事，開成三年（西元八三八年）拜左僕射。會昌二年（西元八四二年）貶為循州員外長史。宣宗即位（西元八四六年）後復起，官至太子少保、太子少師。大中二年（西元八四八年）卒，享年六十九。兩《唐書》有傳。

　　《玄怪錄》各篇皆記神奇鬼異之事，旨意不在寫情，大率記鬼神之實有而已。傳奇小說寫鬼神，旨在表現人性，摹寫現實人生，《玄怪錄》意不在此，其精神更接近唐前志怪小說。它創作於傳奇小說興盛之末，不能不受傳奇小說流風之影響，篇幅比唐前志怪要長得多，鋪張藻飾如傳奇小說，但主旨與傳奇小說相去甚遠，或者可以說它是用傳奇筆墨寫志怪。

　　其中可稱為傳奇小說的有〈郭代公〉、〈崔書生〉等。〈郭代公〉敘唐開元年間應舉不第的郭元振，自晉往汾途中，偶遇一成為祭品的少女求救，原來此鄉祀奉神靈烏將軍，每年奉獻一女以求安寧。郭元振聞之憤然而起：「吾忝為大丈夫也，必力救之。如不得，當殺身以徇汝，終不使汝枉死於淫鬼之手也。」[03] 二更時烏將軍駕到，郭元振假意相贊其嘉禮，對飲間乘

03　引自程毅中點校《玄怪錄》、《續玄怪錄》，中華書局 1982 年版。下不再注。

其不備，斷其左手。次日凌晨，視其斷手為豬蹄，乃循血跡至一大塚穴中，乃一大豬，已無前左蹄，遂斃之。鄉人初怒責郭元振「傷我明神」，貽禍地方，經郭元振據理辯解，方釋眾人之疑慮。被救之少女譴責父母貪財捨女，斷然離鄉嫁與郭元振為側室。此篇成功地塑造了郭元振的英雄形象，見義勇為，不避風險。他應少女之求，即有殺身的準備；除掉妖獸之後，不受鄉人之酬；少女求嫁，亦拒之不獲方接納，凸顯出他大丈夫無私無畏的精神。郭元振形象略可與《搜神記》中斬殺蛇妖的李寄相比。牛僧孺讚頌了英雄的郭元振，同時也痛斥了祭奉淫祠的不合禮義：「夫神，承天而為鎮也，不若諸侯受命於天子而疆理天下乎？……使諸侯漁色於中國，天子不怒乎？殘虐於人，天子不伐乎？誠使爾呼將軍者，真神明也，神固無豬蹄，天豈使淫妖之獸乎？且淫妖之獸，天地之罪畜也，吾執正以誅之，豈不可乎！」聯繫當時藩鎮割據，為害百姓的現實，這番議論或有深意存焉。

〈崔書生〉寫人神戀，敘開元天寶時崔書生性好花木，春暮花園英蕊芬郁，有女郎乘馬而過，崔書生一見傾心，特致酒茗，盼女郎能下馬一會。此誠意感動女郎，竟嫁給崔書生。崔母見女豔麗妖嬈，疑為狐精，女郎謂崔生：「本侍箕帚，便望終天，不知尊夫人待以狐媚輩，明晨即便請行，相愛今宵耳。」次日，崔書生送女郎回山中娘家，女郎以白玉合子相贈，崔生嗚

咽而別。後來有胡僧識此白玉合子，指女郎為西王母第三女玉卮娘子，說崔生若與她生活一年，舉家皆必成仙。崔生只能怨嘆終身。人神戀是志怪中常見的主題類型，此篇故事有其獨特的優美處，崔生求婚以賞花相邀，母親干涉兒子婚事，似乎都是寫實，兩情分手，至歸山中，景色不同凡俗，縹緲虛幻之境陡現出來，最後由胡僧點明仙女身分，構思不落俗套。崔生多情忠厚而怯懦，對母命不敢違逆，亦不忍與女郎分離，唯掩淚從命而已；女郎之姐痛責崔生，崔生無言以對，只能拜伏受譴。他與漢樂府〈孔雀東南飛〉中的焦仲卿有某些相似之處，但女郎不是蘭芝，所以此篇有悲情卻不是悲劇。

　　《玄怪錄》大多數作品是志怪。寫輪迴轉世的有〈黨氏女〉、〈顧總〉。〈黨氏女〉敘茶商王蘭客居韓城藺如賓家，藺如賓圖數百萬之財殺害王蘭。王蘭轉世投生為藺如賓之子，長大後放浪豪奢，幾耗盡藺氏家財而亡。死後又托生為黨氏女，索得王蘭數百萬錢之剩餘方才甘休。該篇以轉世宣揚報應，儆誡世人不可欺暗枉道。這情節多被後來的白話小說所採用。〈顧總〉卻無道德勸懲之旨，寫顧總為建安七子的劉楨轉世，在南朝梁做一縣吏，數被鞭棰，鬱鬱憤懷，逢建安七子的王粲、徐幹魂靈，被告之轉世之實情，並被指點脫困之法，顧總依法果得縣宰禮遇。似乎作者之興趣在於劉楨卒後之詩，不惜篇幅誦錄全詩，縣宰就是見到此詩而轉變對顧總的態度。寫物妖的有〈元無

有〉、〈滕庭俊〉、〈曹惠〉等。〈元無有〉寫元無有夜入荒山空屋，見四人吟詩興會，各人詩句隱含各自身分，為故杵、燭臺、水桶、破鐺（平底淺鍋）。〈滕庭俊〉寫禿帚、蒼蠅吟詩聯句，且使滕庭俊積年熱病頓愈。以上各妖，皆性好詩文，機趣盎然。〈曹惠〉寫兩個殉葬木偶變為活人，頗知南朝掌故，靈異非凡。牛僧孺筆下的這些妖精不但沒有害人之性，反倒聰明可愛。〈崔環〉寫地獄酷刑之可怕，〈岑順〉寫凶宅之鬼氣，〈齊推女〉寫因生產為暴鬼所殺的女子求訴異人洗冤，終得復生，情節都各有特色，較之唐前志怪，不但多有描寫，而且構思也有新意。

　　《續玄怪錄》的作者李復言，生平不詳。〈錢方義〉篇末記云：「大和二年秋，與方義從兄及河南兄不旬求岐州之薦，道途授館，日夕同之，宵話奇言，故及斯事，故得以備書焉。」〈尼妙寂〉文末云：「太和庚戌歲，隴西李復言游巴南。」可見為隴西人，太和（西元八二七至西元八三五年）前後人。〈張老〉篇末記：「貞元進士李公者，知鹽鐵院，聞從事韓准太和初與甥姪語怪，命余纂而錄之。」此李公為李諒（西元七七五至西元八三三年），太和初知鹽鐵院，李復言或為他的門客。又北宋錢易《南部新書》甲集記云：「李景讓典貢年，有李復言者，納省卷，有《纂異》一部十卷。榜出日：『事非經濟，動涉虛妄，其所納仰貢院驅使官卻還。』復言因此罷舉。」李景讓知貢舉在開成五年（西元八四〇年），《纂異》十卷當即《續玄怪錄》十卷，

若此記屬實，則《續玄怪錄》在開成五年就已成書。《續玄怪錄》原書已佚，宋代以來就與《玄怪錄》合刻為一書，有些作品與《玄怪錄》混雜，辨別亦需時日。

《續玄怪錄》寫神仙頗有特色。〈張老〉敘士大夫之女嫁「負穢鋤地，鬻蔬不輟」的老頭，門戶既不相當，年歲也不般配，乃因女父視園叟貧困，以五百緡為聘，欲斷絕其念，不想園叟即出如數之錢，無可悔約，遂將女嫁之。女家及其親戚皆厭惡這門親事，乃逐張老夫妻遠去。數年後女家遣人探訪，方知張老是一仙人，其女亦已成仙。此篇重點不在寫畸形婚配，而在寫仙境之美妙，仙人生活之優雅脫俗。文中對仙境的描寫，繪聲繪色。寫遠景：「朱戶甲第，樓閣參差，花木繁榮，煙雲鮮媚，鸞鶴孔雀，徊翔其間，歌管嘹亮耳目。……異香氛氳，遍滿崖谷。」寫居室：「其堂沉香為梁，玳瑁帖門，碧玉窗，珍珠箔，階砌皆冷滑碧色，不辨其物。」作者特別說明此故事非自己虛構，是在鹽鐵院「聞從事韓准太和初與甥姪語怪」[04]，受命而撰錄。此篇以傳奇法寫志怪，甚為典型。

〈杜子春〉寫煉丹成仙須絕俗念，杜子春之喜、怒、哀、懼、惡、欲皆能摒棄，唯愛不能釋懷，故煉丹毀於一念，成仙無門。此故事源自印度，見《大唐西域記》卷七「烈士池及傳

04　引自李時人編校《全唐五代小說》卷四十二〈李復言·張老〉，中華書局 2014 年版。

說」[05]。此篇與印度傳說的意旨完全相同，但敘述要細密和生動得多，貌似傳奇小說。明代馮夢龍據以改寫成話本小說〈杜子春三入長安〉，輯入《醒世恆言》卷三十七。《續玄怪錄》寫仙道的作品不少，如〈裴諶〉、〈楊敬真〉、〈辛公平上仙〉、〈柳歸舜〉、〈麒麟客〉、〈盧僕射從史〉、〈竇玉妻〉等。

李復言寫仙道間有鬱憤不平之氣，〈張老〉之仙人張老混跡俗世，以種菜為業，為世人所鄙；〈辛公平上仙〉中的仙人徒步旅行，被客店主人輕慢，作者稱此篇「以警道途之傲者」。〈韋令公皋〉雖只敘及「女巫」，未及仙道，但對張延賞厭薄白衣女婿，有眼不識英才的傲慢進行抨擊；〈李嶽州〉寫科舉乃冥府註定，哀嘆「人生之窮達，皆自陰騭」。在牛僧孺的《玄怪錄》中無此激憤之情，牛僧孺功名得意，地位顯赫，自不可能有李復言的沉鬱下僚刻骨銘心的感受。

《續玄怪錄》也寫釋家的輪迴報應，如〈驢言〉。〈錢方義〉敘抄寫《金剛經》可以救拔災厄。〈定婚店〉敘月下老人為男女赤繩繫足，潛定婚姻。此故事影響極為深遠。〈薛偉〉敘蜀州青城縣主簿薛偉病危夢入深潭化為鯉魚，被釣起送至縣衙與眾同僚為食，薛偉大呼求救，諸同僚漠然不顧付之庖廚。文中寫薛偉被人宰殺而友人見死不救的冤屈怨憤，十分真切。寫這故事的還有戴孚《廣異記》、段成式《酉陽雜俎》，明代馮夢龍則改編

05　參見季羨林等校注《大唐西域記校注》，中華書局 2000 年版，第 576—578 頁。

成話本小說〈薛錄事魚服證仙〉，見《醒世恆言》卷二十六。

《集異記》，《新唐書‧藝文志》著錄三卷，注作者薛用弱，「字中勝，長慶光州刺史」。《三水小牘》之〈徐煥〉提及：「大和中，薛用弱自儀曹郎出守此郡（弋陽），為政嚴而不殘。」弋陽郡即光州。《集異記》原書已散佚。《集異記》所記多文人名士的異聞，雖也涉鬼怪，但趣味清雅。《四庫全書總目》稱「其敘述頗有文采，勝他小說之凡鄙」[06]。故有些作品為後世文人所激賞。代表性的作品有〈王渙之〉、〈蔡少霞〉、〈集翠裘〉等。〈王渙之〉敘開元詩人王昌齡、高適、王渙之（當為王之渙）雪中於旗亭小酌，會梨園伶官登樓會宴，諸伶奏樂吟唱詩歌，三人旁聽暗賭，看誰的詩作入歌最多，結果三人各有一詩被謳，而諸伶得知三人身分，竟拜曰「俗眼不識神仙」。這是一段旗亭興會的佳話，生動地表現了唐代詩人的社會影響和詩歌的傳播方式，頗有唐前志人小說的神韻。此作被後世改編成戲曲，有雜劇〈旗亭宴〉、傳奇〈旗亭記〉等。〈蔡少霞〉寫蔡少霞夢中為神仙書寫〈蒼龍溪新宮銘〉，文辭絕妙，夢醒即捉筆錄之。蔡少霞本人沒有文才，時人皆信為仙人所作。宋代蘇軾〈游羅浮山〉詩就用了這個典故，可見其影響。明代胡應麟在《少室山房筆叢》卷三十七〈二酉綴遺下〉也極支持〈蔡少霞〉之銘文，「蓋唐三百年，如此銘者亦罕睹矣」。〈蔡少霞〉被讀者欣賞，似乎

06　四庫全書總目》卷一四二〈子部‧小說家類三〉，中華書局 1965 年版，第 1209 頁。

不在神仙故事，而在這篇銘文。這也很能代表《集異記》的風格。接近唐前志人小說的如〈集翠裘〉，該篇敘狄仁傑拿自己的紫袍與張昌宗獲武則天所賜的集翠裘賭雙陸，武則天說兩物價值不等，裘價逾千金，袍值幾何？狄仁傑對曰：「臣此袍乃大臣朝見奏對之衣，昌宗所衣乃嬖倖寵遇之服，對臣之袍，臣猶怏怏。」[07] 羞辱了張昌宗。狄仁傑贏得此裘，隨即付家奴衣之。文字不多，但寫人極為傳神，甚得《世說新語》精妙之處。

《博異志》，《新唐書·藝文志》小說家類中著錄三卷，原本已散佚。作者署谷神子。晁公武《郡齋讀書志》稱之為「志怪之書」，頗為切當。比如〈白幽求〉寫白幽求漂海誤入仙境，其中有下山入海傳牘情節，略與〈柳毅傳〉相仿，但絕無情感糾葛，僅記異而已。〈許漢陽〉的主人公許漢陽亦舟行誤入仙境，描摹仙境之奇景奇事有聲有色，諸龍女命許漢陽錄寫詩賦是主要情節，其中略無情感交結，末尾說許漢陽所飲之酒為人血，實大煞風景。〈陰隱客〉寫仙境由掘井而入，意象別開生面。

唐代單篇行世的傳奇小說繁榮之後的小說，如上所述，其敘寫鬼神怪異之作，即便鋪陳描寫，但仍堅持唐前志怪據聞實錄的原則，即如盧肇《逸史自序》所說，「其間神化交化、幽冥感通、前定升沉、先見禍福，皆摭其實補其缺而已」[08]。此時期

07　引自《博異志·集異記》，中華書局 1980 年版。

08　陶宗儀：《說郛》卷二十四，《說郛三種》第一冊，上海古籍出版社 1988 年版，第 435 頁。

的小說集不少，完整地流傳下來的極為罕見，多保存在如《太平廣記》這樣的類書中。較有影響的作品，還有袁郊《甘澤謠》中的〈圓觀〉、〈紅線〉。〈圓觀〉寫僧圓觀與李源三世相會，宋代蘇軾據此而撰〈圓澤傳〉，清代小說〈西湖佳話〉之〈三生石跡〉亦演繹此故事。〈紅線〉以藩鎮之間的鬥爭為背景，寫潞州節度使薛嵩的侍女紅線，夜半潛入魏博節度使田承嗣臥室，取走其枕邊的金合，以此警告其不可妄為，遂解除主子之憂。紅線成為人們欽敬的女俠代表人物。皇甫枚的《三水小牘》中的〈步非煙〉應該算是傳奇小說之佳作。步非煙是河南府功曹參軍武公業的愛妾，與書生趙象私通情愫，武公業聞知其私情，將她鞭答致死。死前說：「生得相親，死亦何恨。」塑造了一個視愛情高於生命的女性形象。兩情相戀中贈答的詩賦，融入情節，頗能表現人物當時的情態。

　　《傳奇》是晚唐具有特色的小說集。作者裴鉶，生卒年不詳。《唐詩紀事》卷六十七記曰：「乾符五年（西元八七八年），鉶以御史大夫為成都節度副使。〈題石室〉詩曰：『文翁石室有儀形，庠序千秋播德馨。古柏尚留今日翠，高岷猶藹舊時青。人心未肯拋膻蟻，弟子依前學聚螢。更嘆沱江無限水，爭流只願到滄溟。』時高駢為使，時亂矣。故鉶詩有『願到滄溟』之句，有微旨也。鉶作《傳奇》行於世。」《全唐文》卷八〇五收有裴鉶咸通九年（西元八六八年）〈天威徑新鑿海派碑〉，所附

129

第五章　復古傾向與雜俎體

小傳曰:「咸通中為靜海軍節度使高駢掌書記,加侍御史內供奉,後官成都節度副使,加御史大夫。」裴鉶作《傳奇》當在他早年,《傳奇》每篇故事皆寫明發生的時間,最早的是發生在代宗廣德年間(西元七六三至西元七六四年)的〈孫恪〉,最晚的是發生在宣宗大中年間(西元八四七至西元八五九年)的〈陶尹二君〉和〈寧茵〉,故事發生的時間當然不是該故事的寫作時間,但《傳奇》中沒有咸通和咸通以後發生的故事,則可以推斷裴鉶任成都節度副使之後大概已無暇眷顧小說了。

　　《傳奇》是唐代傳奇小說漸趨式微時影響最巨大的一部作品。此部作品原有多少篇,已無法考實,《新唐書·藝文志》著錄為三卷,篇數不詳,可能大半已亡佚,今人周楞伽輯注本收有三十一篇,李時人編校《全唐五代小說》輯錄三十四篇,其中〈虯髯客傳〉、〈張不疑〉、〈楊通幽〉三篇為周本所無,周本之〈樊夫人〉,李本作〈湘媼〉,李本刪去周本〈樊夫人〉的前半部分,該部分敘樊夫人出自葛洪《神仙傳》卷七〈樊夫人〉,存後半所敘湘媼(即樊夫人)為人治病、刺殺白黿仙跡。

　　裴鉶創作《傳奇》,多言神仙鬼怪,追步的是魏晉以來的志怪,他生活在唐傳奇繁盛時期之後,不能不受單篇行世的傳奇作品的影響,〈孫恪〉提到王度的〈古鏡記〉,〈蕭曠〉提到李朝威的〈柳毅傳〉等,所以他的作品鋪陳描寫,詞多對偶,從敘事看與傳奇小說無甚差別,但他的創作主旨卻在宣揚神仙道法術

數，與傳奇小說之言情有所不同。他的某些作品如〈樊夫人〉、〈元柳二公〉等被輯入道家典籍《道藏精華錄》不是偶然的。

　　「人神戀」、「人鬼戀」、「人妖戀」是唐前志怪的傳統題材類型，《傳奇》中演繹這些類型的作品不少，裴鉶擅長編織情節，注重細節描寫，故事之豐滿已非此前志怪作品所能比擬，但作者之意並不在渲染男女之情，而在講神鬼可遇，道法可學。〈裴航〉敘落第秀才裴航在旅途中遇仙人樊夫人指點，訪得仙女雲英，不辭艱辛購得玉杵臼以為聘禮，終與雲英成婚。原來裴航是清靈真人子孫，已有仙緣。當有友人乞問得道之途，裴航說：「老子曰：『虛其心，實其腹。』今之人，心愈實，何由得道之理？……心多妄想，腹漏精溢，即虛實可知矣。」如果撇開作者宣揚的道家精神，裴航雲英之藍橋會，則是一個美麗的戀愛傳奇。後來戲曲多有將它搬上舞臺者，《醉翁談錄》辛集卷一〈神仙嘉會〉輯入，題〈裴航遇雲英於藍橋〉，《清平山堂話本》之〈藍橋記〉刪去篇末友人問道一段，顯然是要洗去道家色彩。〈張無頗〉敘張無頗獲仙人袁大娘神藥治癒海神廣利王愛女之病，遂與其女成婚，雙雙仙去。〈文簫〉敘文簫素與道士相契，於遊帷觀偶遇仙女吳彩鸞，兩情相洽，卻觸犯天條，吳彩鸞被謫與文簫在俗世成婚，吳彩鸞以抄寫《唐韻》為生計，後二人跨虎飛升。《傳奇》中的人神戀與唐前志怪不同，劉晨、阮肇誤入仙境，最終都返還世俗，未能成仙，《傳奇》中的凡人

遇仙女之後都成仙而去。

　　《傳奇》中的人鬼戀也寫得頗有特色。〈薛昭〉的主人公薛昭因脫人之禍而獲罪流放，途中受申天師指點，與鬼魂雲容相會，雲容生前為楊貴妃侍女，相處數夕，雲容得交生人之精氣而復生，兩人此後容鬢不衰，如天師預言，已成地仙矣。生人與女鬼相愛，女鬼得生人精氣可復生，《搜神記》的〈漢談生〉中女鬼囑談生三年之後方可以燭照視，談生二年已生一子，燃燭照之，女腰以上已生肉如人，腰以下但有枯骨，失去重生機會。《搜神後記》的〈李仲文女〉中的女鬼，亦因未到時日而發塚，雖已生肉，遺憾不得生矣。〈薛昭〉中的雲容顯然幸運得多，待「吾體已甦矣」方囑薛昭到市上為她買衣。這個情節，乃承襲志怪。與志怪不同的是，薛昭與雲容相會由申天師安排，非偶然邂逅，兩人婚後皆成仙。道術之玄妙，由此可見。寫人鬼戀的還有〈曾季衡〉、〈顏濬〉。〈曾季衡〉之女鬼王麗真為刺史之女，曾季衡明知是鬼，然愛其豔麗而與之結合，後因祕密洩露，緣分戛然而絕。〈顏濬〉則寫得更加委婉哀怨，顏濬與陳朝貴妃張麗華鬼魂一夕歡會，縱談陳朝亡國故事，並賦詩抒發幽情。情節模式頗有蹈襲〈秦夢記〉、〈周秦行紀〉之嫌。人妖戀題材類型的作品有〈孫恪〉、〈姚坤〉等。〈孫恪〉寫孫恪與猿妖之戀，中間插入有道術的友人張生識破女子真相，授予寶劍斬妖，袁氏察覺，怒斥孫恪忘恩負義，折斷其劍。十餘年兩

人已育二子，袁氏在峽山寺題詩化猿而去。以往志怪傳奇中的猿妖多為竊奪婦人的男性，此篇的猿妖被描繪成美貌多情的女子，是為罕見。〈姚坤〉敘老狐為報答姚坤多次從獵人手中救出狐狸之恩，先是救他於困厄，繼而以狐精化為美女夭桃侍奉左右，後夭桃為犬所逼化為狐而去。篇中老狐教導姚坤凝盼注神的道術一段，是作者敘述的重點。

　　《傳奇》中以遇仙求道的故事居多。〈鄭德璘〉寫鄭德璘與韋氏的生死情緣，韋氏在洞庭湖舟覆溺水又死而復生，是因洞庭府君所賜，而洞庭府君則是因當年鄭生「有義相及」，以此報答爾。鄭生當年在船上遇賣菱芡的老翁，以好酒相待，對談玄解甚洽，老翁實洞庭府君矣。此篇亦可稱鄭生遇仙記。〈崔煒〉記遇仙當然更典型。崔煒在集市上幫助了一位乞食老嫗，老嫗報答以艾，教以灸法，崔煒以艾灸疣，治癒井中巨蛇，由蛇引入南越王之玄宮，得賜明珠與美女田夫人，終於成仙。老嫗原來竟是晉朝鮑靚之女，葛洪之妻，傳說她以艾治病，灸到疣除。〈許棲岩〉寫許棲岩好道，入蜀途中得龍馬引入仙境，受太乙元君之教，亦成仙人。〈元柳二公〉敘元徹、柳實二人於合浦海上遇狂風巨浪，舟沉而入仙境，得仙人教誨和饋贈，後在祝融峰修道得道。〈蕭曠〉寫蕭曠夜憩洛水之濱，彈琴而引來洛神，言及曹植的〈洛神賦〉，並引見洛浦龍君之女織綃，織綃又與蕭曠談論五行相生相剋、龍之神奇以及修道之術，二神女臨

別留詩贈物，稱蕭曠有奇骨異相，當清襟養真以出世，蕭曠後遂遁世脫離塵俗。明代《剪燈新話》之〈鑑湖夜泛記〉敘成令言夜遊湖上遇織女，情節有模仿〈蕭曠〉的明顯痕跡。〈江叟〉的主人公江叟更是一位有心求道之人，他由槐樹精指引，訪得仙師鮑靚，受鮑靚之教果然成仙。

　　《傳奇》中有寫英雄劍俠傳奇的，如〈崑崙奴〉敘崔生家中有崑崙奴磨勒，所謂「崑崙」，非指崑崙山之崑崙，是為東南亞皮膚黝黑的土著種族名，崔生往省一品勳臣郭子儀疾，愛上郭家的紅綃妓，磨勒不僅破解了紅綃妓給崔生的手語，而且能悄然無聲地越過郭家的重重防衛，負荷崔生和紅綃飛騰而去。郭子儀命甲士五十人圍捕磨勒，磨勒飛出高垣，頃刻不知去向。十餘年後有人在洛陽看見磨勒賣藥，容顏如舊，又為這位俠士增添仙人色彩。〈聶隱娘〉則是寫一位女俠聶隱娘，此女十歲從尼入山學藝，五年學成，能飛簷走壁，於大庭廣眾之中取人首級而人莫能見，首級入囊即以藥化之為水。先是侍從魏州節度使，受魏帥指令刺殺陳許節度使劉昌裔，她見劉昌裔神異超凡，反而投靠了劉昌裔，並殺死魏帥派來的刺客精精兒，挫敗了妙手空空兒的刺殺之舉，後來聶隱娘隱於山林。聶隱娘能化為小蟲潛入人之腸中，其手段較崑崙奴似又高一籌。〈虯髯客傳〉似為單篇行世的傳奇小說，一說為杜光庭撰，今人李劍國《唐五代志怪傳奇敘錄》考定它為裴鉶所作，李時人編校的《全

唐五代小說》從其說。但〈虯髯客傳〉入世思想強烈，虯髯客雖異於常人，卻非神仙，與《傳奇》濃厚的道家色彩並不同調。《傳奇》寫到的唐代歷史人物事件不少，一般均經得起事實的檢驗，而〈虯髯客傳〉所寫李靖與文皇李世民的關係以及虯髯客率海船侵入扶餘國自立為主等情節，都與史實不符，也與《傳奇》的風格不一。是否為裴鉶所撰，還待進一步考證。〈虯髯客傳〉所塑造的虯髯客形象，有俠客之風，隨身的革囊中盛有他所殺的負心人的人頭並心肝，與聶隱娘所用革囊相似，且行跡縹緲，但他懷抱在亂世中爭霸的雄心，只因見有英主李世民的存在，遂拋棄家產到海外立國，虯髯客又非一般俠客。作品中的紅拂，慧眼識英雄，逃離帝室重臣楊素而追隨一個貧士李靖，是為千古傳頌的佳話。《傳奇》中寫英雄傳奇的有〈陳鸞鳳〉，廣東雷州一帶敬畏雷公，祭祀虔誠，但並不能得其福佑，壯士陳鸞鳳見家鄉大旱，雷公為神不福，遂燒毀雷公廟，不怕犯雷公之忌，與雷公搏鬥，砍去雷公左股，雲雨大作，旱象盡除。然而家鄉百姓及親友害怕得罪雷公，將他逐出家園，雷公屢施霆震卻未能加害於他。他說「願殺一身，請甦萬姓」，所以敢挑戰鬼神。此篇故事可能來自雷州地區的民間傳說。〈蔣武〉中的英雄蔣武是一獵人，射術高超，山中大象被巴蛇吞噬甚多，蔣武應大象之請，射殺數百尺長的巴蛇，為山林除一大害。《山海經》第十〈海內南經〉記「巴蛇食象，三歲而出其骨」，此篇

也大約來自民間傳說。〈陳鸞鳳〉和〈蔣武〉故事均發生在廣東地區，大概是裴鉶在咸通年間做高駢的書記時採集當地傳說寫成，也因為它們離民間傳說不遠，故較少道家思想。

《傳奇》道家出世思想濃厚，但在藝術上頗有特色。想像奇特豐富，並且虛虛實實，常間以真實的歷史和現實人物，可使當時人認假為真。裴鉶善於用對偶句寫景狀物，如〈封陟〉寫封陟在少室山書屋：

> 書堂之畔，景象可窺，泉石清寒，桂蘭雅淡；戲猱每竊其庭果，唳鶴頻棲於澗松。虛籟時吟，纖埃晝閴。煙鎖篔簹之翠節，露滋躑躅之紅葩。薜蔓衣垣，苔茸毯砌。[09]

《傳奇》描寫神女、狐女、妖女頗多，也用對偶句，辭藻豐富，略不犯同：

> 良久，忽聞啟關者，一女子，光容鑑物，豔麗驚人，珠初滌其月華，柳乍含其煙媚，蘭芬靈濯，玉瑩塵清。（〈孫恪〉之猿妖）
>
> 韋氏美而豔，瓊英膩雲，蓮蕊瑩波，露濯蕣姿，月鮮珠彩。（〈鄭德璘〉之韋氏）
>
> 見一女，未笄，衣五色文彩；皓玉凝肌，紅流膩豔，神澄沆瀣，氣肅滄溟。（〈元柳二公〉之神女）
>
> 睹一女子，露裛瓊英，春融雪彩，臉欺膩玉，鬢若濃

09　引自周楞伽輯注《裴傳奇》，上海古籍出版社 1980 年版。下不再注。

雲，嬌而掩面蔽身，雖紅蘭之隱幽谷，不足比其芳麗也。
（〈裴航〉之仙女雲英）

　　睹一姝，幽蘭自芳，美玉不豔，雲孤碧落，月淡寒空。
（〈文簫〉之仙女吳彩鸞）

從以上幾例可以知道，裴鉶描寫女子容貌風度並不寫實，多用比喻而狀其神，這種寫法是傳統的，後世小說亦沿用不斷。

第三節　《酉陽雜俎》及雜俎體

晚唐小說集，體例創新，且影響深遠者，當推《酉陽雜俎》。其作者段成式（約西元八〇三至西元八六三年），字柯古，臨淄鄒平（今山東淄博市臨淄區北）人。元和末年宰相段文昌之子，開成初以父蔭入官，為祕書省校書郎，後出為吉州、處州、江州刺史，終於太常少卿。事蹟附見《舊唐書》卷一六七〈段文昌傳〉及《新唐書》卷八十九〈段志玄傳〉。段成式博學強記，且家藏多奇編祕笈，與溫庭筠、李商隱友善，文章冠於一時。

《酉陽雜俎》原書三十卷（前集二十卷，續集十卷）。前集二十卷分〈忠志〉、〈禮異〉、〈天咫〉、〈玉格〉、〈壺史〉、〈貝編〉、〈境異〉、〈喜兆〉、〈禍兆〉、〈物革〉、〈詭習〉、〈怪術〉、〈藝絕〉、〈器奇〉、〈樂〉、〈酒食〉、〈醫〉、〈黥〉、〈雷〉、〈夢〉、〈事感〉、〈盜俠〉、〈物異〉、〈廣知〉、〈語資〉、〈冥跡〉、〈屍穸〉、〈諾皋記〉

（上、下）、〈廣動植〉（含〈羽篇〉、〈毛篇〉、〈鱗介篇〉、〈蟲篇〉、〈木篇〉、〈草篇〉）、〈肉攫部〉三十篇，續集十卷分〈支諾皋〉（上、中、下）、〈貶誤〉、〈寺塔記〉（上、下）、〈金剛經鳩異〉、〈支動〉、〈支植〉（上、下）六篇。

　　《酉陽雜俎》諸多篇目命名之義，從來難解，明胡應麟《少室山房筆叢》說：「段成式《酉陽雜俎》所列目，〈天咫〉、〈玉格〉、〈壺史〉、〈貝編〉等，宋人以下亡弗駭其異，而未有得其說者。蓋必以出處求之，而不知段氏本書謂之《酉陽雜俎》。夫諸目之義吾未能詳，至〈雜俎〉必系〈酉陽〉，則五車之中斷可自信矣。又如目中〈忠志〉、〈禮異〉等詞皆文人口語，曷嘗拘拘出處耶？今考〈天咫〉所談七曜事，則天闕之義也；〈玉格〉所談二典事，則玉檢之文也；〈壺史〉悉紀道術，非壺中之史耶？〈貝編〉咸錄釋門，非貝葉之編耶？即全語未見所出，意義咸自可尋。後人徒以虛名為其愚弄，故拈及之。成式子安節著《樂府雜錄》，今傳。安節娶溫庭筠女，庭筠著《甘子》，序謂『語怪說賓，猶甘悅口』，與《雜俎》義正同，然前人無此說也。非庭筠自序，至今不知何謂，亦以為〈天咫〉、〈貝編〉矣。」[10]

　　按胡氏之說，「雜俎」猶如溫庭筠以「乾子」命名他的小說集，乃以美味食物設喻，而「酉陽」本指今湖南沅陵境內的小

10　胡應麟：《少室山房筆叢》卷三十五〈二酉綴遺上〉，上海書店出版社 2001 年版，第 351—352 頁。

酉山，《太平御覽》卷四十九引南朝宋盛弘之〈荆州記〉：「小酉山上石穴中有書千卷，相傳秦人於此而學，因留之。」後因以「酉陽」借指稀見古籍。

《酉陽雜俎》正、續集成書約在大中年間，全書各篇共約一千二百條，其內容如明毛晉《酉陽雜俎前集跋》所說，「天上天下，方內方外，無所不有。柯古多奇編祕笈，博學強記，故其撰多非耳目所及也」[11]。《四庫全書總目》也說：「其書多詭怪不經之談，荒渺無稽之物，而遺文祕笈，亦往往錯出其中。故論者雖病其浮誇，而不能不相徵引，自唐以來，推為小說之翹楚，莫或廢也。」[12] 因其內容駁雜，不能歸於「敘述雜事」，也不能歸於「記錄異聞」，《四庫全書總目》便把它歸在「綴輯瑣語」類。李時人編校之《全唐五代小說》從該書各篇中選出近於小說的敘事文字計四十二篇輯入，可見《酉陽雜俎》的大多篇什距離小說文體已遠。

段成式與裴鉶是同時代的人，段成式撰寫的神鬼異聞比裴鉶的《傳奇》在敘事風格上更接近唐前的志怪。《酉陽雜俎》選錄入《全唐五代小說》的作品，題材以神仙、法術和俠士居多，篇幅普遍較《傳奇》為短，不像《傳奇》那樣鋪張藻飾，亦不用駢句。試以〈蓬球〉為例：

11　引自侯忠義編《中國文言小說參考資料》，北京大學出版社 1985 年版，第 265 頁。
12　《四庫全書總目》卷一四二〈子部‧小說家類三〉，中華書局影印本 1965 年版，第1214 頁。

貝丘西有玉女山，傳云晉泰始中，北海蓬球，字伯堅，入山伐木，忽覺異香，遂溯風尋之。至此山，廓然宮殿盤鬱，樓臺博敞。球入門窺之，見五株玉樹。復稍前，有四婦人，端妙絕世，自彈棋於堂上，見球俱驚起，謂球曰：「蓬君何故得來？」球曰：「尋香而至。」遂復還戲。一小者便上樓彈琴，留戲者呼之曰：「元暉，何為獨升樓？」球樹下立，覺少饑，乃舌舐葉上垂露。俄然，有一女乘鶴西至，逆恚曰：「玉華，汝等何故有此俗人？王母即令王方平行諸仙室。」球懼而出門，回顧，忽然不見。至家，乃是建平中。其舊居閭舍，皆為墟墓矣。[13]

蓬球入仙境，是志怪傳統的「誤入」，主人公目睹仙境景象和仙女風姿，如此而已，沒有任何情感交集。蓬球於西晉泰始（西元二六五至西元二七四年）中進入仙境，出境時舊居閭舍已是一片墟墓，傳本紀年「建平」，當為「建中」之誤，「平」與「中」形近，從泰始到唐德宗建中（西元七八〇至西元七八三年）有五百年，如此悠長，舊居閭舍方有滄桑之變。仙境一日，人世數百年。《幽明錄》劉晨、阮肇天臺山遇仙，《述異記》觀棋爛柯等，都寫過仙境人世的時間神奇差異。

《酉陽雜俎》中有些作品在故事類型上是前所未有的，如續集卷一〈支諾皋上〉之〈葉限〉，敘秦漢前洞主前妻之女葉限，飽受後母虐待，精心餵養之寵物金魚也被後母拿去烹食。有神

13　《酉陽雜俎》，引自李時人編校《全唐五代小說》，中華書局 2014 年版。

人囑她藏魚骨於室內，祈禱即可遂願。當洞節之慶，後母攜其生女前往，令葉限留守在家，葉限欲參加節慶，祈禱得翠紡上衣、黃金鞋，著裝後也趕去，不料被後母發現，遽然逃回，卻遺落了一隻金鞋。金鞋被鄰島國王獲得，遍訪適履之女子，終於找到葉限，娶為王后。而後母及其生女則被飛石擊中而死。這與西方灰姑娘水晶鞋的故事頗為類似。〈葉限〉篇末作者記曰：「成式舊家人李士元所說。士元本邕州洞中人，多記得南中怪事。」邕州即今廣西南寧地區，故事當來源於此地區的民間傳說。前集卷十五〈諾皋記下〉之〈劉積中〉敘劉積中夜伴於病妻之旁，燈影中忽閃出一白髮老婦，長才三尺，治癒其妻之重病，此後常常往來。這也是前所未見的情節意象，後世話本〈燈花婆婆〉似乎當從此來。

　　《酉陽雜俎》中的志怪作品只是全書的一小部分，其他大部分作品並非記敘文字，而以說明、議論、考辨文字居多，涉及佛道、術數、天文、地理、歷史、民俗、書畫、方物、烹飪等多方面的見聞和知識，創造了一種包羅萬象、無所不記的劄記隨筆體制，按書名可稱「雜俎」體，亦可稱野史筆記。這種體制的作品，後世不絕如縷。明劉鳳撰有《雜俎》十卷，內容分為「元覽」、「稽度」、「地員」、「兵謀」、「藻覽」、「原化」、「問水」、「詞令」，是不折不扣的模仿。明胡應麟將小說家類分為六種：志怪、傳奇、雜錄、叢談、辨訂、箴規，後三種非敘事性

第五章　復古傾向與雜俎體

文字也包括在「小說」之中，應該是考慮到「雜俎」一類作品的
存在。他的《少室山房筆叢》即「雜俎」類作品。

第二編
白話小說的興起

第一章
宋代城市制度變革與瓦子勾欄

第一章　宋代城市制度變革與瓦子勾欄

第一節　唐代城市封閉體制下的說唱技藝

　　白話小說與文言傳奇小說不只是語體的不同，他們在敘事方式上亦有明顯的差異，雖然同屬敘事散文的文學，但它們的文體各有源頭。文言小說源於史傳，而白話小說則源於民間口頭技藝「說話」。「說話」即今說書和說唱曲藝的早期形態。說唱古已有之，但發展成一種專門的技藝，有相應的行業組織和分工，有專門的演出場所，也就是說「說話」成為一種專業化和產業化的技藝，則出現在北宋。這裡一個關鍵的條件，就是商業的發展，城市封閉式坊制被打破，提供了固定的演出場所和自由演出的時間，以及眾多的觀眾。

　　五代、宋以前，城市建築布局是封閉式的「坊制」，有專門的商貿社區「東市」和「西市」，卻沒有規劃出營造專門演出場所的地盤。唐代長安城內一般居民住宅區都分隔為棋盤式的「坊」，坊在唐前曾稱作「里」，「坊」、「里」也可以通稱。坊四周有牆垣，猶如今天城市封閉式居民社區，坊內有十字街，街又列有小巷，每個坊約有居民一二千戶。設行政官吏一人，稱「坊正」。坊正管理治安、賦役和坊門的關閉。「東市」、「西市」與「坊」一樣也是四方形，對稱地設在城內東西坊間，四周也有牆垣，與坊一樣也有門。各坊之間為大街，但不允許一般住宅鑿開坊牆向大街開門。坊門按時擊鼓開閉。〈任氏傳〉敘鄭生與任氏歡會一夜，將曉離去，「既行，及里門，門扃未發。門旁有

胡人鬻餅之舍，方張燈熾爐。鄭子憩其簾下，坐以候鼓」，擊鼓方可開門。〈李娃傳〉寫書生初會李娃，鴇母聽暮鼓已響，對書生說：「鼓已發矣。當速歸，無犯禁。」擊鼓即要關門。坊間大街兩側都是圍牆，坊門關閉後夜間是一片寂靜。唐代娼家多聚集在東市鄰近的平康坊和勝業坊，〈李娃傳〉的李娃住平康坊，〈霍小玉傳〉的霍小玉住勝業坊。東、西兩市是商業區，內有各種店鋪，可以允許藝人在街上空地表演，但沒有專門供表演用的固定場所。寺院道觀是宗教之地，也是居民的遊覽場所，逢節日有集市，也會有音樂和百戲等藝人表演，有的寺院空地還設有臨時戲場，宋初錢易《南部新書》卷戊就說「長安戲場多集於慈恩」。但這不是固定場所。在某些特定的日子，宮門前的天門街（朱雀大街）也允許搭彩樓供音樂曲藝表演，這也是臨時性的存在。總之，唐代城市坊制封閉式布局，沒有構建專門表演的固定場所的空間，坊門的門禁制度也排除了夜間出入演出場所的可能。在這樣的條件下，古已有之的說唱技藝的發展便受到了嚴重的阻滯。

　　唐代講說故事的娛樂方式是普遍存在的，郭湜〈高力士外傳〉記唐玄宗遜位後移居西內，「每日上皇與高公（高力士）親看掃除庭院。芟薙草木。或講經論議，轉變說話，雖不近文律，終冀悅聖情」。「講經論議」指講說經義並問答論辯。「轉

變說話」,「轉變」按孫楷第的解釋,就是「歌詠奇事」[01],是和尚俗講中的一種節目,敦煌石窟所藏變文如〈昭君變〉、〈唐太宗入冥變〉等;「說話」就是講故事,元稹《元氏長慶集》卷十〈酬白學士詩〉:「光陰聽話移」句下自注:「嘗於新昌宅說〈一枝花〉話。自寅至巳,猶未畢詞。」、「轉變說話」或可理解為說唱故事的統稱。不過郭湜敘述比較含糊,說唱故事的是誰?是藝人還是高力士?同樣,元稹所記講說李娃故事的講說者也不清晰。但可以證明講唱故事的娛樂方式是存在的,既然宮廷、士大夫客廳裡都有這項娛樂,那麼民間此風之熾盛就可以想見了。明確記錄有藝人講說故事,見於段成式《酉陽雜俎》續集卷四〈貶誤篇〉:「予太和(西元八二七至西元八三五年)末,因弟生日觀雜戲,有市人小說,呼扁鵲作褊鵲字上聲。予令座客任道昇字正之。市人言,二十年前嘗於上都齋會設此,有一秀才甚賞某呼扁字與褊同聲,云世人皆誤。」顯然,講說「小說」的「市人」是位老藝人,「小說」是「雜戲」中的一種技藝。其表演是生日助興,在住宅內舉行。沒有劇場,就不可能規模化和專業化,其技藝發展不能不受到限制。

第二節　宋代坊制瓦解與城市商業化

都城坊制的封閉結構,易於治安管理,商業集中的東市、

01　孫楷第:〈中國短篇白話小說的發展〉。參見《滄州集》,中華書局 2009 年版。

西市也有圍牆，只能按時開閉，坊內也有酒樓和茶肆，但營業也要受坊門開閉的限制，這樣的體制束縛了商業的發展和人員的流動。隨著生產的發展、人口的增長，城市居民物質和精神需求的擴大，先是在城門口的區域出現各種商鋪，形成街市，而城內東西兩市也日益膨脹，坊內的商業設施也日漸增多，坊制不能適應社會的發展，必然會逐漸解體。後周建都東京（開封），原為唐朝宣武軍節度使治所，規模當然遠不如長安。周世宗在顯德二年（西元九五五年）下詔說，「東京華夷輻輳，水陸會通。時向隆平，日增繁盛，而都城因舊，制度未恢。諸衛軍營，或多窄狹；百司公署，無處興修；加以坊市之中，邸店有限；工商外至，絡繹無窮。」[02]，於是決定於東京四面別築外城，在街巷規劃區域聽任百姓營造，這外城就不再沿襲坊制了。

　　北宋仍以東京（開封）為都城，街市逐漸完全取代了坊制。宋太祖趙匡胤鑑於唐、五代藩鎮擁兵亂國的教訓，實行中央集權，「收四方勁兵，列營京畿」[03]，是為「禁兵」。史載宋太祖開寶年間（西元九六八至西元九七六年），禁兵馬步兵有十九萬三千人，宋太宗至道年間（西元九九五至西元九九七年）增至三十五萬八千人，宋真宗天禧年間（西元一〇一七年至西元一〇二一年）增至四十三萬二千人，宋仁宗慶曆年間（西元

02　《五代會要》卷二十六〈城郊〉。
03　《宋史》第十四冊卷一八七〈兵一〉，中華書局 1977 年版，第 4570 頁。

第一章　宋代城市制度變革與瓦子勾欄

一○四一至西元一○四八年）竟增至八十二萬六千人[04]。《水滸傳》稱林沖為八十萬禁軍教頭，八十萬之數不為虛誇。如此龐大的軍隊駐紮在東京地區，給養和服務之鉅是史無前例的，單是維持軍隊後勤就需要大量商品供應和勞務維修服務，商人、手工業者和失去土地的農民大量擁入城市，城市規模急劇擴大，人口劇增至百萬。東京臨街商鋪鱗次櫛比，坊制已不復存在。

作於南宋初的《東京夢華錄》回憶北宋末東京盛況，其中記〈東角樓街巷〉云：

> 東角樓，乃皇城東南角也。十字街南去姜行，高頭街北去，從紗行至東華門街、晨暉門、寶籙宮，直至舊酸棗門，最是鋪席要鬧。宣和間展夾城牙道矣。東去乃潘樓街，街南曰「鷹店」，只下販鷹鶻客，餘皆真珠、匹帛、香藥鋪席。南通一巷，謂之「界身」，並是金銀彩帛交易之所，屋宇雄壯，門面廣闊，望之森然，每一交易，動即千萬，駭人聞見。以東街北曰潘樓酒店，其下每日自五更市合，買賣衣物、書畫、珍玩、犀玉，至平明，羊頭、肚肺、赤白腰子、奶房、肚肫、鶉兔鳩鴿野味、螃蟹、蛤蜊之類訖，方有諸手作人上市，買賣零碎作料。飯後飲食上市，如酥蜜食、棗、澄砂團子、香糖果子、蜜煎雕花之類。向晚，賣何婁頭面、冠梳、領襪、珍玩、動使之類。東去則徐家瓠羹店。街南桑

04　詳見《宋史》第十四冊卷一八七〈兵一〉，中華書局 1977 年版，第 4576 頁。

家瓦子，近北則中瓦，次裡瓦，其中大小勾欄五十餘座。內中瓦子蓮花棚、牡丹棚，裡瓦子夜叉棚、象棚最大，可容數千人。自丁先現、王團子、張七聖輩，後來可有人於此作場。瓦中多有貨藥、賣卦、喝故衣、探搏、飲食、剃剪、紙畫、令曲之類。終日居此，不覺抵暮。[05]

這寫的只是東京一個街區的景象，街道兩旁皆為商店酒樓，瓦子勾欄亦在其中。五更即開市營業，該書「潘樓東街巷」還寫到「仕女往往夜遊，吃茶於彼」等夜市的熱鬧景況。北宋的都城街道已基本開放和商業化。

第三節　瓦子勾欄與「說話」

東京除前述桑家瓦子之外，還有五個瓦子：朱家橋瓦子、保康門瓦子、新門瓦子、州西瓦子、州北瓦子，以桑家瓦子最大。瓦子是一種綜合性大市場，上文記瓦子中有出演技藝的勾欄，還有各種小買賣、飲食攤和雜耍等。「瓦子」即所謂「來時瓦合，去時瓦解」義，易聚易散也。[06]

桑家瓦子在東京六個瓦子中最大，且享有盛名，描寫北宋生活的小說不止一篇提到它。勾欄是瓦子中有頂棚的劇場，《水滸傳》（百回本）第五十一回寫雷橫進勾欄看演出：「和那李小二徑到勾欄裡來看。只見門首掛著許多金字帳額，旗杆吊著等

05　伊永文箋注：《東京夢華錄箋注》，中華書局 2006 年版，第 144—145 頁。
06　吳自牧：《夢粱錄》卷十九〈瓦舍〉。

身靠背。入到裡面,便去青龍頭上第一位坐了。看戲臺上卻做笑樂院本。……院本下來……那白秀英早上戲臺,參拜四方。拈起鑼棒,如撒豆般點動。拍了一聲界方……說了開話又唱,唱了又說,合棚價眾人喝采不絕。」勾欄裡有戲臺,有觀眾座席,「合棚價眾人喝采不絕」,說明劇場有頂棚。桑家瓦子有大小勾欄五十餘座,所謂「蓮花棚」、「牡丹棚」、「夜叉棚」、「象棚」,是各個勾欄的名號。以「棚」稱呼足見勾欄是有頂棚的。《東京夢華錄》卷五〈京瓦技藝〉記曰:「不以風雨寒暑,諸棚看人,日日如是。」風雨寒暑無阻,也證明勾欄就是有頂棚、四周有圍擋的劇場。

勾欄裡演出的技藝有多種,《京瓦技藝》作了詳細記載:「崇、觀以來,在京瓦肆技藝,張廷叟、孟子書主張。小唱李師師、徐婆惜、封宜奴、孫三四等,誠其角者。嘌唱弟子張七七、王京奴、左小四、安娘、毛團等。教坊減罷並溫習,張翠蓋、張成、弟子薛子大、薛子小、俏枝兒、楊總惜、周壽奴、稱心等。般雜劇,枝頭傀儡任小三,每日五更頭回小雜劇,差晚看不及矣。懸絲傀儡張金線、李外寧。藥發傀儡張臻妙、溫奴哥、真箇強、沒勃臍、小掉刀,筋骨、上索、雜手伎、渾身眼。李宗正、張哥,毬杖、踢弄。孫寬、孫十五、曾無黨、高恕、李孝詳,講史。李慥、楊中立、張十一、徐明、趙世亨、賈九,小說。王顏喜、蓋中寶、劉名廣,散樂。張真

奴，舞旋。楊望京，小兒相撲。雜劇、掉刀、蠻牌，董十五、趙七、曹保義、朱婆兒、沒困駝、風僧哥、俎六姐。影戲丁儀。瘦吉等弄喬影戲。劉百禽弄蟲蟻，孔三傳耍秀才諸宮調，毛詳、霍伯醜商迷。吳八兒合生。張山人說諢話。劉喬、河北子、帛遂、胡牛兒、達眼五重明、喬駱駝兒、李敦等雜外入。孫三神鬼，霍四究說三分，尹常賣五代史，文八娘叫果子，其餘不可勝數。」[07] 文中記載的有些技藝，具體演出內容和形態已不復可考，但有一點是清楚的，那就是形式很多，每個行當都有技藝傑出的藝人。其中「講史」、「小說」、「說諢話」、「說三分」、「五代史」應該屬於「說話」範疇。

07　伊永文箋注：《東京夢華錄箋注》，中華書局 2006 年版，第 461—462 頁。

第二章

俗講與「說話」

第二章　俗講與「說話」

第一節　民間說唱與俗講的產生

　　俗講是佛教宣傳教義的一種方式，寺廟開講，一日僧講，一日俗講。僧講主要講解經文，聽眾為出家人；俗講主要講宗教故事和含有某些宗教意涵的世俗故事，是對講經的補充，也可視為佛教之義的通俗宣傳。僧講早已有之，俗講大約產生在唐代中期。俗講和僧講的開講都要獲得朝廷批准方可舉行。日本僧圓仁《入唐求法巡禮行記》云：「早朝歸城，幸在丹鳳樓，改年號，改開成六年為會昌元年（西元八四一年）。乃敕於左、右街七寺開俗講。」該書還記載，「城中俗講，此法師（文漵法師）為第一」。僧講和俗講的主講人都是僧人。

　　佛教傳入中國，不僅其教義要與中國的儒家、道家思想融合，而且在宣教方面也須採用中國民眾喜聞樂見的形式，無論是僧講還是俗講，它們都吸收了中國傳統講唱的方式，特別是以說故事為主的俗講，更是與民間說唱文學結合的產物。

　　民間說唱源遠流長。劉向《列女傳》記周代婦女妊娠期聽瞽人「誦詩，道正事」[01]，「正事」當指有禮教意義之事，方式是說唱，可能有故事性，這是所謂胎教。供消遣娛樂的講故事更是廣泛的存在。朝廷上有專能說故事講笑話的俳優侏儒，一些貴族士大夫也能以說故事講笑話以自娛。《三國志》裴注就

01　《列女傳》第一卷〈母儀傳・周室三母〉條。

記曹植曾「誦俳優小說數千言」[02]，《啟顏錄》記隋代侯白極能講故事，「白在散官，隸屬楊素。（楊素）愛其能劇談，每上番日，即令談戲弄，或從旦至晚，始得歸。才出省門，即逢素子玄感，乃云：『侯秀才，可以玄感說一個好話。』白被留連，不獲已，乃云：『有一大蟲，欲向野中覓肉……』」[03] 前引〈高力士傳〉記唐玄宗晚年聽「轉變說話」，《元氏長慶集》記在新昌宅說〈一枝花〉話，這些記載都說明講故事是各階層人士消閒解悶的一種娛樂方式。不過，「說俳優小說」、「談戲弄」、「轉變說話」等說唱，實錄下來的文本極為罕見，今存的此類作品大多經過文人的潤色，有類傳奇志怪的編撰。如《啟顏錄》就記錄了許多詼諧調笑的話柄，該書敦煌石窟原藏開元十一年（西元七二三年）寫本有「辯捷」、「論難」、「昏忘」、「嘲誚」分類，其中「村人買奴」條就是一則笑話：

> 鄠縣董子尚村，村人並痴。有老父遣子將錢向市買奴，語其子曰：「我聞長安人賣奴，多不使奴預知之，必藏奴於於處，私相平章，論其價值。如此者，是好奴也。」其子至市，於鏡行中度，行人列鏡於市，顧見其影少而且壯，謂言市人欲賣好奴，而藏在鏡中，因指麾鏡曰：「此奴欲得幾錢？」市人知其痴也，誆之曰：「奴直十千。」便付錢買鏡懷之而去。至家，老父迎門問曰：「買得奴何在？」曰：「在

02　《三國志‧魏志》卷二十一〈王粲傳〉，裴松之注引《魏略》。

03　《太平廣記》卷二四八〈侯白〉，出自《啟顏錄》。

懷中。」父曰：「取看好不。」其父取鏡照云（之），正見須
鬢皓白，面目黑皺，乃大嗔，欲打其子，曰：「豈有用十千
錢而貴買如此老奴！」舉杖欲打其子，其子懼而告母，母
乃抱一小女走至，語其夫曰：「我請自觀之。」又大嗔曰：
「痴老公，我兒止用錢十千買得子母兩婢，仍自嫌貴！」老
父欣然釋之。於於處尚不見奴，俱謂奴藏未肯出。時東鄰有
師婆，村中皆謂出言甚中，老父往問之。師婆曰：「翁婆老
人，鬼神不得食。錢財未聚集，故奴藏未出。可以吉日多辦
食求請之。」老父因大設酒食請師婆，師婆至，懸鏡於門而
作歌舞，村人皆共觀之。來窺鏡者皆云：「此家王（旺）相，
買得好奴也。」而懸鏡不牢，鏡落地分為兩片。師婆取照，
各見其影，乃大喜曰：「神明與福，令一奴而成兩婢也。」
因歌曰：「闔家齊拍掌，神明大歆饗。買奴合婢來，一個分
成兩。」[04]

這笑話顯然出自民間，記敘之語言接近口語，但仍是文人
撰寫。

唐代民間說唱的本來形態雖難以描述，但他們的表演程式
對僧講俗講發生影響，大概是可以肯定的。

第二節　俗講的內容和形式

唐、五代俗講的內容，由敦煌石室保存下來的講經文、變
文而略知一二。孫楷第有〈讀變文〉一文詮釋「變文」的意涵，

04　敦煌石室藏本：「S.610」，今藏倫敦博物館。

「變者，奇異非常之謂也」，「人物事蹟以文字描寫之則謂之變文，省稱日變；以圖像描寫之則謂之變相，省稱亦日變；其義一也。然則變文得名，當由於其文述佛諸菩薩神變及經中所載變異之事，亦猶唐人撰小說，後人因其所載者是新奇之事而目其文日傳奇；元明人作戲曲，時人因其所譜者是新奇之事而目其詞日傳奇也」[05]。俗講有兩類：一類以講經為主，記錄成文字即講經文；一類以講故事為主，故事有佛教故事，也有世俗的故事，這類故事的文字紀錄謂之為變文。

佛經故事的代表有〈太子成道變文〉、〈目連緣起〉、〈降魔變文〉等，世俗故事以歷史題材為多，如〈伍子胥變文〉、〈李陵變文〉、〈王昭君變文〉、〈秋胡變文〉等。而敘本朝歷史故事的則有〈唐太宗入冥記〉、〈張義潮變文〉、〈張淮深變文〉等。其中一些故事被後世小說戲曲改編而家喻戶曉。

俗講與「說話」的關係，題材的繼承是一個方面，更為深刻的是它的宣講儀式。向達〈唐代俗講考〉[06] 與孫楷第〈唐代俗講軌範與其本之體裁〉[07] 都描述過俗講儀式。敦煌 P.3489 號卷紙背寫有一段「俗講儀式」：

05　孫楷第：《滄州集》卷一〈讀變文〉，中華書局 2009 年版，第 44—48 頁。

06　向達：〈唐代俗講考〉，初稿刊於《燕京學報》第十六期 (1934 年)，又見《文史雜誌》第三卷九、十期合刊 (1944 年)，增補修改刊於《國文學刊》三卷第四號 (1950年)。

07　孫楷第：〈唐代俗講軌範與其本之體裁〉，刊於北京大學《國學季刊》第六卷第二號 (1937 年)，輯入《滄州集》。

夫為俗講：先作梵了；次念菩薩兩聲；說押座了；素舊《溫
室經》法師唱釋經題了；念佛一聲了；便說開經了；便說莊
嚴了；念佛一聲，便一一說其經題字了；便說經本文了；便
說十波羅蜜等了；便念念佛贊了；便發願了；便又念佛一會
了；便回向發願取散云云。已後便開《維摩經》。講《維摩》：
先作梵，次念觀世音菩薩三兩聲；便說押座了；便素唱經文
了；唱日法師自說經題了；便說開贊了；便莊嚴了；便念佛
一兩聲了；法師科三分經文了；念佛一兩聲；便一一說其經
題應字了；便入經說緣喻了；便說念佛贊了，便施主各發願
了；便向發願取散。

　　這裡記錄的是開講《維摩經》的儀式，它當然是一個個案，
但其儀式，應該具有代表性。與孫楷第所描述的「它的講唱形
式，是講前唱歌，叫押座文。歌畢，唱經題。唱經題畢，用白
文解釋題目，叫開題。開題後背唱經文。經文後，白文；白文
後歌。以後每背幾句經後，即是一白一歌，至講完為止。散席
又唱歌，叫解座文」[08]，基本一致。

第三節　從俗講到「說話」

　　俗講本要朝廷批准，擇期舉行，但發展蓬勃而漸至失控。
一則寺院大興，僧尼數量猛增，占地越來越多，嚴重削減朝廷
稅賦，以至唐武宗（西元八四一至西元八四六年在位）驚呼：

08　孫楷第：〈中國短篇白話小說的發展〉，《滄州集》，中華書局 2009 年版，第 54 頁。

「窮吾天下者，佛也。」[09] 二則俗講內容駁雜，背離佛教精義之旁門左道亦錯雜其中，為民間祕密宗教所利用，威脅當局的統治。三則集眾開講，男女俗眾混雜，有礙禮教秩序，且有可能發展為嘯聚民眾的場所。朝廷不時加以禁止，俗講至宋代便壽終正寢了。寺院隆重的俗講消歇了，但這種宣講佛家教義的形式卻被延續下來，繼承這種體式的僧尼的宣卷仍在里巷家庭間進行，從而留下了眾多文字紀錄的寶卷。

繼承俗講體式的還有「說話」。「說話」沒有語言紀錄，但今仍存有大量話本小說，話本小說的敘事方式有著明顯的俗講痕跡。至少有三點可以肯定它與俗講的傳承關係。

第一，入話或謂「得勝頭回」是蛻變自俗講的「押座文」。「押座文」是講唱經題前所吟之詞，敦煌石室藏有〈八相押座文〉、〈三身押座文〉、〈維摩經押座文〉、〈溫室經講唱押座文〉等。[10]「押座文」為可吟唱之詩句，如〈維摩經押座文〉云：「頂禮上方香積世，妙喜如來化相身。示有妻兒眷屬徒，心淨常修於梵行。智力神通難可測，手搖日月動須彌……」它吟唱於經題之前，意在鎮靜聽講的俗眾，使全場靜肅下來，以便切入正題。《水滸傳》（七十回本）第五十回寫白秀英說唱：「鑼聲響處，那白秀英早上戲臺，參拜四方。拈起鑼棒，如撒豆般點動。拍

09　趙令畤：《侯鯖錄》卷二。

10　詳見王重民等編《敦煌變文集》卷七，人民文學出版社 1957 年版。

下一聲界方，念出四句七言詩道：『新鳥啾啾舊鳥歸，老羊羸瘦小羊肥。人生衣食真難事，不及鴛鴦處處飛！』……」那四句七言詩，便是入話，接下來就是宣講題目，進入正話。後來的「說話」，還有將一個故事作為入話的，叫作「得勝頭回」。這入話和「得勝頭回」，應該是沿襲俗講「押座文」的體式。

第二，「說話」的說唱結合來自俗講體式。俗講有講有唱，這一體式也被「說話」繼承。話本小說〈刎頸鴛鴦會〉（《清平山堂話本》卷三）在散文敘事中不時插入「奉勞歌伴，先聽格律，後聽蕪詞」、「奉勞歌伴，再和前聲」，並錄有歌詞，當是接近「說話」表演的記敘。話本小說乃至長篇章回小說，韻散結合是敘事方式的一大特徵，《金瓶梅詞話》就在敘事中穿插了許多唱詞，《大唐秦王詞話》韻散相間，《成化說唱詞話》中有些甚至以唱詞為主。

第三，俗講的結尾散席唱歌，亦稱解座文，「說話」之散場詩即由是而來。話本小說〈合同文字記〉（《清平山堂話本》卷一）以四句詩結尾：「李社長不悔婚姻事，劉晚妻欲損相公嗣。劉安住孝義兩雙全，包待制斷合同文字。話本說徹，權作散場。」這散場詩，在「說話」表演中當是吟唱，與俗講「解座文」的功能相同，當沿襲俗講而來。話本小說篇末必有散場詩。散場詩有點明主題、總結全篇的作用，成為話本小說敘事體制的一部分。

第三章

「說話」與話本

第三章 「說話」與話本

第一節 宋代「說話」的繁榮

瓦子勾欄的存在，為「說話」的產業和規模化提供物質條件。「說話」表演不再只限於集市、寺院、宅院等臨時空間，同時還擁有了容納較多觀眾的劇場。東京的瓦子就有六處，最大的桑家瓦子中有大小勾欄五十多座，其中的勾欄甚至可容數千觀眾。演出也不再受節慶、宵禁等時間限制，可以日以繼夜地進行。為適應娛樂市場的需求，亦為自身的生存發展，「說話」藝人組成了行業的團體，《武林舊事》卷三〈社會〉即記南宋「說話」之「小說」有雄辯社。[11] 為了給「說話」等技藝提供腳本，還出現了名為「書會」的組織，書會中人稱作「書會先生」、「書會才人」。《武林舊事》卷六〈諸色技藝人〉之「書會」項下列有：李霜涯（作賺絕倫）、李大官人（譚詞）、葉庚、周竹窗、平江周二郎（猢猻）、賈廿二郎。[12]

「說話」技藝的表演，北宋已出現長於講唱某種題材的著名藝人，《東京夢華錄》卷五〈京瓦技藝〉記有以講史著稱的孫十五、曾無党、高恕、李孝詳，以「小說」著稱的李慥、楊中立、張十一、徐明、趙世亨、賈九，以說三分著稱的霍四究，以說五代史著稱的尹常賣。魏、蜀、吳三分天下在當時是個熱講的話題，蘇軾《東坡志林》卷一〈懷古·塗巷小兒聽說三國

---

11 參見《東京夢華錄》（外四種），文化藝術出版社 1998 年版，第 353 頁。

12 參見《東京夢華錄》（外四種），文化藝術出版社 1998 年版，第 415 頁。

語〉:「王彭嘗云:『塗巷中小兒薄劣,其家所厭苦,輒與錢,
令聚坐聽說古話。至說三國事,聞劉玄德敗,顰蹙有出涕者;
聞曹操敗,即喜唱快。以是知君子小人之澤,百世不斬。』」[13]
「聚坐聽說古話」,場所似非瓦子勾欄,大約是在街頭小型的表
演場地,北宋畫家張擇端所繪〈清明上河圖〉中城內繁華十字街
西南角就有一個涼棚,棚下聚坐一群人正在傾聽說唱,或者可
以作為圖解。五代距宋朝不遠,且五代中湧現一些起於草根的
英雄豪傑,他們的故事也為人津津樂道,故而有專講五代史的
藝人。

　　南宋「說話」流派更見成熟。南宋都城臨安(杭州)城內有
五個瓦市:「南瓦、中瓦、大瓦、北瓦、蒲橋瓦。惟北瓦大,有
勾欄一十三座。常是兩座勾欄,專說史書,喬萬卷、許貢士、
張解元。」[14] 城外還有二十座瓦子。商貿和技藝的繁盛更超過往
昔北宋的東京。北宋「說話」科目,《東京夢華錄》提到了「講
史」、「說三分」、「小說」、「五代史」、「說諢話」,到南宋,「說
話」就明確劃分為四家,耐得翁《都城紀勝》云:

> 說話有四家:一者小說,謂之銀字兒,如煙粉、靈怪、
> 傳奇。說公案,皆是搏刀趕棒,及發跡變泰之事。說鐵騎
> 兒,謂士馬金鼓之事。說經,謂演說佛書。說參請,謂賓主

13　蘇軾:《東坡志林》,王松齡點校,中華書局 1981 年版,第 7 頁。
14　《東京夢華錄》(外四種),文化藝術出版社 1998 年版,第 108 頁。

參禪悟道等事。講史書，講說前代書史文傳、興廢爭戰之事。最畏小說人，蓋小說者能以一朝一代故事，頃刻間提破。[15]

「說話」在南宋分為四家，這是沒有爭議的，唯四家如何分法，歷來學者有不同見解，胡士瑩《話本小說概論》的意見是：

1. 小說（即銀字兒）—— 煙粉、靈怪、傳奇、說公案，皆是朴刀桿棒及發跡變泰之事。
2. 說鐵騎兒 —— 士馬金鼓之事。
3. 說經 —— 演說佛書；
   說參請 —— 賓主參禪悟道等事；
   說諢經。
4. 講史書 —— 講說前代書史文傳興廢爭戰之事。[16]

不管「說話」四家如何分法，四家的類分，說明「說話」因題材的差異而形成不同的門類，雖然都是說唱，但一個名目的說唱時間和說唱風格卻有不同，實際上形成了不同的藝術流派，而且每個流派都有代表藝人。「說話」在宋代已經成為一種專業化、規模化的成熟藝術門類。

第二節　「說話」的名目

宋代「說話」技藝的成熟還表現在它創作了一大批久唱不衰

15　《東京夢華錄》（外四種），文化藝術出版社 1998 年版，第 86 頁。
16　胡士瑩：《話本小說概論》，中華書局 1980 年版，第 107 頁。

的作品,有些作品後來轉化成書面文學的小說。宋代「說話」究竟有多少作品,現在尚難以確知,據羅燁《醉翁談錄》甲集卷一〈小說開闢〉所錄,僅「小說」一門就有一百零七種。其名目分類如下:

靈怪

楊元子、汀州記、崔智韜、李達道

紅蜘蛛、鐵甕兒、水月仙、大槐王

妮子記、鐵車記、葫蘆兒、人虎傳

太平錢、巴蕉扇、八怪國、無鬼論

煙粉

推車鬼、灰骨匣、呼猿洞、鬧寶錄

燕子樓、賀小師、楊舜俞、青腳狼

錯還魂、側金盞、刁六十、斗車兵

錢塘佳夢、錦莊春遊、柳參軍、牛渚亭

傳奇

鶯鶯傳、愛愛詞、張康題壁、錢榆罵海

鴛鴦燈、夜遊湖、紫香囊、徐都尉

惠娘魄偶、王魁負心、桃葉渡、牡丹記

花萼樓、章臺柳、卓文君、李亞仙、崔護覓水、唐輔採蓮

第三章 「說話」與話本

公案

石頭孫立、姜女尋夫、憂小十、驢垛兒

大燒燈、商氏兒、三現身、火杴籠

八角井、藥巴子、獨行虎、鐵秤槌

河沙院、戴嗣宗、大朝國寺、聖手二郎

朴刀

大虎頭、李從吉、楊令公、十條龍

青面獸、季鐵鈴、陶鐵僧、賴五郎

聖人虎、王沙馬海、燕四馬八

桿棒

花和尚、武行者、飛龍記、梅大郎

鬥刀樓、攔路虎、高拔釘、徐京落章

五郎為僧、王溫上邊、狄昭認父

神仙

種叟神記、月井文、金光洞、竹葉舟

黃糧夢、粉合兒、馬諫議、許岩

四仙鬥聖、謝溏落梅

妖術

西山聶隱娘、村鄰親、嚴師道、千聖姑

皮篋袋、驪山老母、貝州王則

紅線盜印、醜女報恩

《都城紀勝》記「說話」四家就有煙粉、靈怪、傳奇等分類，《醉翁談錄》將具體作品歸在各類之下，無疑為我們釐清每個類別的概念提供了依據。比如「靈怪」，按其分類和所關聯之作品看，不包括「神仙」和「妖術」。「煙粉」即「煙花粉黛」，當是演述男女情愛或者與娼女有關之事。但「傳奇」類下有〈卓文君〉，文君乃大家閨秀，非娼女，李亞仙即唐傳奇〈李娃傳〉之李娃，確為娼女，故「煙粉」或有別指。譚正璧〈醉翁談錄所錄宋人話本名目考〉說：「『煙粉』二字，舊皆以為女子的譬喻，現在看了下面所列各篇的內容，才知是女鬼的譬喻，而與生人無關。」[17]

「煙粉」作品如〈燕子樓〉、〈楊舜俞〉、〈錢塘佳夢〉、〈錦莊春遊〉、〈柳參軍〉皆敘女鬼與人愛戀，但也有作品不涉女鬼，故譚氏之說尚不能成為定論。「朴刀」，按詞之本義，指中國南方山區農民開山種田之刀具，類似今天的砍柴刀，宋代又稱「博刀」、「撥刀」、「佘刀」。宋代法律規定，民間不得私置兵器，這朴刀為金屬所製，且具有殺傷力，是在兵器和農器之間，因此對於禁不禁止民間置有朴刀，朝廷曾發生過爭議。朝廷禁民

17　譚正璧：《話本與古劇》，上海古典文學出版社 1956 年版，第 18 頁。

間擁有兵器，強盜行凶，便多使用朴刀，這朴刀便成為宋代強人的標誌。[18]「朴刀」類列出的作品當是敘強盜的故事，如〈十條龍〉、〈青面獸〉、〈陶鐵僧〉等皆是，唯〈楊令公〉被列入此類則令人費解，楊令公當指楊家將之楊業，《宋史》本傳說他幼時「倜儻任俠」[19]，「說話」人對他早年的行俠仗義或許有虛誇的講說亦未可知。「桿棒」，這是宋代民間打鬥防身的器械，朝廷嚴禁私蓄兵器，桿棒為木質，不在禁止之列，其長等身，徑可及握，雖無金屬利刃，亦可習武和防身。此類別有〈飛龍記〉，〈飛龍記〉敘宋太祖趙匡胤發跡故事，元雜劇〈宋太祖龍虎風雲會〉中趙匡胤就自稱「提一條桿棒行天下」。〈花和尚〉、〈武行者〉、〈攔路虎〉、〈五郎為僧〉等皆敘英雄好漢的故事，其義甚明。「神仙」和「妖術」兩類，含義甚明不會引起歧見。

　　《醉翁談錄》所記載的「說話」之「小說」名目，應該不會是實際存在的全部，但就其所錄，也足見南宋「說話」技藝已達到空前繁榮的程度。「說話」題材的豐富，敘說的精湛，為它的書面化提供了堅實的基礎。

第三節　話本──「說話」的書面化

　　羅燁《醉翁談錄》所錄「小說」名目一百零七種，是口頭文

18　參閱拙作〈從朴刀桿棒到子母炮〉，載《文學遺產》1999 年第 2 期。

19　《宋史》第二十七冊卷二七二〈楊業傳〉，中華書局 1977 年版，第 9303 頁。

學「說話」的名目，不是書面文學話本小說的名目[20]。羅燁說的
「小說」是「說話」口頭技藝中的一個「家數」，《都城紀勝》說
「最畏小說人，蓋小說者，能以一朝一代故事，頃刻間提破」，
在「說話」四家中，「小說」最有競爭優勢，它演述的名目最多，
演述「小說」的著名藝人也最多，對「小說」藝人，《夢粱錄》、
《西湖老人繁勝錄》、《武林舊事》等亦多有記載。「說話」的
「小說」不是書面敘事的小說，是再清楚不過的。有學者把「說
話」的名目誤解為話本的名目，混淆了口頭文學和書面文學的
差別，遮蔽了白話小說發生的部分歷史真相。

　　有宋一代，聽「說話」已成為平民百姓的主要娛樂方式之
一，然而到瓦子勾欄聽「說話」畢竟要受時間地點的限制，人們
不可能天天流連瓦子勾欄，尤其是那些流動在城鄉的商人和工
匠，只能偶爾光顧。將「說話」書面化，使之可以隨身攜帶和伴
於枕邊，成為可以隨時閱讀的故事本子，以滿足人們精神文化
的需求，是歷史發展的必然。明代嘉靖年間清平山堂編刊《六十
家小說》（今稱《清平山堂話本》）分集名曰「雨窗」、「長燈」、
「隨航」、「欹枕」、「解悶」、「醒夢」，就充分顯示出故事閱讀的
性質。

　　但是從「說話」到「話本」的轉變是有條件的。講說故事

20　參見（美）韓南《宋元白話小說・評近代繫年法》，《中外文學》卷四第八期，1976
　　年；王秋桂《論「話本」一詞的定義校後記》，《中國古典小說研究專集》（三），
　　1981 年版。

古已有之，為何在唐代只有文言的紀錄，而到了宋代才有白話的記敘？城市體制的變革和商業的繁榮，瓦子勾欄的出現，造就了技藝精湛的「說話」，「說話」的書面化則要求紙張和印刷業的支撐。雕版印刷在唐代中葉已經出現，但多用於經書、曆書、醫書和宗教圖書等，集部詩歌類作品如白居易、元稹的集子也有刊印者，總體來看，刻印仍是昂貴的稀罕之物，抄書、以寫本流通是書籍傳播的主要形態。唐傳奇以抄本傳世，若非《太平廣記》輯錄刊行，則更多作品會被湮沒。北宋蘇軾（西元一〇三七至西元一一〇一年）曾說：「余猶及見老儒先生，自言其少時欲求《史記》、《漢書》而不可得，幸而得之，皆手自書，日夜誦讀，惟恐不及。近歲市人轉相摹刻，諸子百家之書日傳萬紙，學者之於書多且易致。」[21] 宋初刻書有限，數十年後雕版印刷才漸漸普及起來，刻書遂成為一個重要的行業。有了這個條件，「說話」轉變為「話本」才有可能。

話本不是「說話」人的底本，它編刊出來是供人閱讀的。不能否認確有說話人的底本存在，但作為藝人的腳本，它不會付之雕版廣為流布。「說話」作為口頭文學，一般來說它的一個特點就是師徒口耳相傳，書會才人提供故事素材或許可稱為底本、腳本，據以演述是需要說話人臨場發揮的，那底本與刻印出來作為商品發售的小說，有著本質的差別。

21　蘇軾：〈李氏山房藏書記〉。

話本承襲了「說話」的敘事方式，這種敘事方式與唐傳奇不同，它的特點是「說給人聽」。話本小說的作者始終站在故事與讀者之間，扮演著說故事的角色。

　　話本敘述大多採用第三人稱全知視角，作者在敘述中可以隨時中斷情節，站出來用第二人稱「你」與讀者對話，或者解釋某個古代的和費解的名物，或者對情節中重要情節加以評論，「看官」就是經常跳出來用以與讀者打招呼的詞。在敘事體制上，它也沿襲「說話」，在講述故事之前有一個「入話」，「入話」可以是一首或多首詩詞，也可以是一段小故事或一段與「正話」相關的議論。遺存在「三言」中的話本〈碾玉觀音〉、〈西山一窟鬼〉、〈志誠張主管〉、〈拗相公〉、〈錯斬崔寧〉等，「入話」都是開場詩詞。既有開場詩，又有散場詩，話本也就保留了「說話」的模式。此外是韻文套語的運用，詩、詞、駢文、偶句、唱詞等，穿插在情節敘述之中，用以描狀、評論和調整敘述節奏，這些韻文多半是現成的套語，故為人熟知，但在不同情節場合使用，卻也頗有民間的機趣。

第四章

宋元話本

第四章　宋元話本

第一節　話本的初生和發展

　　話本的發展歷史大體可以分為三個階段。第一階段為初生期，話本基本上由「說話」記錄整理成文，作者是下層文人或書會才人之類，其作品保留著口頭文學粗拙樸實的氣息，展開的是故事，而非經過提煉的情節，語言直白俚俗。講史類篇幅較長，卻也只有段落，沒有形成卷則章回。宋元為話本的初生期。第二階段為成熟期，作者有些是文學修養較高的文人，他們雖然依傍舊有的素材，但卻進創造性的藝術加工，使原有故事昇華成情節，並凸顯了鮮明的主題，使話本具有了與傳統詩文並肩而立的文學品格。這時的話本，長篇的形成章回體制，通稱為章回小說；短篇的作品，稱為話本小說。有明一代是白話小說的成熟期。第三階段為雅化期，作者不再主要依傍舊有素材，開始從現實生活中提煉情節，較多接受史傳敘事方式，並且突破舊有體制，有的短篇亦分回，韻文多自創，套語漸少，距離「說話」越來越遙遠，有明顯的文人氣息。話本小說的這種進展，以李漁的創作為里程碑。

　　宋元話本有多少？孫楷第《中國通俗小說書目》依據《醉翁談錄》、《寶文堂書目》、《也是園書目》等著錄以及他對作品寫作年代的判斷，共計一百四十二篇。另有《小說總集》兩部。這個數字疑點頗多，不足為據。《醉翁談錄》著錄的是口頭文學「說話」的「小說」名目，非指書面文學的小說，譚正璧《話

本與古劇》（一九五六年版）之〈醉翁談錄所錄宋人話本名目考〉考索出其中十八則與後來的十八篇話本為同一故事，但故事素材與書面的小說不能畫等號。孫氏《中國通俗小說書目》還著錄了晁瑮父子所編《寶文堂書目》著錄之「宋元」小說計二十八篇：

〈紅白蜘蛛記〉、〈葫蘆鬼〉、〈元霄鬧金盞〉、〈宿香亭記〉、〈失記章臺柳〉、〈李亞仙記〉、〈鬥刀樓記〉、〈陳季卿悟道竹葉舟傳〉、〈黃粱夢〉、〈燈花婆婆〉、〈種瓜張老〉、〈紫羅蓋頭〉、〈女報冤〉、〈風吹轎兒〉、〈錯斬崔寧〉、〈山亭兒〉、〈西湖三塔〉、〈馮玉梅記〉、〈簡帖和尚〉、〈李煥生五陣雨記〉、〈小金錢記〉、〈玉觀音〉、〈唐平黃巢〉、〈趙正侯興〉、〈合同文字記〉、〈風月瑞仙亭〉、〈朱希真香閨有感〉、〈蕭回覓水記〉

晁瑮是明代嘉靖年間人，既然稱作「書目」，這些作品皆為書面文學無疑。但晁瑮生活年代去元已經有一個半世紀了，他把這些作品與筆記、雜俎混在一起，稱作「子雜類」，沒有小說的概念，更不分文言小說和白話小說，所以他所著錄的以上作品是否都為話本小說也值得懷疑。

今存宋元刊刻的話本，有元至治年間（西元一三二一至西元一三二三年）建安虞氏刊行的全相平話五種：

《全相平話武王伐紂書》

《全相平話樂毅圖齊七國春秋後集》

《全相平話秦併六國》

第四章　宋元話本

《全相平話前漢書續集》

《全相平話三國志》

另有《新編五代史平話》，清光緒二十七年（西元一九○一年）曹元忠在杭州得到此書，認為是宋代刊本[22]，有董氏誦芬室影印本。但此書卷下有「是時宋太祖趙匡胤為世宗宿衛將」之句，直呼宋太祖趙匡胤之名，不大可能為宋刊，應為元代刊本。

《梁公九諫》，清乾嘉間黃丕烈據明嘉靖人所藏抄本刊印，輯入《士禮居叢書》。黃氏斷為宋人之作，並無實據。此篇敘唐代梁國公狄仁傑幾次進諫武則天傳位給李顯以棄周復唐，似由范仲淹〈唐相梁公廟碑〉相關文字演繹而成，極大可能是元人作品。

被黃丕烈輯入《士禮居叢書》的還有《宣和遺事》，黃氏亦稱其為宋人之作，胡士瑩《話本小說概論》認為是元人增益宋人舊編刊成，應該是元版[23]。

《大唐三藏取經詩話》有一九一六年羅振玉影印本，原本現藏日本大倉集古館。王國維《大唐三藏取經詩話跋》據該書卷末有「中瓦子張家印」款一行，認為是南宋晚期刊本，不過他在一九二二年序本《兩浙古刊本考》中又改說是元刊。魯迅《中國小說史略》疑為元刊。

22　曹元忠：《新編五代史平話跋》，載董氏誦芬室影印本。

23　詳見胡士瑩《話本小說概論》第十七章第三節，中華書局 1980 年版，第 714—718 頁。

《薛仁貴征遼事略》，輯入《永樂大典》卷五二四四「遼」字韻，藏英國牛津大學博多廉圖書館，有《古本小說叢刊》影印本[24]。明成化北京永順堂刊「說唱詞話」《新刊全相唐薛仁貴跨海征遼故事》首葉入話詩與說白文字，與《薛仁貴征遼事略》完全相同，情節的因襲痕跡十分明顯，很可能是據後者改編。

　　以上十種大體為講史類，是有版本依據的宋元刊本。而「小說家」類的作品卻都沒有宋元版本流傳下來，近年發現的〈紅白蜘蛛〉殘葉，是該話本的結尾部分，疑為元刊，但並無確證，可視為早期話本。

　　宋元「小說家」話本為今所知，都是經由明人編刊的話本小說集，如《清平山堂話本》、《警世通言》、《醒世恆言》等。一九一五年繆荃孫刊印《京本通俗小說》七種，稱「影元人寫本」，分別是：〈碾玉觀音〉、〈菩薩蠻〉、〈西山一窟鬼〉、〈志誠張主管〉、〈拗相公〉、〈錯斬崔寧〉、〈馮玉梅團圓〉。繆荃孫說，「尚有〈定州三怪〉一回，破碎太甚；〈金主亮荒淫〉兩卷，過於穢褻，未敢傳摹」[25]。然而這七篇和沒有刊入的兩篇，悉數在馮夢龍的「三言」之中。〈碾玉觀音〉即《警世通言》卷八〈崔待詔生死冤家〉，〈菩薩蠻〉即《警世通言》卷七〈陳可常端陽仙化〉，〈西山一窟鬼〉即《警世通言》卷十四〈一窟鬼癩道人

24　劉世德、陳慶浩、石昌渝主編：《古本小說叢刊》第 26 輯，中華書局 1991 年版。

25　〈京本通俗小說跋〉，轉引自繆荃孫著，張廷銀、朱玉麒主編《繆荃孫全集》第 2 冊，鳳凰出版社 2014 年版，第 240 頁。

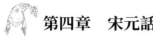

除怪〉,〈志誠張主管〉即《警世通言》卷十六〈小夫人金錢贈年少〉,〈拗相公〉即《警世通言》卷四〈拗相公飲恨半山堂〉,〈錯斬崔寧〉即《醒世恆言》卷三十三〈十五貫戲言成巧禍〉,〈馮玉梅團圓〉即《警世通言》卷十二〈范鰍兒雙鏡重圓〉,那未刊入的兩篇,〈定州三怪〉即《警世通言》卷十九〈崔衙內白鷂招妖〉,〈金主亮荒淫〉即《醒世恆言》卷二十三〈金海陵縱欲亡身〉。據馬幼垣考證,《京本通俗小說》是一部偽書,「所收的話本全是從馮夢龍編著的《警世通言》和《醒世恆言》抽選出來,略略改動某些辭句,企圖使讀者以為是一部前所未聞的早期宋人話本集。……此書雖為偽本,但所錄的各篇,除〈拗相公〉是元人話本,〈馮玉梅團圓〉和〈金主亮荒淫〉兩種是明人作品,其餘都是宋人舊遺」[26]。韓南說:「早期的白話小說幾乎完全沒有文獻根據。」[27] 韓南說的「早期的白話小說」指的就是宋元「小說家」話本。

馮夢龍編纂的「三言」中有多篇作品據宋元舊本寫成,不止《京本通俗小說》所收的七種,此外,早於「三言」,明嘉靖年間洪楩編刊的《清平山堂話本》和明萬曆年間熊龍峰刊印的四種小說(今稱《熊龍峰刊行小說四種》),也都有宋元話本的遺存。明人編刊的宋元話本,確有宋元話本舊遺,但他們不是宋

26　馬幼垣:《中國小說史集稿·京本通俗小說各篇的年代及其真偽問題》,臺灣時報出版公司 1980 年版,第 34—35 頁。

27　韓南:《中國白話小說史》,尹慧珉譯,浙江古籍出版社 1989 年版,第 30 頁。

元文獻，其文本很可能經過編輯者改動，只能在一定程度上作為我們認識宋元話本的依據，絕不能貿然相信他們就是宋元話本的真身。這一點和明刊元代雜劇有相似之處，臧懋循所編《元曲選》是經過了臧氏隨意修改過的元曲文本，對照一下今存元刊同一種雜劇的文本，就知道他的改動有多大！今存〈紅白蜘蛛〉雖是殘葉，但仍可與同一故事的《醒世恆言》卷三十一〈鄭節使立功神臂弓〉比較，〈紅白蜘蛛〉寫日霞仙子（紅蜘蛛）送別鄭信時，將一兒一女交付他，囑咐他對兒女「切勿嗔罵」，在《醒世恆言》的文本裡，一兒一女均由日霞仙子撫養；那神臂弓徑直由鄭信背著，也並非《醒世恆言》所寫是日霞仙子特別授予以作立功之具。相比較，《醒世恆言》的文字要細密得多了。這是一個個案，但至少告訴我們，「三言」中的宋元舊遺絕不是宋元話本的本來面目。

第二節　元刊講史平話

宋代「說話」四大家數中「講史」是一大家，《東京夢華錄》紀錄的「講史」藝人有孫寬、孫十五、曾無党、高恕、李孝詳等，專門「說三分」的有霍四究，「說五代史」的有尹常賣。南宋講史書的，《夢粱錄》記有王六大夫、戴書生、周進士、張小娘子、宋小娘子、丘機山、徐宣教，《西湖老人繁勝錄》記有喬萬卷、許貢士、張解元，《武林舊事》記有除上述戴書生、丘機

山、徐宣教、喬萬卷、許貢士、張小娘子、宋小娘子、張解元
之外，還有周八官人、檀溪子、陳進士、陳一飛、陳三官人、
林宣教、李郎中、武書生、劉進士、鞏八官人、徐繼先、穆書
生、王貢士、陸進士、陳小娘子等，可見宋代「講史」之盛。然
而宋代，「說話」只有「講史」、「說三分」、「說五代史」的稱
謂，沒有出現「平話」一詞，這或許說明宋代的口頭講史還沒有
轉化成書面的小說「平話」，事實上也沒有發現關於宋代平話的
文獻。

　　元朝是蒙古族統治中國的時代，一般認為它從元世祖忽必
烈至元八年（西元一二七一年）改國號為「大元」算起，到至
正二十八年（西元一三六八年）朱元璋明兵攻入大都、元室北
遷為止，前後為九十七年。蒙古族是中國北方遊牧部落，實行
的是奴隸制度，自成吉思汗統一各鬆散的部落，與金朝的爭戰
中，逐漸轉變奴隸制，過渡到封建制。西元一二三四年元滅金
以後，在政治和文化上開始推行「漢法」。元代的蒙古貴族統治
者不像後來的清朝滿族統治者那樣稔熟漢文化，元朝統治已過
去半個世紀，泰定皇帝也孫鐵木兒在一場政變後即位，大赦天
下，其詔書用蒙古人的漢語白話：

　　……今我的姪皇帝生天了也麼道，迤南諸王大臣、軍上
　的諸王駙馬臣僚、達達百姓每，眾人商量著：大位次不宜久
　虛，惟我是薛禪皇帝嫡派，裕宗皇帝長孫，大位次裡合坐地

的體例有；其餘爭立的哥哥兄弟也無有；這般，晏駕其間，比及整治以來，人心難測，宜安撫百姓，使天下人心得寧，早就這裡即位提說上頭，從著眾人的心，九月初四日，於成吉思皇帝的大斡耳朵裡，大位次裡坐了也。交眾百姓每心安的上頭，赦書行有。[28]

　　蒙古皇帝和宗王以及貴族大臣大都不通漢語，泰定帝的詔書反映出了蒙古統治者的漢語程度。泰定帝曾命詹事院詹事官將《帝訓》譯為蒙語，以教太子，可見太子也不懂漢語。在這種情況下，元朝統治者為了維繫在中原地區的統治，必須學習漢文化。文言典籍深奧難解，白話通俗易懂，經筵講官向皇帝、皇子講述經典多譯為白話。朝廷之下各級蒙古族官吏及子弟，學習途徑亦如此。於是《大學直說》、《孝經直解》、《直說通略》等書應運而生。英宗時鄭鎮孫據《資治通鑑》編成的《直說通略》十三卷就是以俚俗之言敘述歷史，即所謂「以時語解其舊文」[29]。講史平話《五代史平話》基本上依據史書編成，敘事語言與《直說通略》無甚差別。可以說元朝政治文化的特殊性是平話創作繁榮的一個重要條件。「平話」與「直話」也許是一義的不同表達。

　　元代平話的繁榮與雜劇的盛行同步，這種通俗文學空前高

28　《元史》第三冊卷二十九《泰定本紀》，中華書局 1976 年版，第 638、639 頁。

29　鄭鎮孫：《直說通略自序》，參見《國家圖書館纂本序跋集錄‧史部》第 3 冊，1993 年版。

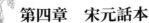

漲的現象還與儒士地位失落有關。士，在傳統社會中被列為
「士、農、工、商」之首，通過科舉進入仕途是傳統的進身之
路。但元朝實行的是種族不平等政策，立朝之初忽必烈便詔令
「以蒙古人充各路達魯花赤，漢人充總管，回回人充同知，永為
定制」。「達魯花赤」是地方最高長官，漢人即使做官也得在蒙
古人之下。元代科舉長期被廢止，即使是恢復科舉時，也規定
名額由蒙古、色目、漢人和南人按人口比例均分，這當然是歧
視漢人和南人的做法。而吏制又規定儒士只能由吏入仕，為吏
意味著與俚俗小民為伍，儒士往往不屑於此，從而斷送了仕進
之路。許多儒士或者隱居於山林，或者致力於文學創作，甚至
參與民間技藝，成為「雜劇班頭」和「書會才人」。這無疑為話
本創作準備了大量人才。

　　元代編刊的平話數量一定不少，《四庫全書總目‧史部‧雜
史類存目‧平播始末》條有注曰：「案，《永樂大典》有平話一門，
所收至夥……」[30] 然而今天可以看到的僅有六種。

《五代史平話》

　　全書演述五代興亡歷史，梁、唐、晉、漢、周各分上下二
卷，今存孤本元刊本缺梁、漢之下卷。此本原藏常熟張敦伯
家，為清末曹元忠發現，現藏臺北國家圖書館，有上海古籍出

30　《四庫全書總目》卷五十四，中華書局 1965 年版，第 485 頁。

版社《古本小說集成》影印本（一九九〇年）和排印本多種。關於此書編刊年代有幾種說法，曹元忠〈五代史平話跋〉認為是「宋巾箱本」，「疑此平話或出南渡小說家所為，而書賈刻之」，魯迅《中國小說史略》也把它列為「宋之話本」，胡士瑩《話本小說概論》則認為是「宋編元刊」。宋承五代，宋代人對前朝歷史多有親近感，且劉知遠、郭威等草根發跡的傳奇對於平民大眾頗有吸引力，宋代說話中講五代史是一個熱門話題，《東京夢華錄》即記尹常賣以說五代史而著名，不排除宋代已有敘述五代史的民間寫本，但《五代史平話》為元刊則是事實，所謂「宋編」只是一種猜測和推想。此書《周史平話》卷上敘「漢之國祚遂為周太祖郭威取了也」，句下引「後有人詠道：憶昔澶州推戴時，欺人寡婦與痴兒。周朝才得九年後，寡婦孤兒又被欺！」西元九五一年，漢朝僅維持了四年，郭威在澶州由將士推擁發動兵變，從寡婦痴兒手中奪得政權，改國號為周。周朝三主，僅維持九年，恭帝七歲，趙匡胤又欺寡婦孤兒，在陳橋驛黃袍加身，立國號為宋。這詩句之作者當不是宋朝人，宋朝人絕不敢說宋太祖趙匡胤是欺寡婦孤兒而奪得政權。

　　《五代史平話》的編撰者是一位熟悉「說話」且略知史書的文人。梁、唐、晉、漢、周，五代十三帝，前後五十五年，作者依時序敘述它們的興亡，史上大事基本上符合史籍記載。從文字校勘可知，作者依據的主要是朱熹的《通鑑綱目》，同時也

參照了其他史書。《資治通鑑》稱五代的皇帝為「帝」,而《通鑑綱目》不承認他們是「帝」,呼之為「主」,如「梁主」、「唐主」、「晉主」、「漢主」、「周主」,朱熹生活在偏安的南宋,對於擁兵割據稱帝的朱溫、李存勗、石敬瑭、劉知遠、郭威之流,在政治上不承認他們是正統,把他們列為無統之君,故用「主」稱之(見《通鑑綱目凡例》)。《五代史平話》一概稱他們為「主」,說明《五代史平話》依從的是朱熹的《通鑑綱目》,而不是司馬光的《資治通鑑》。要證明這一點,例子還有很多。《五代史平話》之〈周史平話〉卷下曾引用「先儒」的話評論五代之君,說「五代之君,周世宗為上,唐明宗次之,其餘無足稱者」。此評語不見於《資治通鑑》,卻載於《通鑑綱目》卷五十八廣順元年(西元九五一年)二月「周主毀漢宮寶器」條下,只是抄漏了「周太祖次之」一句。又〈唐史平話〉卷下敘郭崇韜為了抑制唐主身邊的伶人宦官之權,上表立劉氏為皇后,有一段介紹劉氏的話:

> 卻說那劉皇后生自寒族,其父以醫卜為業,幼年被擄入宮,得幸從唐主。在魏時,父聞其貴,詣魏州上謁,后深恥之,怒曰:「妾去鄉時,父不幸為亂兵所殺,今何物田舍翁,敢至此!」命笞之宮門外。后性狡悍淫妒,專務蓄財,如薪蔬果菜之屬,皆販賣以求利。及為后,四方貢獻皆分為二:一以獻天子,一以獻中宮。皇后無所用,惟以寫佛經布施尼僧而已。

這段文字基本抄自《通鑑綱目》卷五十五後唐同光二年（西元九二四年）二月「唐立夫人劉氏為后」條。《資治通鑑》卷二百七十三〈後唐紀二〉立劉氏為后的敘述中並無劉氏拒絕認父並笞之的描述，只指她「生於寒微」，未有「其父以醫卜為業，幼年被擄入宮」的文字，也沒有「狡悍淫妒」的評語。「唐史平話」的這段文字前，錄有郭崇韜請立皇后的表文和唐王立劉氏為后的冊文，這兩段文字《資治通鑑》和《通鑑綱目》皆無。可見作者還依據了其他史籍。再如〈梁史平話〉卷上敘中和元年（西元八八一年），鄭畋傳檄天下討伐黃巢，轉錄了檄文全文，而《資治通鑑》僅說「畋傳檄天下藩鎮，合兵討賊」，《通鑑綱目》也只是說「畋乃傳檄天下，合兵討賊」，都沒有記載檄文。《五代史平話》抄《通鑑綱目》較多，但《通鑑綱目》也不是它唯一的依據。

　　《五代史平話》的作者也只是略知歷史，在剪輯史書時不免多有錯誤。僖宗皇帝乾符元年（西元八七四年）關東大旱，翰林學士盧攜上言旱情，《資治通鑑》和《通鑑綱目》均寫皇帝「敕從其言」，但《五代史平話》卻寫丞相路岩蒙蔽幼帝，稱盧攜「熒惑聖聽」，矯詔賜死盧攜，並差人剔取盧攜結喉三寸，以證其死。據史載，盧攜於廣明元年（西元八八〇年）十二月黃巢破潼關後喝藥自殺。乾符元年被賜死的恰是小說所寫的奸相路岩，《通鑑綱目》記曰：「岩之為相也，密奏三品以上賜死，

皆令使者剔取結喉三寸以進，驗其必死。至是自罹其禍。」小說作者如此張冠李戴，也許是為了突出唐末昏君被奸臣愚弄，以至天下大亂，乃有意為之，非不知史實。但〈晉史平話〉卷下敘晉主（石敬瑭）即帝位後，從契丹引兵南下，要挑選一人留守河東，「晉主的兒敬儒早喪，有一子名做重貴，晉主養以為己子，形貌狀晉主而短小。契丹主指重貴曰：『此大目者可也。』乃命重貴做北京留守」。《通鑑綱目》寫的是「晉主兄子重貴，父敬儒早卒，晉主養以為子」。《五代史平話》的作者把石敬瑭的兄長敬儒錯為石敬瑭的兒子，把姪子重貴錯為孫子，這就不是有意錯亂了。再如黃巢之死，是在中和四年五月其幼子被俘後的次月，就因黃巢死於狼虎谷與其幼子被俘不在《通鑑綱目》同一卷中記敘，「平話」作者未曾細讀，竟遺漏了黃巢之死。作為小說要角的黃巢之結局被囫圇過去了，應該是重要的疏失。此類錯誤不能一一列舉，說明作者只是略知歷史的文人。

　　《五代史平話》的作者又是一位十分熟悉「說話」的文人，以往「說話」人說五代史所包含的許多民間傳說，都被《五代史平話》繼承下來。五代時叱吒風雲的人物，不少起於草根，民間對他們的出身、體貌和經歷均有傳奇般的描述，比如說黃巢左臂生肉騰蛇一條，右臂生肉隨球一個，道士授他寶劍一口，等等，這些描述，《五代史平話》寫了，明代小說《殘唐五代傳》也寫了，說明這是宋代以來流傳久遠的傳說。一些歷史重要情

節，《五代史平話》也用傳說，中和二年（西元八八二年）朱
溫與黃巢分道揚鑣，史載的事實是朱溫見黃巢兵勢日蹙，乘機
向王鐸投降，但《五代史平話》卻寫成是朱溫的渾家張歸娘被
黃巢奸占未遂，朱溫恨其毫無兄弟情義，遂率部投降了朝廷。
這樣寫當然醜化了黃巢，掩蓋了朱溫的無義，同時增加了情節
色彩。正如魯迅所言，《五代史平話》「大抵史上大事，即無發
揮，一涉細故，便多增飾」[31]。增飾的恐多襲用五代史的「說話」
的材料。關於劉知遠的出身以及他發跡為北京留守，《通鑑綱
目》卷五十七後晉天福六年（西元九四一年）「秋七月，晉以劉
知遠為北京留守」條下敘曰：「晉主憂安重榮跋扈，以知遠為北
京留守。知遠微時，為晉陽李氏贅婿，嘗牧馬犯僧田，僧執而
笞之。知遠至，首召其僧，命之坐，慰諭贈遺，眾心大悅。」晉
之北京，即今山西太原。劉知遠是太原汾州孝義縣人，他做北
京留守，正好是回到老家做官。他出身寒微，少時頑劣，吃酒
賭錢，無所不作。《通鑑綱目》記載他「牧馬犯僧田，僧執而笞
之」，大概只是他的劣跡之一。而《五代史平話》則對劉知遠的
出身、不務正業、吃酒賭錢、舞槍弄棒以及身顯青龍等異兆，
詳加記述，對他上任北京留守，如何微服探訪妻子，如何不計
舊怨寬恕了他的仇人，都進行了繪聲繪色的描述。「一涉細故，
便多增飾」，由此可見。金代有〈劉知遠諸宮調〉，後又有〈劉

31　魯迅：《中國小說史略》第十二篇〈宋之話本〉。

知遠白兔記〉，這一段浪子發跡、衣錦還鄉的故事，在民間膾炙人口。

　　凡脫離史書，對細故描述時，便換了一個敘事方式，採用「說話」人的口吻。〈梁史平話〉卷上寫朱全忠（溫）與賀瓌鉅野之戰：

> 　　朱全忠部兵追趕賀瓌等，行至鉅野趕著，與三將布陣索戰。兩處陣圓，皂雕旗開處，一員將軍出陣前，高叫：「咦！陣上有甚頭目出來相見？」朱全忠上馬出陣。問：「賊陣上將軍，願聞姓字！」全忠駐馬道：「我是大唐招討副使朱全忠，諢名喚做潑朱三。對陣將軍，願聞姓氏。」那將軍答曰：「咱是朱太守下部將賀瓌。我既走避，招討只管趕來則甚？」可謂是：
> 　　人無害虎心，虎有傷人意。
> 　　朱全忠聞說，勒馬便鬥。但見如兩虎爭餐岩畔，如二龍奪寶波心。跨馬當鋒，玉斧斫來心膽碎；披袍臨陣，金槍刺動鬼神驚。二將馬交，鬥經三十餘合，不見輸贏。[32]

　　這種描述來自「說話」，以後則成為小說敘寫兩軍對陣的一種模式。

　　「說五代史」和「說三分」是宋代「說話」講史最為成熟的話題，從現存的元刊平話來看，《五代史平話》是寫得最好的一部，這也許與「說話」不無關係。《五代史平話》以《通鑑綱目》

32　引自丁錫根點校《宋元平話集‧五代史平話》，上海古籍出版社 1990 年版。

為本，在歷史框架中填充民間傳說，這個編撰方式開啟了後世按鑑演義創作的大門。

《全相平話武王伐紂書》

《全相平話武王伐紂書》簡稱《武王伐紂書》，別題《呂望興周》，今存元至治（西元一三二一至西元一三二三年）建安虞氏刊本，上中下三卷，上圖下文。此書是建安虞氏所刊五種平話之一種，藏日本內閣文庫。所謂「全相」，是指全書每葉上端三分之一的篇幅為圖像，圖的右上角有畫題，畫題與下端文字相呼應，可視為文字的圖解。建安，元朝為建安路，下轄建安等六縣，即今福建閩北地區。這個地區盛產木材毛竹，造紙業發達，南宋以朱熹為代表的「考亭學派」在這一地區興建書院，結廬講學，刻書需求巨大，合之造紙雕版製墨的良好條件，建安成為南宋以後全國刻書的重鎮。「建安本」風靡天下，直到清代。建安虞氏所刊五種平話藏於日本，中國學者發現他們是晚近的事情，魯迅著《中國小說史略》就未曾提及，論《封神演義》時亦不知它是有本於《武王伐紂書》的。

《武王伐紂書》分卷不分則，全書有圖四十二幅，圖有標題四十二目，圖題或可視為情節內容的提要。全書敘商周革命的歷史。上卷敘妲己亂商；中卷敘紂王焚滅忠良，殘害百姓，朝政敗壞；下卷敘武王伐紂，以周代商。

《資治通鑑》和《通鑑綱目》撰史均起自周威烈王二十三年

（西元前四〇三年），未及商周革命那段歷史，《武王伐紂書》所能依據的只有《史記》中的〈殷本紀〉、〈周本紀〉、〈齊太公世家〉以及各種野史傳說。周貽白曾考索其故事情節來源，說它「雖未必語皆有徵，然十之七八皆確具來歷」[33]。有來歷指平話中的人物設置和情節梗概有史書依據，它和《五代史平話》一樣，一涉及細故，便採用傳說進行描述。如「紂王夢玉女授玉帶」，華山玉女峰有玉女觀，但紂王到玉女觀行香，惟垂涎玉女美色，玉女解綬帶贈紂王，皆為傳說。又如「九尾狐換妲己神魂」，妲己，史載為蘇護之女，紂王納以為妃，且寵愛至深，然而說她是九尾狐，故能蠱惑紂王，助紂為虐，也不過是傳說而已。至於紂王妲己的結局，《史記·殷本紀》記曰：「甲子日，紂兵敗。紂走入，登鹿台，衣其寶玉衣，赴火而死。周武王遂斬紂頭，懸之白旗。殺妲己。」[34] 平話卻寫紂王欲跳入火中自焚，那一刹那，被人攔腰挾住，武王在法場上歷數紂王十大罪狀，由紂王之子殷交（郊）充當劊子手，斬了紂王。妲己被處死又歷經波折，兩名劊子手見妲己千嬌百媚，不忍舉刀，相繼被斬，最後還是由殷交行刑，但斧落處，妲己化為九尾狐騰空而去，幸姜太公擎著降妖鏡，舉著降妖章將她擊落，用七尺生絹為袋裹之，用木碓搗之，妖容遂滅形，怪魄遂不見。

33　周貽白：〈武王伐紂平話的歷史根據〉，輯入沈燮元編《周貽白小說戲曲論集》，齊魯書社 1986 年版。

34　《史記》第一冊卷三〈殷本紀〉，中華書局 1975 年版，第 108 頁。

平話安排如此結局，當然是豐富情節，增加戲劇性，並且，也不是沒有寓意的。儒家倫理強調君君臣臣、父父子子，武王作為臣而討伐君，豈不違背了這個倫理？齊宣王就問過孟子：「臣弒其君，可乎？」孟子回答說：「賊仁者謂之『賊』，賊義者謂之『殘』。殘賊之人謂之『一夫』。聞誅一夫紂矣，未聞弒君也。」[35] 平話對於紂王獨夫民賊的行徑描述甚多，色彩頗濃，又於結尾處安排武王和姜太公一一揭露紂王不仁不義的暴行，彰顯征伐紂王的合理性和正義性，不但臣弒其君，而且子滅其父，由殷交（郊）來處死了父王和母后。與《五代史平話》相較，《武王伐紂書》的傾向性要鮮明得多。

　　講史平話以書史文卷紀錄為綱，填充奇詭趣味之傳說以為目，換句話說，以書載歷史為骨架，以虛構想像的場面和細節為血肉，是《五代史平話》，也是《武王伐紂書》的編撰方式，這種方式對於後世歷史演義小說的創作產生了深遠的影響。

《全相平話樂毅圖齊七國春秋後集》

　　此書敘樂毅伐齊的一段歷史。書題「後集」，自然應該有「前集」，本書開篇說：「夫後七國春秋者，說著魏國遣龐涓為帥，將兵伐韓、趙二國。韓、趙二國不能當敵，即遣使請救於齊。齊遣孫子、田忌為帥，領兵救韓、趙二國。遂合韓、趙兵

---

35 《孟子・梁惠王下》。

戰魏，敗其將龐涓於馬陵山下。」、「後集」即承接在孫臏戰勝了
龐涓之後，「前集」當是演述「孫龐鬥智」的著名戰役。惜平話
的「前集」已佚，今存明刊《孫龐鬥志演義》二十回，其中或有
平話「前集」的遺存。

　　《全相平話樂毅圖齊七國春秋後集》（以下簡稱《樂毅圖齊》）
從周慎靚王五年（西元前三一六年）燕王噲讓位於相國子之燕
國動盪寫起，隨即齊國興兵伐燕，殺了子之和故燕王噲，將燕
宮洗劫一空。孟子勸喻齊宣王對燕國施以仁政，不可一味仗恃
武力，齊宣王不聽，孟子遂離開齊國。燕國立太子平為昭王，
在戰後廢墟上重建燕國，他撫恤民眾、發展生產，使燕國元氣
逐漸恢復；而齊國外戚鄒堅發動政變，殺齊宣王，立齊湣王，
齊國大亂。燕昭王為報先王之仇，勵精圖治，築黃金台招賢，
樂毅被封為破齊大元帥，聯合秦、韓、魏、趙討伐齊國。樂毅
統率百萬大軍大敗齊軍，還了四國之軍後，獨率燕軍打破七十
餘城，楚將淖齒生擒齊王殺之。樂毅定要對齊王室斬草除根，
繼續追擊齊太子。此時在雲夢山隱逸的孫臏聞訊下山救齊，先
用反間計離間燕王與樂毅，授計田單用火牛陣大破燕軍，解了
即墨之危。此後孫臏與樂毅擺陣鬥法，鬥得天昏地暗，難分難
解。鬼谷下山，擒了樂毅，令樂毅歸山修煉，得封奉聖仙人。
天下亦恢復了太平。

　　《樂毅圖齊》上卷敘齊伐燕，燕啟用樂毅伐齊雪恥，較符合

史實。中卷敘孫臏下山救齊之危，則純屬杜撰。有人離間樂毅與燕昭王是事實，但燕昭王將進讒言者斬首，以示對樂毅的信任。離間者絕非孫臏。燕昭王死後，惠王本與樂毅不合，田單又使反間計，樂毅遂離燕奔趙。燕軍從此不振，田單用火牛攻燕軍，使燕軍慘敗，奪回了被燕攻占的七十餘城。這場戰役與樂毅無關，更與孫臏無涉。樂毅也非成仙，而是卒於趙，謚號望諸君。下卷描寫的布陣鬥法，各大將死而封神，不僅虛擬，而且神話了。古代史家將神話歷史化，此平話則將歷史神化，這一傾向發展到明代，便演變成神魔小說。

此平話描述兩軍對陣和布陣鬥法，多來自「說話」。卷上「齊兵伐燕」，寫齊、燕兩軍鬥陣：

> 卻說孫子（臏）命章子拽兵，與燕兵對陣。須臾，兩陣俱圓。撞出一員猛將，怎生打扮？黃金盔上，偏置爛漫紅纓；白錦袍中，最稱光明銅鎧。手搯宣花月斧，腰懸打將鐵鞭。乃齊將袁達，厲聲高叫索戰。燕陣撞出一將，絳袍朱髮，赤馬紅纓；手把三尖兩刃刀，腰上雙懸水磨簡。乃燕將市被。二將打話不定，約鬥五十餘合，並無勝負，各歸本陣。[36]

此與前引《五代史平話‧梁史平話》朱溫與賀瓌鉅野之戰的對陣描寫風格相近，然〈梁史平話〉寫兩將陣上對話，而此篇則

36　引自鍾兆華《元刊全相平話五種校注》，巴蜀書社 1990 年版。

寫出馬兩將的樣貌披掛，描寫方式可以互補。這種寫法為後世小說所襲用，遂成為一種定式。

《全相平話秦併六國》

《全相平話秦併六國》別題《秦始皇傳》，上中下三卷。全書開頭簡述秦併六國之前的歷史以及秦併六國、三世而亡之大略（可視為後世小說之入話），然後進入正題，從秦始皇六年謀併六國開始，按時間順序敘述秦國各個擊破六國的歷程，對於其中重要戰役進行了繪聲繪色的描寫，其寫法略同於《五代史平話》，沒有《武王伐紂書》、《樂毅圖齊》那些人鬼鬥法的神怪情節。全書在寫到與楚國聯軍大戰而不能取勝之後，側敘秦始皇出身，即呂不韋與太后的一段祕史；卷中寫滅燕一段，詳寫荊軻刺秦，其文字基本抄自史傳，不同於《燕丹子》；卷下在滅齊之後，又寫高漸離擊築刺秦王，李斯上書反逐客令，將《史記》之李斯全文抄錄，遣徐市入海求仙，博浪沙遇刺，焚書坑儒，最後寫秦始皇之死，趙高亂政，陳勝、吳廣揭竿而起，劉邦建漢代秦。

此平話作者比較寫實，但並非完全忠實於歷史，比如寫秦滅齊楚時孟嘗君、春申君還在，就不符合事實。作者的傾向是否定秦始皇的，對於他的暴政，不惜用重墨渲染，但對於他統一天下，結束了百姓經歷的戰亂之苦，實行郡縣制、車同軌、

書同文之類的功績則一概不錄。荊軻刺秦王一段，基本抄錄《史記》卷八十六〈刺客列傳〉，司馬光《資治通鑑》和朱熹《通鑑綱目》對荊軻的評價與司馬遷是不同的，司馬光說「荊軻懷其豢養之私，不顧七族，欲以尺八匕首強燕而弱秦，不亦愚乎」，稱之為「君子盜」[37]。朱熹承司馬光之說，其綱題為「燕太子丹使盜劫秦王不克」[38]，徑指荊軻為「盜」。《秦併六國》的作者顯然沒有接受司馬光和朱熹的觀點。他是站在道德的角度評價秦始皇，認為秦始皇是「以詐力取天下」，不施仁義，故三世而亡。其結尾詩曰：「始皇詐力獨稱雄，六國皆歸掌握中。北塞長城泥未燥，咸陽宮殿火先紅。痴愚強作千年調，興感還如一夢通。斷章荒蕪斜照外，長江萬古水流東。」平話所表現的是民間對歷史的看法。

《全相平話前漢書續集》

　　《全相平話前漢書續集》上中下三卷，別題《呂后斬韓信》。本書有圖三十七幅，每圖有目。本書題為「續集」，自然應該有「正集」。平話開頭言及項羽之死，引《史記》卷七〈項羽本紀〉篇末「太史公」對項羽的評價，以為此評未及項羽功德，敘項王有八德，說項羽自刎前感嘆「天亡我」並非司馬遷所評之「不覺悟」。平話作者的觀點顯然不同於正史。此開頭亦說明「正

37　《資治通鑑》卷七《秦紀二・始皇帝》。

38　《通鑑綱目》卷二上。

集」所敘當是楚漢相爭的故事，結於項王烏江自刎。卷上記呂
后斬韓信，卷中記劉邦殺彭越、英布，卷下記呂后亂漢，諸呂
被誅，迄於漢文帝四年。

　　此作是現存元刊平話中文學性最強的一部。所記歷史大事
皆依史書，但虛構之細節甚多，已具歷史演義小說之雛形。作
者抨擊的對象是呂后，對高祖劉邦多有袒護。史載劉邦誅殺握
有重兵的韓信、彭越和英布早有謀劃，平話寫劉邦雖對韓信頗
有疑慮，但決心和實施誅殺的是呂后，且描寫劉邦聞知除掉韓
信，「有悔之心」，「悶悶不悅」。作者對於韓信充滿了同情，寫
他是冤死，被難之日，「天昏地暗，日月無光。長安無有一個不
下淚，哀哉，哀哉，四方人民嗟嘆不息，可惜枉壞了元帥」。
更安排蒯通在朝廷之上面對劉邦君臣陳述韓信建國十大功勞，
以至劉邦「無言可答，兩眼淚流。眾大臣盡皆傷感」。次後殺彭
越，也寫是呂后主謀，呂后恨之入骨，將彭越烹做肉羹，「教
外路頭目並在朝大小眾臣，都皆食之」。殺了英布，劉邦端起
英布頭顱，不料「英布恨心冤氣不散，雙目睜開，一道黑氣撲
倒高祖」，劉邦由是病倒，不久便辭世。劉邦死後，平話寫呂氏
專權，肆無忌憚，要將劉家天下改為呂姓。所寫謀害戚夫人及
劉邦諸子是實，但謀害之細節多與史書所記略有差異，如戚夫
人之死，《史記》記呂后「斷戚夫人手足，去眼，煇耳，飲瘖
藥，使居廁中，命曰人彘」，《漢書》則記囚戚夫人，「髡鉗，

衣赭衣，令春」。平話所記不同於《史記》，略近於《漢書》。為
了除掉劉邦的文武大臣，平話虛構了呂后與呂嬃合謀擺下「鴻
門宴」，在未央宮宴請文武大臣，欲一舉誅滅，此陰謀被陳平
識破，後利用呂嬃之子樊伉在宴席上殺掉呂超，化解了這場危
機。平話寫樊伉殺母呂嬃，與《武王伐紂書》安排殷交殺父紂王
如出一轍，表達了作者對呂嬃的極端厭惡。但這種安排，既不
合史實，又不合乎情理。

《平話前漢書續集》運用小說手法比其他平話要豐富和圓
熟。場景和細節描寫，以及人物對話，各平話皆有，差別只在
高低之間；而人物心理描寫，則為此平話獨有。如韓信被褫奪
軍權，軟禁咸陽，在家自思道：

> ……仗著蕭何三薦之功，舉信一人之德，明修棧道，暗
> 度陳倉，赫燕收趙，涉西河，虜魏豹，擒夏悅，斬章邯，趕
> 田橫於海島，逼霸王到烏江，立帝之基。滅楚已來，四海安
> 寧，民皆快樂，萬里聞風一鼓而收之。信望衣錦食肉，誰
> 指望奪印懷仇，不似芒蕩山下，累求良士；今日成帝業後，
> 看大臣有如泥土。早知你有始無終，且不如楚項羽前提牌執
> 戟。謾圖五載，創的大功，卻坐家致仕。我無由所訴，自作
> 詩一絕，嗟嘆云：
>
> > 韓信功勞十大強，懸頭無語怨高皇。
> > 早知負我圖勞力，悔不當初順霸王。[39]

39　引自鐘兆華《元刊全相平話五種校注》，巴蜀書社 1990 年版，第 306 頁。

韓信此時此地之所想所思，是符合他的性格，合情合理的。

　　「有詩為證」已見於其他平話，但小說中人物作詩，乃是《平話前漢書續集》的特色。

　　作詩的人物不止韓信一人。卷上寫劉邦曾有贊陳豨一絕，卷中寫張良辭官歸隱向劉邦賦詩一首，趙王應呂后之詔離邯鄲赴京，寫送行百姓有詩一首。卷下寫文帝視察細柳營贈周亞夫詩一首，呂后未央宮設宴文武大臣，陳平欺諸呂少文，提議席上聯句，以激諸呂中有人擾帝，借樊伉之手殺之，瓦解了呂后的殺機。聯句由呂后起句，接句的有周勃、灌嬰、樊伉、張畢、王陵、陳平，這場面文中有武，舒緩中暗藏緊張，是較有表現力的文字。

　　漢初誅韓信、彭越、英布以及呂后用事的一段歷史，戲劇性極強，是「說話」講史的精彩處，宋代講史此話題內容如何，文獻失載，但《楊文公談苑》記有集市講說韓信者：「党進過市，見縛欄為戲者，駐馬問：『汝所誦何言？』優者曰：『說韓信。』進大怒，曰：『汝對我說韓信，見韓信即當說我。此三面兩頭之人。』即命杖之」[40]。党進為宋朝開國之將，不識文字，不知歷史，故鬧此笑話。此或為傳言笑話，但證明宋初即有說韓信者。元雜劇搬演這段歷史的劇碼不少，見於莊一拂《古典戲曲存目匯考》的有鐘嗣成〈漢高祖詐遊雲夢〉、李壽卿〈呂太后定計

40　程毅中編：《古體小說鈔·宋元卷》，中華書局 1995 年版，第 89 頁。

斬韓信〉、王仲文〈呂太后探韓信〉、鄭廷玉〈漢高祖哭韓信〉、石君寶〈呂太后醢彭越〉、馬致遠〈呂太后人彘戚夫人〉、于伯淵〈呂太后餓劉友〉、鄭光祖〈周亞夫屯細柳營〉、王廷秀〈周亞夫屯細柳營〉等。戲曲與平話應該是相互借鑑。《平話前漢書續集》在藝術上之所以較為豐滿，與「說話」、戲曲的累積是分不開的。

《至治新刊全相平話三國志》

《至治新刊全相平話三國志》上中下三卷，簡稱《三國志平話》，有圖七十幅（〈桃園結義〉圖二幅），圖題六十九目。另有日本天理大學圖書館藏《三分事略》上中下三卷本，封面題「甲午新刊」，內封題「照元新刊」，假若元刊，則「甲午」為至正十四年（西元一三五四年），則在至治（西元一三二一至西元一三二三年）五種平話之後，「照元」不可解。從版刻情況看，此書應是《三國志平話》的復刻本。

《三國志平話》與其他四種平話相比，離史傳更遠，基本上依據民間傳說或「說話」粗率編定。開頭敘說司馬仲相斷獄，奉天公之命在陰司受理韓信、彭越、英布鳴冤訴訟，判韓信轉世為曹操，彭越轉世為劉備，英布轉世為孫權，劉邦轉世為漢獻帝，呂后轉世為伏皇后，讓曹、劉、孫三分獻帝天下，曹操囚獻帝，殺伏皇后，由是報仇雪恨。而司馬仲相則投生為司

馬懿,平三國而統一天下,是為斷獄之酬。這個開頭,為三國故事設下了一個因果報應框架,相當於後世章回小說的頭回或楔子。平話所敘的三國人事,謬於史傳的觸目皆是,張角的來歷,關羽殺縣令逃亡,劉、關、張滅黃巾往太行山落草,朝廷殺十常侍招安劉備,貂蟬是呂布的原配,諸葛亮本是一神仙,十六國時建立漢國的匈奴人劉淵被說成是「漢的外甥」,滅晉立漢,所謂〈劉淵興漢鞏皇圖〉,以此終結全書。凡此種種,皆出自民間傳說。「說三分」自宋以來,都是「說話」的熱鬧話題,「說話」者大約多取材於傳說。此書或依「說話」編定,亦未可知。

此平話固然有許多幼稚俚俗之處,但它反映了民間的史觀和欣賞趣味,版行問世相當熱銷。元末明初高麗漢語讀本〈老乞大〉記有高麗商人在中國購買的書籍中,唯一的一部小說就是《三國志平話》[41]。此書敘事雖然粗糙,但它的許多情節單元,如「桃園結義」、「張飛鞭督郵」、「三戰呂布」、「貂蟬美人計」、「曹操勘吉平」、「關羽刺顏良」、「關羽斬蔡陽」、「古城聚義」、「劉備跳馬過檀溪」、「三顧孔明」、「趙雲抱太子」、「張飛據水斷橋」、「赤壁鏖兵」、「雒城龐統中箭」、「關羽單刀會」、「孔明七縱七擒」、「斬馬謖」、「秋風五丈原」等,皆被後來的《三國志演義》所吸收。

41　參見(韓)鄭光主編〈原刊老乞〉研究〉,外語教學與研究出版社 2000 年版。

第三節　雜史雜傳話本

　　體制不同於平話，卻又是以歷史為題材的話本，姑且稱之為雜史雜傳話本。古代目錄學家就是把他們看作雜史、傳記之類的作品。《大宋宣和遺事》，明高儒《百川書志》卷五〈史志二〉著錄，列入「傳記」類；明周弘祖《古今書刻》則將它列在「史書類」，與《資治通鑑》、《綱目》等同屬一類。《薛仁貴征遼事略》，明《文淵閣書目》卷六著錄，列在「雜史」類。《大唐三藏取經詩話》又名《大唐三藏法師取經記》，亦有承傳《大唐西域記》、《大慈恩寺三藏法師傳》的意思，故也列入雜史雜傳話本類。

《宣和遺事》

　　《宣和遺事》又稱《大宋宣和遺事》，存二卷本和四卷本。有人說是宋人編[42]，魯迅《中國小說史略》已駁此說，「文中有呂省元〈宣和講篇〉及南儒〈詠史詩〉，『省元』、『南儒』皆元代語，則其書或出於元人，抑宋人舊本，而元代又有增益，皆不可知，口吻有大類宋人者，則以鈔撮舊籍而然，非著者之本語也」[43]。書中說到宋徽宗，說他是「無道的君王。信用小人，荒淫無度，把那祖宗渾沌的世界壞了，父子將身投北去也，全

42　參見高儒《百川書志》卷五〈史志二〉、黃丕烈〈宣和遺事跋〉。

43　魯迅：《中國小說史略》第十三篇〈宋元之擬話本〉。

不思量祖宗創造基業時，直不是容易也」！南宋人當不能對徽宗如此無禮。書中寫太宗問陳摶國運，陳摶道：「但卜都之地：一汴，二杭，三閩，四廣。」、「閩」指南宋末陸秀夫等人在福州擁立趙昰做皇帝，「廣」指趙昰病死後，陸秀夫等人又擁立趙昺在廣東硇洲做皇帝，趙昺於西元一二七八年即位，次年便由陸秀夫背負著投海自盡，南宋滅亡。可見此書不可能是宋人編定，只能是元人作品。

　　書題「遺事」的，前有《開元天寶遺事》，五代時作品，追述唐代盛極否來的史跡，但所記虛實混雜，為小說而非信史。《宣和遺事》仿其體制，記「宣和」（西元一一一九至西元一一二五年）前後遺事，如《百川書志》著錄之注云：「載徽、欽二帝北狩二百七十餘事，雖宋人所記，詞近蓍史，頗傷不文。」[44] 本書以縱論歷代君王荒淫之失為開頭，結於秦檜議和，主要記述北宋末至南宋初的一段歷史。但本書並非嚴謹地編年記事，乃是雜抄舊籍拼湊成書，據汪仲賢《宣和遺事考證》，所抄之舊籍至少有趙與時《賓退錄》、黃冀之《南燼紀聞》、署名辛棄疾的《竊憤錄》、《竊憤續錄》等十種，編者未能融會貫通，以至體例駁雜，前後矛盾之處不少。例如寫宋江看天書上有三十六人名單，三十六人中並無宋江和張橫，但文中敘「宋江看了姓名，見梁山濼上見有二十四人，和俺共二十五人了」，

44　《百川書志‧古今書刻》，上海古籍出版社 2005 年版，第 66、67 頁。

則宋江又在三十六人之中。接著又說還差三人，那三人中有「一丈青張橫」，張橫也不在三十六人名單中，其記敘之不細密可見一斑。

《宣和遺事》在小說發展的過程中，文體方面無甚貢獻，不如元刊平話那樣擔當了歷史演義小說的先驅者；它之引人關注，在於記錄了宋元民間關於宋江三十六人的傳說，為《水滸傳》的創作提供了重要素材。

楊志賣刀。楊志押運花石綱，在潁州為風雪所阻，盤纏已盡，不得不到市上將隨身寶刀換錢：

> 行至日晡，遇一個惡少後生要買寶刀。兩個交口廝爭，那後生被楊志揮刀一斫，只見頭隨刀落。楊志上了枷，取了招狀，送獄推勘結案。[45]

晁蓋夥同吳加亮、劉唐、秦明、阮進、阮通、阮小七、燕青共八人智取生辰綱：

> 是年正是宣和二年五月，有北京留守梁師寶將十萬貫金珠珍寶、奇巧匹段，差縣尉馬安國一行人，擔奔至京師，趕六月初一日為蔡太師上壽。其馬縣尉一行人，行到五花營堤上田地裡，見路傍垂楊掩映，修竹蕭森，未免在彼歇涼片時。撞著有八個大漢，擔得一對酒桶，也來堤上歇涼靠歇了。馬縣尉問那漢：「你酒是賣的？」那漢道：「我酒味清

45　引自丁錫根點校《宋元平話集·宣和遺事》，上海古籍出版社1990年版。下不再注。

香滑辣，最能解暑薦涼，官人試買些飲？」

　　馬縣尉方為饑渴疲困，買了兩瓶，令一行人都吃些個。未吃酒時，萬事俱休；才吃酒後，便覺眼花頭暈，看見天在下，地在上，都麻倒了，不省人事。籠內金珠、寶貝、匹段等物，盡被那八個大漢劫去了，只把一對酒桶撇下了。

　　生辰綱案被官府偵破，宋江給晁蓋通風報信，晁蓋等八人又邀約楊志等十二指使，共二十人結為兄弟「前往太行山梁山濼去落草為寇」。

　　此書寫宋江與晁蓋的機密被「娼妓」閻婆惜知曉，閻婆惜本為宋江的相好，卻又與吳偉親熱，宋江見狀「怒髮衝冠，將起一柄刀，把閻婆惜、吳偉兩個殺了，就壁上寫了四句詩。道是詩曰：『殺了閻婆惜，寰中顯姓名。要捉凶身者，梁山濼上尋。』」宋江逃亡到九天玄女廟躲藏，得天書一卷，見書上有詩一首：「破國因山木，兵刀用水工，一朝充將領，海內聳威風。」又有三十六人姓名綽號，末後有一行字道：「天書付天罡院三十六員猛將，使呼保義宋江為帥，廣行忠義，殄滅奸邪。」宋江「及到梁山濼上時分，晁蓋已死，又是以次人吳加亮、李進義兩人做落草強人首領」。後來梁山濼得聚三十六人，宋江題了四句放旗上道：「來時三十六，去後十八雙，若還少一個，定是不歸鄉。」其後只是簡單交代三十六人受招安，「宋江收方臘有功，封節度使」。

　　宋江三十六人的故事，在全書二百九十三個篇目中只占有六目：

楊志等押花石綱違限配衛州

　　孫立等奪楊志往太行山落草

　　宋江因殺閻婆惜往尋晁蓋

　　宋江得天書三十六將名

　　宋江三十六將共反

　　張叔夜招宋江三十六將降

　　《宣和遺事》主要講述宋徽宗「取樂追歡，朝綱不理」，致使北宋覆亡。其主旨如開篇詩所云：「暫時罷鼓膝間琴，閑把遺編閱古今。常嘆賢君務勤儉，深悲庸主事荒淫。致平端自親賢哲，稔亂無非近佞臣。說破興亡多少事，高山流水有知音。」此詩頗似「說話」人口吻。

《薛仁貴征遼事略》

　　《薛仁貴征遼事略》不分卷，《永樂大典》卷五二四四「遼」字韻收載，藏英國牛津大學博德利圖書館（Bodleian Library）。明《文淵閣書目》卷六〈雜史〉類著錄。此書開卷詩云「三皇五帝夏商周，秦漢三分吳魏劉，晉宋齊梁南北史，隋唐五代宋金收」。此詩亦見於《武王伐紂書》，說明作者為元代人。

　　薛仁貴（西元六一四至西元六八三年），唐絳州龍門（今山西河津）人，名禮，以字行。《唐書》、《新唐書》有傳。貞觀十九年（西元六四五年）唐太宗親率大軍征遼，安市（今遼寧

海城市東南）之戰中薛仁貴驍勇善戰，唐太宗嘉賞薛仁貴說：「朕諸將皆老，思得新進驍勇者將之，無如卿者。朕不喜得遼東，喜得卿也。」[46] 唐高宗龍朔二年（西元六六二年）薛仁貴在天山（今杭奚山）與鐵勒九姓作戰，「薛仁貴發三矢，殺三人，餘皆下馬請降」，軍中歌之曰「將軍三箭定天山，壯士長歌入漢關」[47]。薛仁貴以一介布衣建功立業，受到唐太宗如此褒獎，其英雄事蹟一定盛傳民間，是「說話」中「變泰發跡」的典型題材。本篇所記，資於「說話」的當不少。元張國賓有雜劇〈薛仁貴衣錦還鄉〉（存《元刊古今雜劇三十種》本），題目作「張仕貴賴功治罪」，奸臣張士貴與薛仁貴的矛盾衝突貫穿全劇，與本篇略同，都出自民間傳說。

作為「變泰發跡」類型的小說，《薛仁貴征遼事略》在人物設置和衝突模式建構上頗有特色，如外敵遼方人物葛蘇文是薛仁貴的主要對手，但薛仁貴同時還要對付內敵張士貴、劉君昂，情節的矛盾不只是兩極而是三極。這種構思，使情節更加豐滿和曲折，也使人物性格更加鮮明。當道者妒賢嫉能、貪婪自私、壓抑人才，大概是社會生活中永恆的主題。後世的英雄傳奇小說，大多採用了這種情節模式，如《楊家府演義》、《說呼全傳》、《狄青演義》等。

---

46 《資治通鑑》卷一九八〈唐紀十四〉。
47 《資治通鑑》卷二〇〇〈唐紀十六〉。

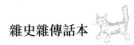

《大唐三藏取經詩話》

　　《大唐三藏取經詩話》，另一刊本題《大唐三藏法師取經記》，三卷十七則。兩種刊本原藏於日本京都北部栂尾高山寺，後流出高山寺，《大唐三藏法師取經記》初為德富蘇峰成簣堂所藏，現藏於石川文化財團所屬御茶之水圖書館；《大唐三藏取經詩話》現為大倉文化財團所屬大倉集古館所藏。王國維〈大唐三藏取經詩話跋〉據此書卷末落款「中瓦子張家印」，判為南宋所刊，但其後在《兩浙古刊本考》中又認為是元刊。魯迅說，「卷尾一行云『中瓦子張家印』，張家為宋時臨安書鋪，世因以為宋刊，然逮於元朝，張家或亦無恙，則此書或為元人撰，未可知矣」[48]。

　　此書十七則，每則有詩，故稱「詩話」。實則還是以散文敘事為主。所敘三藏法師西天取經遭遇的磨難已經脫離現實，有濃厚神奇色彩，且有明顯的佛教密宗痕跡。書中說三藏法師一行七人，除法師和猴行者外，其餘五人都不具姓名，也無作為。猴行者出場時的形象是白衣秀才，原是「花果山紫雲洞八萬四千銅頭鐵額獼猴王」，曾偷吃過王母池的蟠桃，護衛三藏法師取經，獲北方毗沙門大梵天王賜給「隱形帽」、「金鐶錫杖」和「鈢盂」三件法寶，故事中金鐶錫杖曾變作一個夜叉，消滅了白虎精，又敲石得人參果。過九龍池時，馗龍作怪，「隱形帽化作

───────────────

48　魯迅：《中國小說史略》第十三篇「宋元之擬話本」。

遮天陣，缽盂盛卻萬里之水，金鐶錫杖化作一條鐵龍」，終於降伏了九條馗頭鼉龍。深沙神有《西遊記》沙僧的影子，他項下所佩是三藏法師前兩世被他吃掉餘下的枯骨，這一次他手托金橋助三藏法師一行通過，亦不再作孽，但也沒有成為取經的一員。

三藏法師一行七人經歷的異國險境有蛇子國、獅子林、樹人國、火類坳、九龍池、鬼子母國、女人國、西王母池、沉香國、波羅國、優缽羅國，最後到達西天竺國。凶惡的妖怪只有火類坳的白虎精和九龍池的鼉龍。結尾一則寫陝西王姓商人外出，後妻虐殺前妻之子，將他推入河中葬身魚腹，法師與猴行者取經回程中買魚剖肚救起小兒，將魚帶回東土，「置僧院，卻造木魚，常住齋時，將搥打肚」。此則以三藏法師回到京城，明皇（非唐太宗）御駕出迎，受封三藏法師，七人皆「乘空上仙去也」。末尾補敘一句「太宗後封猴行者為銅筋鐵骨大聖」，又與前敘「明皇」相悖。總之，《大唐三藏取經詩話》雖然已有遊記體的框架，但敘事粗率，形象也不鮮明，在唐僧取經故事的流傳歷史上只是早期形態，不但距離小說《西遊記》甚為遙遠，故事也不如元雜劇〈唐三藏西天取經〉細密 [49]。

第四節　宋元小說家話本的遺存

「宋元小說家話本」不同於「平話」，「平話」由「說話」中

49　〈唐三藏西天取經〉雜劇僅存二套曲文，參見趙景深《元人雜劇鉤沉》。

的講史一家演進而成，「話本」則是由「說話」中的「小說」一家發展而成，「說話」的「小說」、「能以一朝一代故事，頃刻間提破」（《都城紀勝·瓦舍眾伎》），或者說「能講一朝一代故事，頃刻間捏合」（《夢粱錄·小說講經史》）與長篇的「講史」相比，它是短篇故事。

宋元小說家話本，今存有〈紅白蜘蛛〉殘葉，說明元代確有話本刊行，可惜基本上沒有保存下來。現在說的「宋元小說家話本」，其實都是從明刊的話本中挑選出來的，從文獻的意義上它們並非宋元版本，從情節敘述和語言文字方面來看，它們或許經過明人的改寫和潤色，不能武斷地肯定它們就是宋元話本的原貌。

有幾個問題必須釐清：

「說話」、「小說」名目與書面文學的小說。元初羅燁《醉翁談錄》「小說開闢」一節分八類列出一百零七種作品名目。羅燁所說的「小說」是「說話」的四大家數之一，他著錄的「小說」名目是口述作品，而非書寫文學作品，本是十分清楚的。一九四〇年代趙景深〈重估話本的時代〉[50] 認定這些名目都是話本，於是把話本小說的創作提前到宋元。接著譚正璧〈醉翁談錄所錄宋人話本名目考〉[51] 考定一百零七種中尚存的共有十九種，

50　此篇收入趙景深《中國小說叢考》，齊魯書社 1980 年版。

51　此篇收入譚正璧《話本與古劇》，上海古典文學出版社 1956 年版。

第四章　宋元話本

內容可考的共三十二種，在可疑之間的共有十七種。他們判斷
《醉翁談錄》所記「小說」名目均為書面的話本，在學界影響巨
大，甚至成為一種定論。這些「說話」名目，有沒有底本，底本
是文言的還是白話的，白話的是提綱式的還是敘述式的，有沒
有據口述整理的書面本子，現在沒有證據，難以斷言。在沒有
證據的情況下，寧可謹慎一些，把它們看成是一個故事素材為
好。譚正璧在「說話」名目與尚存的話本小說之間畫等號，比如
說〈紅蜘蛛〉即《醒世恆言》卷三十一的〈鄭節使立功神臂弓〉，
〈牡丹記〉即《警世通言》卷二十九的〈宿香亭張浩遇鶯鶯〉，〈三
現身〉即《警世通言》卷十三的〈三現身包龍圖斷冤〉，等等。
如果說只是指出兩者之間有著故事素材的同一性，那是有意義
的；但是要與明刊的文本畫等號，那就未免有些武斷了。〈紅蜘
蛛〉，近年發現〈紅白蜘蛛〉殘葉，據說是元刊，它是否就是《醉
翁談錄》所指的〈紅蜘蛛〉還有待考證，而《醒世恆言》的〈鄭
節使立功神臂弓〉與這個殘葉〈紅白蜘蛛〉在情節和語言上都
有明顯的差異。元刊〈紅白蜘蛛〉殘葉內容為該話本結尾部分，
敘「婦女」（紅蜘蛛）送別鄭信，將一兒一女交付丈夫，灑淚別
離。鄭信帶著兒女投奔种師道，獻神臂弓立功發跡，官至節度
使，封皮場明靈昭惠大王。這一段敘事僅具梗概。〈鄭節使立功
神臂弓〉對這一段故事卻添枝加葉，情節也做了改動。它敘鄭
信別妻時未帶走兒女，留給紅蜘蛛撫育，長至三四歲才轉托給

張員外，張員外視為己出，得知鄭信發跡為兩川節度使後，攜其兒子入川與鄭信相認。鄭信與張員外還成為兒女親家。張員外是〈鄭節使立功神臂弓〉中第一個出場的人物，關於他的好佛向善和收留鄭信始末有大量描寫；〈紅白蜘蛛〉殘葉未提及張員外一字，令人懷疑此篇中是否有這個人物存在。在稱謂上，〈紅白蜘蛛〉殘葉三處徑稱紅蜘蛛「婦女」，而〈鄭節使立功神臂弓〉則稱「日霞仙子」，語言俗雅之別也一目了然。所以，斷言〈鄭節使立功神臂弓〉就是《醉翁談錄》著錄的宋人話本〈紅蜘蛛〉，顯然不符事實。此外，譚氏指《警世通言》的〈宿香亭張浩遇鶯鶯〉是《醉翁談錄》著錄的〈牡丹記〉，而孫楷第則指它是《醉翁談錄》著錄的〈鶯鶯傳〉[52]，這說明僅僅依據題目的三個字來判斷故事內容也並不十分可靠。

　　口頭文學與書面文學是兩個不同的藝術門類，它們的表達方式和受眾的接受過程是不同的。「說話」是表演藝術，它是靠藝人的口才、表情和肢體動作來感染觀眾；而小說是語言藝術，它是以文字為媒介，讀者閱讀作品必須透過自己的想像才能接受。好的「說話」節目與藝人的表演密不可分，一段極普通的對白，高明的藝人念出來也可以令觀眾深深感動。口頭文學與書面文學是不能簡單等同的。所以說宋代「說話」繁榮，不等於說

52　孫楷第：《中國通俗小說書目》卷一〈宋元部〉，人民文學出版社 1982 年版，第 7 頁。

第四章　宋元話本

話本小說繁榮，口頭文學轉化成書面文學是有條件的。

　　物質條件上，作為通俗讀物的小說必須要有印刷術的支撐。宋代的印刷物料（紙墨等）和技術已經超越唐五代，如蘇軾所說，「余猶及見老儒先生，自言其少時欲求《史記》、《漢書》而不可得，幸而得之，皆手自書，日夜誦讀，惟恐不及。近歲市人轉相摹刻，諸子百家之書日傳萬紙，學者之於書多且易致」[53]。宋代印刷業雖說較前大為發達，但也還未發達到可以任意印刷閒書的地步。太平興國二年（西元九七七年），宋太宗命李昉等人編輯《太平廣記》五百卷，六年（西元九八一年）雕版，但並未付印，原因是此書「非後學所急」，乃收墨板貯太清樓。印刷業的生產能力和程度畢竟有限，朝廷對印刷書籍是有控制的，一方面出於政治的考慮，另一方面也限於物質條件，一再明令書籍欲雕印者，「選官詳定，有益於學者方許鏤板。候印訖，送祕書省。如詳定不當，取勘施行。諸戲褻之文不得雕印，違者杖一百。」[54]宋代也許有小說的寫本存在，將白話小說付梓印刷的可能性不大，至少我們尚未見到宋代白話小說的刊本。

　　將「說話」的內容變成書面文字的小說，如前所述，並不是用文字紀錄口述那樣簡單的事情，按「說話」人精彩的口述照錄

53　蘇軾：〈李氏山房藏書記〉。

54　《宋會要輯稿‧刑法禁約》。

不可能成為同樣精彩的書面文學，將口頭文學成功地轉變成書面文學，是一種再創作，關鍵在執筆的人，他必須是有想像力且擅長敘事的作者。「說話」圈中的書會才人是口頭文學的藝術家，並不都具備小說作家（如馮夢龍、凌濛初）的才能。若以元刊〈紅白蜘蛛〉殘葉為例，那只能算是話本小說的初級形態，與明刊〈鄭節使立功神臂弓〉不在一個藝術等級上。

　　明晁瑮《寶文堂書目》子雜類著錄有小說名目多種，但並未寫明時間，且體例不清，一種之異名也同時列入，在話本紀年問題上僅供參考。錢曾（西元一六二九至一七〇一年）《也是園書目》及抄本《述古堂書目》著錄有「宋人詞話」十多種，錢曾是明末清初人，距離宋朝有四百年之久，他的判斷是大有可疑的。例如〈柳耆卿詩酒玩江樓記〉，《清平山堂話本》的文本中有柳耆卿調侃月仙詩：「佳人不自奉耆卿，卻駕孤舟犯夜行。殘月曉風楊柳弄，肯教辜負此時情！」此詩，據瞿佑《香台集》卷下〈月仙古渡〉云，出自傳奇〈玩江樓記〉[55]，而此傳奇為元代作品。可知錢曾說〈柳耆卿詩酒玩江樓記〉是宋人詞話，就是誤判[56]。

　　一九一五年繆荃孫刊《京本通俗小說》，繆氏稱他得到此書是「影元人寫本」，皆宋人話本。其篇目是：〈碾玉觀音〉、〈菩

55　《瞿佑全集校注》，喬光輝校注，浙江古籍出版社 2010 年版，第 99 頁。

56　有關宋元話本繫年問題，參見（美）韓南〈宋元白話小說：評近代繫年法〉，輯入《韓南中國小說論集》，北京大學出版社 2008 年版。

薩蠻〉、〈西山一窟鬼〉、〈志誠張主管〉、〈拗相公〉、〈錯斬崔寧〉、〈馮玉梅團圓〉，繆氏謂「〈定州三怪〉破碎太甚，〈金主亮荒淫〉兩卷過於穢褻，未敢傳摹」，也就是說他見到的宋人話本有幾種，刊於《京本通俗小說》的共七種。後來葉德輝將〈金主亮荒淫〉也刻印出來，又被編成《宋人話本八種》印行，胡適在一九二八年為此書作〈序〉。一九三四年胡適讀到日本長澤規矩也的〈〈京本通俗小說〉與〈清平山堂〉〉一文，發覺輕信了葉德輝，長澤氏指出〈金虜海陵王荒淫〉乃據《醒世恆言》卷二十三〈金海陵縱欲亡身〉而偽稱「影宋刻本」，胡適於是將此篇刪去，仍依繆氏七種之舊，印《宋人話本》重訂本，他還是相信繆氏之說。胡適曾經認為「元朝文學家的文學技術程度很幼稚，絕不能產生我們現有的《水滸傳》」，又說「近年我研究元代的文學，才知道元人的文學程度實在很幼稚，才知道元代只是白話文學的草創時代，決不是白話文學的成人時代」，但因為相信《京本通俗小說》，便放棄了過去的看法，「不能不承認南宋晚年（十三世紀）的說話人已能用很發達的白話來做小說」。[57]《京本通俗小說》為「影元人寫本」，是宋人的話本，魯迅《中國小說史略》亦信以為實，幾十年間成為定論。由是，話本小說成熟期被提前到了南宋。

57　胡適：〈宋人話本八種序〉，《胡適古典文學研究論集》，上海古籍出版社1988年版，第 709、710 頁。

繆氏刊印《京本通俗小說》的時候，坊間流行的話本小說選集是《今古奇觀》，《警世通言》、《醒世恆言》尚不為多人所知，當「三言」的版本陸續被發現，《京本通俗小說》的偽書面目也就暴露了出來。一九六五年馬幼垣、馬泰來作〈京本通俗小說各篇的年代及其真偽問題〉[58]，指出《京本通俗小說》源自《警世通言》和《醒世恆言》，其中〈拗相公〉是元人話本，〈馮玉梅團圓〉和〈金主亮荒淫〉是明人作品，《京本通俗小說》只是一部偽書。一九七七年胡萬川發表〈有關〈京本通俗小說〉問題的新發現〉，之後於一九八五年發表〈再談〈京本通俗小說〉〉[59]，從版本比勘中得出結論，〈錯斬崔寧〉出自衍慶堂刊本《醒世恆言》之〈十五貫戲言成巧禍〉，其餘六種出自三桂堂刊本《警世通言》，坐實了《京本通俗小說》是一部偽書。

　　《京本通俗小說》是一部偽書，當然不等於說它所收的七種作品也是偽作，〈拗相公〉有元人遺存。〈馮玉梅團圓〉是明人作品，其餘五種有宋人遺存，遺存多少，量化是十分困難的。宋元話本經過幾百年流傳，到了明代中後期，文人的潤色改動都不可避免，而且各篇的加工情況又不相同，但有一點是應該明確的，它們只是保存了宋元話本的部分原貌，不能看成是百分之百的宋元作品。

58　收入馬幼垣《中國小說史集稿》，時報出版公司1980年版。

59　收入胡萬川《話本與才子佳人小說之研究》，臺灣大安出版社1994年版。

明刊的宋元話本，根據宋元野史筆記、明代和清初的書目
著錄，結合作品內在的時代元素，綜合起來判斷，胡士瑩《話本
小說概論》認為宋代作品有四十種，元代作品有十六種。胡氏
把《京本通俗小說》七種盡悉收入宋人話本，〈馮玉梅團圓〉篇
首有「簾卷水西樓，一曲新腔唱打油」一詞，乃瞿佑所作之〈南
鄉子〉（嘉興客館聽陶氏歌）[60]，不可能是元刊宋人話本。其失
參之處尚不少。近年程毅中輯注《宋元小說家話本集》收宋元
話本四十種，剔出了《話本小說概論》所列宋人作品〈拗相公〉、
〈馮玉梅團圓〉等十一種，剔出其所列元人作品〈新橋市韓五賣
春情〉、〈任孝子烈性為神〉等八種，加入《話本小說概論》不
曾列入的〈張子房慕道記〉、〈花燈轎蓮女成佛記〉、〈老馮唐直
諫漢文帝〉、〈關姚卞吊諸葛〉、〈俞仲舉題詩遇上皇〉五種。明
刊話本集子中究竟哪些是宋元遺存，仍有爭議，但是，它們都
是經過明人的手刊印出來的，不可作為宋元文獻處理，則是無
庸置疑的。

第五節　明代編刊的宋元話本

一、《清平山堂話本》的宋元舊篇

　　明代第一部，也是歷史上第一部話本小說集《六十家小說》
（今通行稱之為《清平山堂話本》）成書在嘉靖年間。編者洪楩，

60　《瞿佑全集校注》，喬光輝校注，浙江古籍出版社 2010 年版，第 272 頁。

堂號「清平山堂」。洪楩的友人田汝成在《西湖遊覽志》中提到《六十家小說》,《西湖遊覽志》初刻於明嘉靖二十六年(西元一五四七年),則《六十家小說》的成書不會晚於此年。《六十家小說》匯集的小說有宋、元、明三代的作品,全書已散佚,今存二十九篇作品。洪楩沒有像馮夢龍那樣對舊本作較大修改,故而基本上保留了當年話本的面貌。

　　要釐清《六十家小說》(下稱《清平山堂話本》)中哪些是宋、元作品,不是簡單的事情。與洪楩同時代的晁瑮所著《寶文堂書目》子雜類著錄了包括小說在內的大量書目,有疑似小說者近百篇[61],但均無繫年。要判斷《清平山堂話本》中作品的成書年代,還必須參考《醉翁談錄》和著錄有「宋人詞話」的《也是園書目》,結合小說文本的時代特徵作出結論。

1.〈簡帖和尚〉

　　明晁瑮《寶文堂書目》著錄,清錢曾《也是園書目》著錄在「宋人詞話」。《古今小說》(《喻世明言》)卷三十五題作〈簡帖僧巧騙皇甫妻〉,情節相同,文字有較多改動。《清平山堂話本》題下注「亦名〈胡姑姑〉,又名〈錯下書〉」。宋元戲文有〈洪和尚錯下書〉,「胡姑姑」大概是指設計說合皇甫妻嫁給洪和尚的「姑姑」。許政揚據作品中皇甫殿直叫將四個人來,「是本地方所由,如今叫做『聯手』,又叫做『巡軍』」一句,判斷

61　詳見趙萬里編《北平圖書館書目叢刊》第一集。

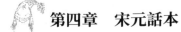

此篇為元代作品。宋代稱坊市公人為「所由」，元代才有「巡軍」之謂。[62] 是否可以將這句話解釋為元人作的夾注，維持全篇仍為宋人之作呢？話本在敘述中對某個名物、某種習俗或某個制度，因時代變遷或因太偏僻，讀者大多數難以理解，常常加以詮釋，這是它的敘述方式。若說是夾注，全篇僅此一例，似乎又有點突兀了。斷為元人之作較為穩妥。此篇敘一奸僧用一封假情書離間皇甫夫妻，將其妻騙娶到手，後來真相大白，奸僧被法辦，夫妻亦團圓。和尚姦淫險惡自不必說，一封書簡竟能使皇甫松失去理智，不分青紅皂白休棄其妻，其性格之專橫暴烈，亦令人唏噓！那位在話本小說裡經常出現的精察的錢大尹竟然也不問曲直，聽從皇甫休妻。生活在官府如此昏暗、夫權如此蠻橫的時代之婦女，完全是任人宰割的羔羊。

2.〈西湖三塔記〉

《寶文堂書目》著錄，《也是園書目》列入「宋人詞話」。元邾經有〈西湖三塔記〉雜劇，惜無傳。成書於明嘉靖年間的《西湖遊覽志》卷二〈湖心亭〉敘「《六十家小說》載有西湖三怪，時出迷惑遊人，故厭師作三塔以鎮之」，當指此篇。故事發生在南宋，稱「是時宋孝宗淳熙年間」，似為元代或元代以後的人的口氣，結尾說主人公宣贊「隨了叔叔，與母親在俗出家，

62　《許政揚文存‧話本徵時》，中華書局 1984 年版，第 256—264 頁。

百年而終」，淳熙年間（西元一一七四至西元一一八九年）至南宋覆亡（西元一二七九年）不到百年，宣贊當年二十餘歲，百歲之時南宋已近傾覆，又說三個石塔「至今古跡遺蹤尚在」，分明又過了許多歲月，敘事者不大可能是南宋人。〈西湖三塔記〉雖為白話小說，但旨趣卻近志怪，只是敘述宣贊遊西湖遇見烏雞化成的女孩，由是進入白蛇妖怪的府第，兩次險些喪生，幸得做了道士的叔叔相救，造三座石塔將三怪永鎮於西湖。若用文言敘述，便是志怪。志怪轉變為傳奇，轉變途中產生有過渡性質的作品，如早期傳奇〈古鏡記〉、〈補江總白猿傳〉等；志怪轉變成話本，〈西湖三塔記〉便是這類過渡性質的作品。

3.〈合同文字記〉

《寶文堂書目》著錄，清錢曾《述古堂書目》抄本列入「宋人詞話」。元佚名有〈包待制智賺合同文字〉雜劇，故事情節與本篇大異，明萬曆安遇時編《包龍圖判百家公案》第二十七回「判劉氏合同文字」與本篇相近，當據本篇稍加改動，其因襲痕跡昭然。本篇為宋人還是元人所作，難以判斷。其敘事樸拙，為早期話本似無疑問。本篇與明凌濛初《拍案驚奇》卷三十三〈張員外義撫螟蛉子，包龍圖智賺合同文〉之顯著不同，在於突出劉安住的孝義，而後者在強調包龍圖的判斷。凌氏之作乃據元雜劇改編。

4.〈風月瑞仙亭〉

《醉翁談錄》著錄有〈卓文君〉，《寶文堂書目》著錄，《述古堂書目》抄本列入「宋人詞話」。司馬相如與卓文君的風流韻事首見於《史記》卷一一七〈司馬相如列傳〉，晉代葛洪《西京雜記》摘卓文君私奔、相如當壚賣酒一段加以演述，宋皇都風月主人編《綠窗新話》下卷有〈文君窺長卿撫琴〉，著重敘琴挑一段，《醉翁談錄》所著錄為〈卓文君〉，無「瑞仙亭」關目，元末明初湯式雜劇題〈風月瑞仙亭〉，此劇已佚，是否據小說搬演，抑或小說據此戲改編，不得而知。此篇敘事有其獨特之處，即人物自言自語。卓文君窺見相如之後，回繡房中「每每存想」，有一段不短文字；相如見文君後，也有一段「自思」；私奔後生活拮据，相如又有一段「自思」；卓王孫聞知相如發達，即有一段「自言」，此可疑為據戲曲改編。其敘事語言較〈簡帖和尚〉、〈西湖三塔記〉、〈合同文字記〉要雅馴得多，絕非宋人詞話。文君本為「新寡」，而此篇卻說她「及笄未聘」，這種改動出於何意，亦值得玩味。

5.〈快嘴李翠蓮記〉

《寶文堂書目》著錄。通常被認為是宋元作品，葉德均據篇中兩見明人戴的網巾，認為是明人所著。[63] 明郎瑛《七修類稿》

63　參見葉德均《戲曲小說叢考》，中華書局 1979 年版，第 674 頁。

卷十四「平頭巾網巾」云，網巾先為道士所用，明太祖發現後頒行天下，全民無論貴賤皆用於裹頭攏鬢。胡士瑩謂網巾元代已有，元人雜劇〈東堂老〉有「哥的網兒」語，網兒即網巾。[64] 古代男人覆蓋髮髻用幘，由來已久，網巾由幘演變而來，周錫保《中國古代服飾史》有明代網巾圖，認為是明代特創。[65]

　　網巾能否成為此篇繫時依據，只能存疑。此篇提及用鈔，鈔作為貨幣始於金元，則此篇當為元代或為明前期作品。傳統禮教規定婦女以嫻靜為德，而此篇主人公李翠蓮口快如刀，出嫁後為公婆所不容，被休棄回娘家又遭父母埋怨，最後不得不剃度出家。李翠蓮舉出一批能言善道的古代賢人，男人可以，為何女人不行？「這些古人能說話，齊家治國平天下。公公要奴不說話，將我口兒縫住罷！」李翠蓮姿容出眾，女紅針指、書史百家，無所不通，無絲毫惡德，僅因心直口快即為社會不容，凸顯了婦女的卑微地位。喜劇效果的背後卻是一個深刻的悲劇。此篇以主人公口說的韻語為主，其前身或許是一個唱本。

6.〈洛陽三怪記〉

　　《寶文堂書目》著錄〈洛陽三怪〉，無「記」字。明萬曆與耕堂刊本《包龍圖判百家公案》收入此篇，略加改動，編為第二十九回〈判除劉花園三怪〉，將除妖的蔣真人換作了包龍圖。

64　參見胡士瑩《話本小說概論》，中華書局 1980 年版，第 291 頁。
65　參見周錫保《中國古代服飾史》，中國戲劇出版社 1984 年版，第 411 頁。

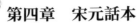

此篇故事情節模式和敘事風格皆與〈西湖三塔記〉相近,是為早期話本作品。

7.〈陰騭積善〉

《寶文堂書目》著錄。南宋洪邁《夷堅志》甲志卷十二〈林積陰德〉是其本事。此篇大體依本事故事情節,有較多敷衍。明凌濛初《拍案驚奇》編入卷二十一〈袁尚寶相術動名卿,鄭舍人陰功叨世爵〉作為入話。小說敘林積為南劍州人,南劍州即今福建南平,北宋太平興國四年(西元九七九年)由南唐的劍州改名為南劍州。此篇將故事發生的時間提前至唐德宗朝,商人遺珠之地在蔡州,若在唐代,蔡州與京師長安相距千里,從長安折返尋珠,然後再上長安,非數月不達。從情節描寫看,路途並不遙遠,京師在汴京開封是為合理。這種改動,似非與洪邁同代的南宋人所為。此篇表彰林積的拾金不昧,強調的是善有善報。

8.〈陳巡檢梅嶺失妻記〉

《寶文堂書目》著錄,《永樂大典》卷一三九八一載有〈陳巡檢妻遇白猿精〉戲文,《南詞敘錄》作〈陳巡檢梅嶺失妻〉。《古今小說》卷二十〈陳從善梅嶺失渾家〉即為此篇,文字略有改動。猿猴攝人妻女的傳說古已有之,《博物志》、《搜神記》等皆有記載,唐傳奇〈補江總白猿傳〉更是作為小說題材。此

篇寫陳巡檢齋供僧道，「不問雲遊全真道人，都要齋他」，全真道創立於金，活動在北方，南宋道教是符籙三宗及一些小派，元朝統一全國後，全真道和正一道才成為全國性教派。故此篇當成於元，而非成於南宋。猴精攝人妻女，這故事並無新奇之處，值得注意的是此篇猴精號「齊天大聖」，神通廣大，變化多端，與《西遊記》孫悟空在早期傳說中的形象似有某些關聯。元末明初楊暹（字景賢）雜劇《西遊記》中的孫行者號「通天大聖」，其兄號「齊天大聖」（此篇中猴精有個兄弟也叫「通天大聖」）。雜劇中的孫行者從金鼎國娶得一女為妻，取經途中仍相思不已。過火焰山向鐵扇公主借鐵扇時，他首先關心她有沒有丈夫，肯不肯招他做女婿，見面未曾供扇，就先加調戲，要「湊成一對妖精」，可見早期傳說中的孫悟空同此篇的「齊天大聖」一樣是個好色之徒。此外，篇中巡檢之妻張如春寧死而守貞潔，終未失身於「齊天大聖」，是同類題材故事中少見的安排。

9.〈五戒禪師私紅蓮記〉

《寶文堂書目》著錄，無「記」字。《金瓶梅詞話》第七十三回薛姑子講說佛法 ── 演述五戒禪師私紅蓮的故事，文字基本抄襲此篇前半段。《古今小說》收入為卷三十〈明悟禪師趕五戒〉，情節頗有增飾。蘇軾前身為眇一目的五祖戒禪師，此說見於宋釋惠洪《冷齋夜話》卷七，宋何薳《春渚紀聞》卷一、

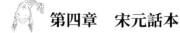

宋陳善《捫虱新話》卷十五亦說蘇軾乃五祖戒和尚轉世，然而此篇寫五戒禪師為破色戒的淫僧，顯然有貶嗮蘇軾之意。南宋野史筆記有關蘇軾的傳聞極多，基本上都是正面的，《夷堅志》補卷第二十五〈儲祥知宮〉敘儲祥宮宮主因當年蘇軾獲罪時磨去該宮蘇軾碑文而遭上帝譴責，轉世為犬，[66] 可見蘇軾在南宋人心目中的位置。此篇寫於南宋的可能性不大。

10.〈花燈轎蓮女成佛記〉

此篇敘宋仁宗時潭州張氏夫妻念佛向善，收留能背誦《蓮經》的孤苦眇目的老婦，老婦轉世為張氏之女，取名蓮女。蓮女七歲即識經向佛，能參論佛法，出嫁時在花燈轎中端然坐化。《續金瓶梅》第三十八回敘呂姑子宣卷「花燈佛法案」，故事與此篇相同，但形式是宣卷。這宣卷是本有源頭，還是據小說改編，尚難定論。小說中說蓮女出嫁的夫家做提控，提控是金元時對衙役的稱呼，可知此篇成於金元或金元之後。

11.〈曹伯明錯勘贓記〉

此篇敘一椿錯案的生成和糾錯，曹州客店主曹伯明娶妓女謝小桃為妻，而小桃卻早已心有所屬，與姦夫倘都軍設計誣陷曹伯明行盜，幸東平府蒲左丞察知冤屈，懲辦了淫婦姦夫。元

66　洪邁：《夷堅志》，中華書局 1981 年版，第 1780 頁。

雜劇有鄭廷玉〈曹伯明復勘贓〉以及紀君祥〈曹伯明錯勘贓〉、武漢臣〈曹伯明錯勘贓〉，惜三劇均不存，無以得知小說是否由戲曲改寫。此篇敘故事發生在「大元朝至正年間」，至正（西元一三四一至一三六八年）是元朝最後一個年號，若不是誤寫，則此篇成於明代前期的可能性就較大。

　　《清平山堂話本》中的以上十一篇作品，含混地說，是宋元話本，其實成於宋代的作品幾乎沒有，或許南宋存在同一題材的「說話」節目，但沒有堅實的證據可以指認話本為宋代作品。《清平山堂話本》的編者洪楩對於他收集的六十種小說大體上只是做了編刊的工作，不像後來的馮夢龍那樣大刀闊斧的改動，甚至是再創作，因而其作品大體上保持著嘉靖當年的模樣。但這個模樣只是嘉靖當年的模樣，元人的作品到了明代人手裡，不可能不作文字改動。白話不比文言，文言的詞彙語法有高度的穩定性，而白話是口語的記錄，流動和變化很快，一些時興的詞彙在幾十年後也許就退出了語言流通，不被後人理解，修改是不可避免的；否則，印出來大家讀不懂，哪來市場？這只要看一看臧懋循《元曲選》對元刊雜劇的改動，就可以明瞭此中的情形。所以，《清平山堂話本》中可以定為元人的作品，實質上它們也只是遺存著元人作品的大體面貌。

第四章　宋元話本

二、《熊龍峰刊行小說四種》的宋元舊篇

《熊龍峰刊行小說四種》藏於日本內閣文庫，四種小說版式相同，均為別冊單行，其中〈張生彩鸞燈傳〉題有「熊龍峰刊行」字樣，因此命名。熊龍峰是明代萬曆年間建陽刻書家，他刻的書，現知的還有萬曆二十年刊《重刻元本題評音釋西廂記》二卷、《新刻出像天妃濟世出身傳》二卷、《新鍥楊狀元匯選藝林伐山》四卷等。熊龍峰刊行之小說當不止四種，今僅知四種而已。此四種小說，胡士瑩認為〈張生彩鸞燈傳〉和〈蘇長公章臺柳傳〉是宋人的作品，其他兩種：〈馮伯玉風月相思小說〉、〈孔淑芳雙魚扇墜記〉，為明人的作品。[67]

1.〈張生彩鸞燈傳〉

《寶文堂書目》著錄作〈彩鸞燈記〉，《古今小說》收入此篇為第二十三卷〈張舜美燈宵得麗女〉，文字多有改動。此篇多處稱「杭州」，不稱「臨安」，顯然不是南宋人的口吻。小說寫主人公張舜美中進士後「除授福建興化府莆田縣尹」，「興化府」在宋代稱「興化軍」，元代稱「興化路」，明洪武元年才改為興化府。此篇即使有宋元遺存，也是相當的稀薄了。從敘事來看，此篇比較《清平山堂話本》中的元代諸篇要細密和綺麗得多，不能排除明代人所為的可能性。此篇的入話與正話中的男女遇合

67　參見胡士瑩《話本小說概論》，中華書局 1980 年版，第 497 頁。

都發生在元宵燈會，印證篇中所引〈生查子〉詞曰：「去年元夜時，花市燈如畫。月在柳梢頭，人約黃昏後。今年元夜時，月與燈依舊。不見去年人，淚溼春衫袖。」古代稍有身分的女子都深鎖閨中，唯元宵、清明等節日方可出遊，因此這也成為青年男女相知相戀的機會。以後小說以元宵燈會為機緣的婚戀小說層出不窮。

2.〈蘇長公章臺柳傳〉

　　《寶文堂書目》著錄有〈失記章臺柳〉，當即此篇。所謂「失記」，指蘇東坡在筵席上當面承諾迎娶妓女章臺柳，酒後卻忘之腦後，以致章臺柳痴等一年之後嫁與別人。蘇東坡後來記起此事，遂寄詩一首：「章臺柳，章臺柳，昔日青青今在否？縱使柔條似舊垂，多應折在他人手。」此詩出自唐人傳奇〈柳氏傳〉，此篇與〈柳氏傳〉有某種意連。蘇軾守杭時，與一些名妓交往密切，尤其與朝雲的關係，傳為佳話，卻不見有章臺柳的傳聞。此篇說蘇軾在西湖所造之書院，「古跡猶存」，敘事者與故事發生的時間相距已很遙遠，不大可能出自南宋人之手。

三、《古今小說》的宋元舊篇

　　《古今小說》四十卷四十篇，為馮夢龍編撰的話本小說集，大約成書於明天啟初年。此書刊行後，又續編《警世通言》、《醒

世恆言》，為統一書名，再版時改題《喻世明言》，與後刻二種
合稱「三言」。馮夢龍（西元一五七四至西元一六四六年），蘇
州長洲人，號猶龍，別號龍子猶。崇禎三年（西元一六三〇年）
貢生，曾任福建壽寧知縣。「三言」所有作品是否都出自馮夢龍
一人之手，是有爭議的[68]，不過，這些作品，作者在利用前人舊
篇時，無不作了較大的修改，甚至是再創作。與《清平山堂話
本》編輯現存話本相比，它們的加工程度更深，創作的成分更
濃厚。不能否認其中有前朝作品的遺存，但也不能像《京本通俗
小說》那樣徑直斷為宋人話本。

1.〈趙伯升茶肆遇仁宗〉

　　《寶文堂書目》著錄之〈趙旭遇仁宗傳〉，當為此篇所據。
胡士瑩《話本小說概論》認為是宋人話本，根據是篇中有宋時
地名，所描寫的汴京街市及官服制度，皆合於宋代。[69]正如韓南
〈宋元白話小說：評近代繫年法〉所說，「一故事提及宋朝歷史
中一些特殊的細節並不足採為繫年之據」[70]，「說話」人和話
本小說作者講說前朝故事，一定要造成故事發生在前朝的真實
氛圍，現代小說描寫古代歷史題材亦追求再現歷史的真實。此

68　參閱韓南《中國白話小說史・馮夢龍的生平和思想》（浙江古籍出版社 1989 年版）
　　以及《韓南中國小說論集・〈古今小說〉中某些故事的作者問題》（北京大學出版
　　社 2008 年版）。

69　參見胡士瑩《話本小說概論》，中華書局 1980 年版，第 220—221 頁。

70　《韓南中國小說論集》，北京大學出版社 2008 年版，第 54 頁。

篇入話詩：「三寸舌為安國劍，五言詩作上天梯。青雲有路終須到，金榜無名誓不歸。」亦見於元雜劇〈凍蘇秦衣錦還鄉〉[71]，另元高文秀〈好酒趙元遇上皇〉雜劇敘困於絕境的趙元在酒店偶遇皇上而飛黃騰達的故事，情節屬同一模式，唯趙元是一個嗜酒如命的驢前馬後之人，不是落第舉子趙旭，而皇上也不是宋仁宗而是宋太祖[72]。此篇趙旭上京趕考與親友作別，曾口占〈江神子〉一詞，詞句剿襲金代元好問（西元一一九〇至西元一二七五年）〈江神子・觀別〉，則更顯示此篇不可能作於宋代。此篇寫秀才應舉落第，偶得皇帝賞識而紫袍金帶加身，這等發跡，已不同於「說話」中的「變泰發跡」，文人氣味濃厚。篇中穿插詩詞頗多，絕無「說話」的套語。與早期其他話本相比，要雅馴得多。或為明代前期作品，也未可知。

2.〈史弘肇龍虎君臣會〉

此篇編入《古今小說》第十五卷，《寶文堂書目》著錄題〈史弘肇傳〉，當為此篇所本。此篇末尾說「這話本是京師老郎流傳」，說明它的源頭是「說話」。胡士瑩《話本小說概論》列為宋人話本。南宋「說話」中的「小說」家有「發跡變泰」科目，此篇敘史弘肇、郭威由市井閑漢風雲際會，一個做了四鎮令公，一個做了五代後周的皇帝。他們的發跡變泰，大概是市

71　參見臧懋循編《元曲選》，中華書局 1989 年重排版，第 437 頁。

72　參見隋樹森編《元曲選外編》，中華書局 1959 年版，第 129—143 頁。

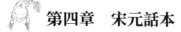

井間津津樂道的話題。此篇敘事粗拙，說是「京師老郎流傳」，
諒非虛言。《古今小說》編者做過修訂，似乎並沒有做過傷筋動
骨的大改。

3.〈楊思溫燕山逢故人〉

　　《寶文堂書目》著錄題〈燕山逢故人鄭意娘傳〉，《古今小說》
編為第二十四卷。胡士瑩《話本小說概論》列為宋話本。此篇
敘述中引《夷堅志》語云：「那時法禁未立，奉使官聽從與外人
往來。」此語出自《夷堅丁志》卷第九〈太原意娘〉，個別文字小
異，此篇故事正是由〈太原意娘〉敷演出來。又《鬼董》卷一〈張
師厚〉敘師厚負心別娶，懿娘追命事，末尾云：「《夷堅丁志》
載太原意娘，正此一事，但以意娘為王氏，師厚為從善，又不
及劉氏事。案，此新奇而怪，全在再娶一節，而洪公不詳知，
故覆載之，以補《夷堅》之闕。」小說顯然是合〈太原意娘〉、〈張
師厚〉兩篇創作成篇。《夷堅志》是洪邁晚年之作，洪邁卒於
南宋寧宗嘉泰二年（西元一二〇二年），《鬼董》既有補《夷堅》
之闕一說，當成書在後，其書記有紹定二年（西元一二二九年）
事（卷二〈善應尼〉、卷三〈青陽道士〉），可知已是南宋晚期作
品。綜上可以判斷，此篇作於元代的可能性較大。元雜劇有沈
和〈鄭玉娥燕山逢故人〉，惜亡佚，無以比照。入話一段描述汴
京元宵節，正月十四日、十五日至十六日盛況，文字基本摘抄
自《東京夢華錄》卷六〈十四日車駕幸五嶽觀〉、〈十五日駕詣

上清宮〉和〈十六日〉。宋金戰爭殃及許多百姓家庭，話本小說寫了這場災難中的妻離子散的家庭悲劇，此篇自有它的特色。妻子被金兵所擄，為保持貞節而自刎，丈夫負心再娶後被妻子鬼魂捉去，以這種虛幻的情節表達了國破家亡的另類悲涼情緒。這個故事可能在南宋就流傳很廣，《夷堅志》中已有紀錄，《鬼董》又據傳聞作了補充。

4.〈張古老種瓜娶文女〉

《寶文堂書目》著錄題〈種瓜張老〉，《也是園書目》列入宋人詞話。《古今小說》編為第三十三卷。《醉翁談錄》著錄之〈種叟神記〉若是講同一故事的話，那麼南宋「說話」已有這個節目。此篇本事出自唐代小說集《續玄怪錄》。其中或有「說話」遺存，但基本上沒有脫離傳奇小說的情節框架，重要情節，如韋恕刁難張志求婚、義方探訪妹妹及妹夫、義方以張志席帽為信揚州取錢，等等，悉照傳奇小說。重要改動，指張志為「上仙長興張古老」，娶韋女為假，受上帝之命取歸上天為真，韋恕一家白日飛升，唯義方殺心太重只能做城隍土地神。傳奇小說本是一篇仙話，話本小說滲透了太多的市井意識。

5.〈宋四公大鬧禁魂張〉

《醉翁談錄》記有「趙正激惱京師」，足見南宋「說話」已有講說趙正的節目。元鐘嗣成《錄鬼簿》著錄陸顯之「有〈好兒趙

正〉話本」[73]，胡士瑩《話本小說概論》據此認為是元代作品。元刊話本〈紅白蜘蛛〉存有殘葉，而〈好兒趙正〉則是元代著錄的唯一話本。但《古今小說》中的〈宋四公大鬧禁魂張〉肯定不是陸顯之的原作，首先它添加了石崇誇財炫色得禍的入話，正話講「禁魂張」也是富人，與石崇不同的是他慳吝守財而得禍。這個「禁魂張」有可能是後來加入的人物，以顯示宋四公、趙正、侯興這一幫盜賊偷竊有其合情合理之處。陸顯之的話本叫〈好兒趙正〉，似乎是另一人的傳奇，但是此篇卻還寫了宋四公和侯興，多個故事由這三個人物的關係串聯起來，這種結構是否是原作的模樣也很難說。不過此篇要表現盜賊的手段，一些細節寫得相當真切，保留了不少南宋及元代的風俗名物，這一點又是其他一些疑為宋元舊篇所不及的。

四、《警世通言》的宋元舊篇

《警世通言》為馮夢龍編撰的「三言」的第二種，全書共四十卷，每卷一篇。今存最早版本為天啟年間兼善堂刊本，首有天啟四年（西元一六二四年）無礙居士〈敘〉。所謂《京本通俗小說》七篇宋人話本除〈錯斬崔寧〉出自《醒世恆言》之外，其餘六篇皆據《警世通言》三桂堂刊本輯入。[74]

73　《中國古典戲曲論著集成》（二），中國戲劇出版社 1959 年版，第 116 頁。

74　詳見胡萬川《話本與才子佳人小說之研究‧再談〈京本通俗小說〉》，大安出版社1994 年版。s

1.〈陳可常端陽仙化〉

《警世通言》第七卷。篇中主人公陳可常曾作〈菩薩蠻〉詞四首，郡王侍女新荷姐被府上管家姦汙懷孕，〈菩薩蠻〉兩首有「賞新荷」之句，被證與新荷奸宿有孕，遭毒打後趺坐圓寂。〈菩薩蠻〉為小說中一大關目，後又有戲文〈菩薩蠻〉，或因此《京本通俗小說》改題〈菩薩蠻〉。此篇或許有宋元遺存。文中稱「溫州府樂清縣」，溫州在南宋初尚未升府，咸淳元年（西元一二六五年）升為里安府，元代改置為溫州路，明初改名為溫州府。說吳七郡王（吳益）是高宗皇帝的母舅也是不對的，他是高宗的妻舅，南宋作者不至於犯這樣的錯誤。可見此篇絕不是繆荃孫所稱的「元人寫本」。這篇小說佛家因果、宿命觀念濃厚，但陳可常的悲慘遭遇和忍辱順命的性格還是令人同情，而吳七郡王的專斷顢頇也表現得很鮮明。

2.〈崔待詔生死冤家〉

《警世通言》第八卷，兼善堂刊本正文題下注曰：「宋人小說題作〈碾玉觀音〉。」《京本通俗小說》因而題名〈碾玉觀音〉。此篇入話引宋人多首詠春詩詞，在「邵堯夫道：也不幹柳絮事，是蝴蝶採將春色去」處有眉批：「此等閒話，是宋元人勝過今人處。」批者指入話來自「宋元人」，不同於題下所注「宋人」。本篇敘事風格簡樸，入話以春歸為題連綴名家詩詞，是早期話本的特色。敘述到秀秀與崔寧逃到潭州安家，郭排軍路過潭州

巧遇崔寧時，用韻語斷開，「這漢子畢竟是何人？且聽下回分解」。似乎此篇有上下兩回。秀秀和崔寧都是咸安郡王（韓世忠）家裡的工匠奴隸，一個繡作，一個碾玉，兩人私下有情，趁王府火災逃往潭州結為夫妻。不料被出差路過潭州的王府排軍郭立發現，向郡王舉報，兩人被逮回臨安，秀秀被打死，崔寧被罪杖遣發建康。秀秀的鬼魂追隨崔寧到建康，秀秀父母也來與他們相聚，一家人其樂融融，不料又是郭排軍的出現打破了他們的好日子，郭排軍向郡王報告秀秀未死，郡王下令捉來核實，鬼魂自然不會現身，郭排軍因謊報被打五十背花棒，而秀秀身分暴露，也拉崔寧一起歸於黃泉。這個悲劇有著深厚的社會內涵，秀秀作為市井女子的性格也寫得十分生動和真實，是早期話本的佳作。

3.〈三現身包龍圖斷冤〉

　　《警世通言》第十三卷。《醉翁談錄》「小說」公案類著錄有〈三現身〉，《武林舊事》卷十《宋官本雜劇段數》有〈三獻身〉，疑為同一故事。胡士瑩《話本小說概論》斷為宋人話本。所謂「三現身」，指本案受害人孫押司死後三次現身於迎兒面前，囑為之申冤。這個故事如《醉翁談錄》所記，南宋已廣為流傳，但斷案者歸在包拯頭上，當已是許多年以後的事了。包拯從未做過奉符知縣，據《宋史》本傳，他舉進士後出知建昌縣，以父母皆老，辭而未就。後來赴調，出知的是揚州天長縣，此

篇說包拯出知奉符縣「還是初任」，顯然對包拯的履歷不甚了然，說包拯「就是今人傳說有名的包龍圖相公」，分明顯示敘述者與故事發生的時間已有相當長的距離。南宋人所作的可能性並不大。此篇寫作案手段十分高明，鬼魂若不再三現身，大概無以告破。敘述的重點並不在包拯斷案，而在案件的奇特。

4.〈一窟鬼癩道人除怪〉

　　《警世通言》第十四卷。兼善堂刊本正文題下注曰：「宋人小說，舊名〈西山一窟鬼〉。」《京本通俗小說》輯入即題〈西山一窟鬼〉。胡士瑩《話本小說概論》亦斷為宋人之作。篇中云：「自家今日也說一個士人，因來行在臨安府取選，變做十數回蹺蹊作怪的小說。」這是「說話」人口吻，篇幅有「十數回」，此篇為一回，很可能是形成文字時大大壓縮了，這也證明此篇的源頭是「說話」。這篇小說與〈崔待詔生死冤家〉同樣寫了人鬼夫妻，但卻不在一個文學程度上。秀秀和崔寧先已有情意暗合，遂亡命私奔，兩人恩愛和諧，秀秀死後便以鬼魂與崔寧相聚，事件的前因後果分明，秀秀的性格在情節中有關鍵作用。此篇則不然，塾師吳洪與女鬼李樂娘成親，純屬偶然，乃是做了鬼的媒婆撮合而就，結果是道人捉鬼，吳洪方撿得一命。全篇未寫一個「情」字，有的只是對鬼怪恐怖的渲染，其旨趣與〈西湖三塔記〉相類。

5.〈張主管志誠脫奇禍〉

《警世通言》第十六卷。兼善堂刊本目錄題名如是，而正文卻題〈小夫人金錢贈年少〉。《京本通俗小說》改題〈志誠張主管〉。胡士瑩《話本小說概論》斷為宋人話本。〈寒山堂曲譜〉引注有南戲〈志誠主管鬼情案〉，未見傳本，無法釐清它與小說的關係。張主管拒絕小夫人色誘而遠禍的故事，大約是「說話」和戲曲熱衷演述的題材，表現了市井人物所崇尚的美德。《金瓶梅詞話》第一百回春梅引誘李安一段，即由此篇移入。

6.〈崔衙內白鷂招妖〉

《警世通言》第十九卷。兼善堂刊本正文題下注：「古本作〈定山三怪〉，又云〈新羅白鷂〉。」繆荃孫〈京本通俗小說跋〉云：「尚有〈定州三怪〉一回，破碎太甚。」[75] 故而未收入《京本通俗小說》，其認定為宋人小說無疑。胡士瑩《話本小說概論》亦同意此說。此故事為宋代「說話」演述的節目確實大有可能，寫定在宋代則大有可疑。兼善堂刊本敘及崔衙內畋獵途中酒店吃酒後付了酒保三兩銀子，有眉批曰：「宋人小說人說賞勞，凡使費動是若干兩、若干貫，何其多也！蓋小說是進御者，恐啟官家裁省之端，是以務從廣大，觀者不可不知。」批者認為「說話」人往往到內廷供奉皇帝消遣，故把賞付之錢數誇大，意欲獲得

75　參見《京本通俗小說》書末，文學古籍刊行社 1987 年版。

豐厚的賞賜。眉批說「小說人說賞勞」，明指「說話」，而非書面的小說。早期話本多以宋朝事為題材，此篇所敘卻為唐朝發生的故事。「三怪」為「虎奴、兔女、活骷髏」，若無羅公遠神通，則崔衙內無以脫困。敘述中插入「酒」、「山」、「松」、「莊」、「夏」、「月」、「色」、「風」八首一字至七字韻文，頗有特點，為敘事增色不少。此篇旨趣，與〈西湖三塔記〉、〈一窟鬼癩道人除怪〉屬同一類型。

7.〈計押番金鰻產禍〉

《警世通言》第二十卷。兼善堂刊本正文題下注：「舊名〈金鰻記〉。」《寶文堂書目》著錄有〈金鰻記〉。胡士瑩《話本小說概論》斷為宋人小說。篇中人物周三自言「莫是『東窗事發』」？「東窗事發」出自元初劉一清《錢塘遺事》卷二，敘秦松在地獄托方士，「可煩傳語夫人，東窗事發矣」！其成為大眾成語，恐怕是南宋以後才發生的。篇末有詩云「李救朱蛇得美姝」，宋劉斧《青瑣高議》後集卷九〈朱蛇記〉寫李元救了一條朱蛇而獲豐厚的回報，此篇恰恰是〈朱蛇記〉的反題，計押番不顧金鰻求救而使其成為餐桌上的食物，結果闔家人口均死於非命。其主旨在勸人莫害非常物。不過，計押番一家的悲劇，客觀上反映了當時社會下層家庭的某些真實狀況。

8.〈皂角林大王假形〉

《警世通言》第三十六卷。兼善堂刊本目錄題〈趙知縣火燒皂角林〉，與正文所題有異。胡士瑩《話本小說概論》認為是宋人話本。此篇敘趙知縣火燒皂角林大王廟，為民除害，皂角林大王為報此仇，幻化成趙知縣模樣，真假難辨，趙母分不出真假，官府更是囫圇，遂將真知縣發配他州，幸九子母娘娘惜念他有救童男童女之功，捕捉了皂角林大王，真假由是大白。那皂角林大王原來是一隻陰鼠精。鼠精變人以假亂真的故事，在宋代就已盛傳，明刊《輪迴醒世》卷十七〈妖魔部〉的〈五鼠鬧東京〉注明「宋時」，二鼠變作柳舒夫妻，一鼠變作審判真假的縣令，請天師辨妖，一鼠又變作天師，請皇帝裁奪，一鼠變作皇帝，最後是玉帝出來，遣金睛火眼白貓將五鼠捕殺。明代又有《五鼠鬧東京》小說二卷，一鼠化為秀才施俊，家人不辨真假，請王丞相察辨，一鼠又變作王丞相，依次變出仁宗、太后和包公，結局是玉帝用玉面貓收服了五鼠。《包龍圖判百家公案》第五十八回〈決戮五鼠鬧東京〉與二卷小說相似。小說中王丞相要施俊之妻辨真假，提出丈夫左臂上有一點黑痣可驗，可是真假施俊均有同樣黑痣，這個細節與本篇趙知縣之母用兒子脊背上的胎記辨真假十分相似，但不能斷定孰先孰後。篇末詩云：「世情宜假不宜真，信假疑真害正人。若是世人能辨假，真人不用訴明神。」把這個虛幻的妖怪故事引向對現實的思考，大概是明代編者導讀式的感慨。

9. 〈萬秀娘仇報山亭兒〉

《警世通言》第三十七卷。篇末有云：「話名只喚做〈山亭兒〉，亦名〈十條龍〉、〈陶鐵僧〉、〈孝義尹宗事蹟〉。」《醉翁談錄》著錄有〈十條龍〉、〈陶鐵僧〉。《寶文堂書目》著錄有〈山亭兒〉，《也是園書目》列為宋人詞話。胡士瑩《話本小說概論》亦歸於宋人話本。「山亭兒」為泥製小玩具，小說中的合哥到焦吉莊上販買山亭兒，見到被綁架在那裡的萬秀娘，遂報告官府，萬秀娘得以報仇，山亭兒是情節中的重要細節。「十條龍」是擄掠和霸占萬秀娘的苗忠的綽號，陶鐵僧則是情節中的關鍵人物，他是萬秀娘家茶坊的夥計，因貪拿主人的貨款被攆出茶坊，得知萬秀娘與兄長攜帶金銀細軟回娘家，與苗忠、焦吉謀劃在荒野裡劫殺了萬秀娘一行人，苗忠留下萬秀娘做「紮寨夫人」。「孝義尹宗」也是一個賊盜，但十分孝順母親，萬秀娘被苗忠賣給一個莊主，尹宗恰來偷盜，救出正要自縊的萬秀娘，送她回家的路上，遇上苗忠、焦吉，不敵二人被殺。萬秀娘又落入苗忠之手。最後是販買山亭兒的合哥傳遞訊息，官府才了結此案。此故事很可能來源於宋代發生的一椿公案，結尾說萬家為報答尹宗之義，特為他立一座廟宇。「至今古跡尚存，香煙不斷」，站在敘事者的位置，這已是古時的一個故事。

10.〈福祿壽三星度世〉

《警世通言》兼善堂本目錄列為第三十九卷，正文排在第三十五卷。胡士瑩《話本小說概論》列為宋人話本。題為「三星度世」，情節中度世的只有壽星，福祿二星沒有著落，如果宋代「說話」中有此節目，原題恐非如此。話本中某人偶然遇妖，難以解脫，得真人相救而脫困，這種類型，已有〈西湖三塔記〉、〈洛陽三怪記〉、〈一窟鬼癩道人除怪〉、〈崔衙內白鷂招妖〉，此篇略有不同的是主人公貧儒劉本道是上天謫下凡世的仙官，與他糾纏的皆是天上的神物，這與《西遊記》中孫悟空在西行路上遇到的某些作怪的妖魔有相似之處。

五、《醒世恆言》的宋元舊篇

1.〈勘皮靴單證二郎神〉

《醒世恆言》第十三卷。《寶文堂書目》著錄有〈勘靴兒〉，當為此篇所本。篇末有云：「原系京師老郎傳流，至今編入野史。」故事由來已久，但此篇寫成時間應該較為晚。胡士瑩《話本小說概論》認為是元人作品，一是文中稱宋朝為「故宋」，二是文字不似宋人渾樸。[76] 篇中韓夫人傷春病倒，引「任東風老去，吹不斷，淚盈盈」一詞為證，此詞為元鄭禧《春夢錄》（延

76　詳見《話本小說概論》第九章第四節「元代的話本」，中華書局 1980 年版，第295—296 頁。

祐戊午西元一三一八年自序）中鄭禧與吳氏女唱和之〈木蘭花慢〉，可知確為元代中期以後的作品。話本小說寫「公案」的作品不少，但用懸疑手法描述破案過程的作品卻十分罕見，此篇寫「捉事使臣」冉貴抓住疑案中「皮靴」這唯一線索，追蹤躧跡，終於找到喬裝二郎神騙奸韓夫人的孫神通。其描寫之細密，以及對韓夫人情思的刻劃，非〈簡帖和尚〉這類作品可以比擬。它很可能如同〈鄭節使立功神臂弓〉對元代〈紅白蜘蛛〉大作改動一樣，對《寶文堂書目》著錄的〈勘靴兒〉進行了修改和潤色。

2.〈鬧樊樓多情周勝仙〉

　　《醒世恆言》第十四卷。胡士瑩《話本小說概論》列為宋人話本。女子因情鬱悶死厥，盜墓者破棺而復甦，鬧出怪異官司，這種故事見於宋廉布《清尊錄》所載孫氏女，以及《夷怪志》庚集卷一所載〈鄂州南市女〉，它不同於志怪所記死而復生的模式，呈現的是市井實境。此篇情節類型如此，卻較文言小說要豐富和生動得多。主人公周勝仙在茶坊邂逅范二郎，兩情相悅，但其父嫌范家開酒店門第低賤不允婚事，周勝仙氣悶而死。盜墓者掘開棺木，周勝仙得了陽氣竟活轉過來，逃出盜墓者的魔掌，找到樊樓酒店，范二郎以為是鬼，慌亂之中用湯桶砸死了周勝仙。鬧到衙門，事情原委方才大白。周勝仙和〈崔待

詔生死冤家〉的秀秀，都是多情敢為的市井女子，與傳奇小說中的佳人形象迥然有別。此篇說「唐朝便有個曲江池，宋朝便有個金明池」，絕非宋朝人口吻。

3.〈鄭節使立功神臂弓〉

《醒世恆言》第三十一卷。《醉翁談錄》著錄有〈紅蜘蛛〉，今存元刊〈新編紅白蜘蛛小說〉殘葉，《醒世恆言》編者乃據元代〈紅白蜘蛛〉加工修訂。關於此篇的問題先前已有論述，此不贅述。

4.〈十五貫戲言成巧禍〉

《醒世恆言》第三十三卷。明天啟年間葉敬池刊本正文題下注云：「宋本作〈錯斬崔寧〉。」《也是園書目》著錄為「宋人詞話」。《京本通俗小說》輯入作〈錯斬崔寧〉。胡士瑩《話本小說概論》列為宋人話本。此篇正文題下注有宋本，當指宋代「說話」有此節目，此篇決非就是宋本，只是改變題目而已。文中「德勝頭迴」稱「故宋」，正話稱「南宋」，顯見不是宋人口吻。此篇不同於早期話本的是，敘述者大發議論，當崔寧和陳二姐被判通姦殺夫處死之時，敘述者道：「看官聽說，這段公事，果然是小娘子與那崔寧謀財害命的時節，他兩人須連夜逃走他方，怎的又去鄰舍人家借宿一宵，明早又走到爹娘家去，卻被人捉住了？這段冤枉，仔細可以推詳出來。誰想問官糊塗，只

圖了事，不想捶楚之下，何求不得。……」且敘事細密，亦不似早期話本。應該是編者據舊題材改寫。這是一樁冤案，文中亦有譴責官府昏暗的意思，但更強調「戲言」招禍，宜謹之慎之。冤案的糾正，按情節所敘，純屬偶然，若不是大娘子被靜山大王所劫，又靜山大王對大娘子陳述殺人劫財，害得崔寧、小娘子冤死，則此案將永沉大海。冤案十分真實，結局卻只為了表現善惡有報而已。

第六節　早期話本的藝術特色

　　話本小說與講史平話雖然同出「說話」一源，同屬通俗敘事文學，但它們之間有明顯的分界。「說話」講史一家的書面化要早於「小說」一家，今天我們可以看到元刊平話數種，但只能見到話本小說〈紅白蜘蛛〉的殘葉。究其原因，講史平話因為是歷史的通俗讀物，雖遠不及正史雅馴，其價值仍可以被社會認可，有較大的市場需求，一開始文人介入就頗深。話本小說講的都是於史無考的世俗故事，且多是市井商人、工匠及盜賊的傳奇，主要供人娛樂消遣，在勾欄瓦肆講說可以，付之資源有限且成本昂貴的雕版印刷，就不如講史平話那樣容易了，而文人不屑參與也導致其藝術程度提升緩慢，其書面化的歷程要比講史平話艱難和漫長得多。

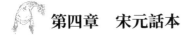

　　話本小說的敘事方式從「說話」脫胎出來，遵循著「說給人聽」的法則，作者始終站在故事與讀者之間，扮演著無所不知和判斷善惡是非的角色。這與文言的傳奇小說有著顯著的不同，傳奇小說敘事繼承史傳書寫傳統，不是把事件講述出來，而是讓事件像生活實際發生的那樣呈現在讀者面前，敘事者可以在篇末出來議論，如同《史記》「太史公曰」，但一般情況下都是隱蔽在情節進行的背後。「說話」在宋元盛極一時，它與戲曲是社會民眾的主要娛樂樣式，在漫長的歲月中鑄就了大眾的審美習慣，話本小說從「說話」脫胎而出，其基因和大眾欣賞需求決定了它不同於傳奇小說的敘事方式。每篇開頭必用「說話」人的口氣——「話說某朝某地某人」，作者在敘事中時常或隱或現地充當關鍵情節和重要細節的詮釋者和評論者，使讀者始終感覺有一個講述者存在。例如〈楊溫攔路虎傳〉敘說楊溫攜妻往東嶽燒香還願，途中下榻一家客店，不料半夜被強盜搶劫：

> 　　那一夥強人，劫入店來。當時楊三官人一時無準備，沒軍器在手，被強人揢住，用刀背剁銅，暗氣一口，僻然倒地。……那楊三官人，是三代將門之子，那裡怕他強人？只是當下手中無隨身器械，便說不得。卻被那強人入房，挾了楊三官人妻子冷氏夫人，和那擔杖什物……

　　這裡只是講述，沒有描狀，強人如何進房，楊溫夫妻二人如何驚醒，楊溫又如何交手，又如何被劫走夫人和擔杖，均無

形象描寫，楊溫乃將門之子，武藝高強，為何不堪一擊？作者便出面解釋：「只是當下手中無隨身器械，便說不得。」話本小說在敘述到某個難解的行為、名物、習俗和制度時，往往中斷敘述加以詮釋，對於某些人物和事件，常常加以評論，有時候還用第二人稱：「看官，你道此一事……」簡直就是直接與讀者對話。

話本小說的體制也保留著「說話」的胎記。一篇作品由入話和正話兩個部分組成，入話是導入故事正話的閒話，可以是一連串的詩詞，例如〈一窟鬼癩道人除怪〉、〈西湖三塔記〉、〈洛陽三怪記〉等；也可以是一個故事，例如〈十五貫戲言成巧禍〉在講述崔寧復案之前，講了魏生戲言丟官的故事，並稱這個故事「權做個德勝頭迴」。此外，在敘述中大量插入韻文套語，用以描狀人物、景色以及事態和心態，用以評論事理，用於文勢的頓挫和轉接，甚至還用於點明小說主題之所在。這種體制以及相關的手法也都發端於「說話」的表演形式和伎倆。

早期話本小說敘述的大多是一些故事。所謂故事，就是由懸念牽引的按時間順序安排的事情過程。它訴諸的是聽眾和讀者的好奇心，並不在意美感和社會道德價值。例如〈柳耆卿詩酒玩江樓記〉寫余杭縣宰柳耆卿召當地歌妓周月仙被拒，柳耆卿以他的權勢將如何調弄周月仙？這是懸念，接下去便敘述他密使舟人在周月仙赴情人約會途中姦汙了她，並在玩江樓酒宴

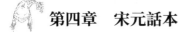

上羞辱她，終於使她屈服。這篇故事被〈古今小說序〉批評為「鄙俚淺薄」。又如〈宋四公大鬧禁魂張〉，津津有味地講述幾個盜賊的偷竊手段，對於他們的殺人越貨的殘忍行為漠然處之，尤其是侯興中計誤殺了病中的兒子，過後居然似乎什麼事也沒有發生。作者描摹的是偷盜的技巧，這是常人見所未見的。再如〈陳巡檢梅嶺失妻記〉，故事與唐傳奇〈補江總白猿傳〉相類，但它不及唐傳奇之處在於人物缺乏行動力，陳巡檢在妻子被猿妖劫走之後，雖然日日思念以淚洗面，三年中並無尋妻行動，最後仰仗紫陽真人的法力，方使其妻回到丈夫的懷抱。〈補江總白猿傳〉的歐陽紇為尋找被白猿攫去的妻子，翻山越嶺，智取白猿，終於達成目的。歐陽紇的性格是事情發展的動力，而陳巡檢則是聽天由命，夫妻重聚完全靠超自然的神力，實際上是偶然性，前後沒有因果關係。事情前後有因果關係的稱作情節，沒有因果關係的只能算是故事。

　　故事還保持著生活的原態，它必須經過小說家的藝術提煉，方能上升為情節。情節是人物性格矛盾衝突的歷史，蘊含著小說家的情志，具有一定的主題導向。早期話本小說描述的大多是社會下層芸芸眾生的世相，草根氣息濃厚，雖然真實生動，卻大多尚未提升為情節。例如四篇靈怪故事〈西湖三塔記〉、〈洛陽三怪記〉、〈一窟鬼癩道人除怪〉、〈崔衙內白鷂招妖〉，都是講某人被女鬼和妖怪化為的美女纏住不得脫身，最後

在世神仙出來祭法捉妖，方逃得性命。鬼怪並非因情而戀上某人，色誘的目的只是奪命，其意蘊還達不到志怪「人鬼戀」的境界，僅止一般談鬼說怪而已。

故事提升為情節是話本小說走向成熟的必由之路。《寶文堂書目》著錄的話本是明嘉靖年間尚存於世的一部分作品，《清平山堂話本》是當時選編刊印的作品。《清平山堂話本》的編者對於他選入集子中的作品在文字上不會不作校訂，但沒有進行大的加工，因而良好保存了嘉靖時期話本小說的原貌。「三言」的編者對於以往的舊本卻做了不同程度的修改和潤色，使一些作品原本是故事的升格為情節。從〈紅白蜘蛛〉到〈鄭節使立功神臂弓〉就是一例。《清平山堂話本》中的〈簡帖和尚〉改成〈簡帖僧巧騙皇甫妻〉、〈刎頸鴛鴦會〉改成〈蔣淑真刎頸鴛鴦會〉、〈錯認屍〉改成〈喬彥傑一妾破家〉，《熊龍峰刊行小說》中的〈張生彩鸞燈傳〉改成〈張舜美燈宵得麗女〉，均可見從故事走向情節的路向。

可以比較一下同是「朴刀桿棒」的〈楊溫攔路虎傳〉和〈萬秀娘仇報山亭兒〉。前者出自《清平山堂話本》，寫楊溫攜妻往東嶽燒香途中被劫，妻子和盤纏全都失去，流落江湖，結識了仗義的財主，緣此關係查知妻子下落，得綠林好漢和官府之助救出妻子回到東京。敘事者介紹楊溫「武藝高強，智謀深粹」，但在旅店中輕易便被強盜捽住，奪去了妻子，如果說這是因為

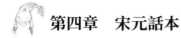

猝不及防，手中沒有軍器，倒也勉強可以解釋；可是在救妻途中被一群小嘍囉攔住，還未怎麼交手，即被擒拿；擒拿他的山大王知情後，率一百多人與他一起去強盜莊上救人，雖救得妻子出來，卻不敵強盜，落荒而走，倘若不是出巡官軍相助，後果不堪設想。楊溫有救妻之心，卻無救妻之謀之力，與《水滸傳》梁山好漢相比，形象要遜色多了。他的妻子是太尉之女，被劫後，作者敘述她與強盜同席而坐，似乎已順從了強盜做了紮寨夫人，與她的家庭、身分、教養都極不相稱。敘述者只在講故事，人物服從故事安排，不具有性格張力和行動能力。這篇作品對於桿棒比武打擂更有描寫的興趣，楊溫與馬都頭比試，與李貴打擂，使棒的招數寫得具體詳實，與對救妻行動武鬥的輕描淡寫形成不合理的反差。〈萬秀娘仇報山亭兒〉寫的也是強盜劫財搶人，三個強盜：陶鐵僧、焦吉和苗忠如何相聚，怎樣劫財殺人劫色，均寫得真實清晰，萬秀娘欲尋短，被壯士尹宗救下，可是尹宗鬥不過二賊被殺，萬秀娘又落入虎口，幸虧萬家鄰居小兒買山亭兒來到焦吉莊上，偵知萬秀娘下落，報告官府，這才除掉強盜，將萬秀娘解救出來。這篇作品描寫的幾個人物，都略具性格，萬員外的刻薄、陶鐵僧的貪心不義、焦吉的凶殘、苗忠的貪色、尹宗的孝義、萬秀娘的機敏，在故事過程中均有表現。此篇顯然經過明代編者的深度加工，與〈楊溫攔路虎傳〉不同水準。

參考文獻

楊伯峻（1990）。《春秋左傳注》。北京：中華。

[漢] 司馬遷（1975）。《史記》。北京：中華。

[漢] 班固著 [唐] 顏師古注（1962）。《漢書》。北京：中華。

[南朝宋] 范曄撰 [唐] 李賢等注（1965）。《後漢書》。北京：中華。

[晉] 陳壽（1959）。《三國志》。北京：中華。

[後晉] 劉昫等撰（1975）。《舊唐書》。北京：中華。

[宋] 歐陽脩（1975）。《新唐書》。北京：中華。

[宋] 司馬光（1956）。《資治通鑒》。北京：中華。

吉林出版編（2005）。《御批通鑒綱目》。吉林：吉林出版

汪聖澤（1977）。《宋史》。北京：中華。

[明] 宋濂（1976）。《元史》。北京：中華。

[清] 張廷玉（1974）。《明史》。北京：中華。

[清] 吳乘權等輯，施意周點校（2009）。《綱鑒易知錄》。北京：中華。

[清] 趙爾巽等撰（1977）。《清史稿》。北京：中華。

王鍾翰（1983）。《清史列傳》。北京：中華。

中華書局編（1986）。《清實錄》。北京：中華。

[清] 阮元校刻（1980）。《十三經注疏》。北京：中華。

聞人軍（1986）。《諸子集成》。上海：上海古籍。

[唐] 杜佑（1988）。《通典》。北京：中華。

[宋] 馬端臨（1986）。《文獻通考》。北京：中華。

1965 年。《四庫全書總目》。北京：中華。

[南朝梁] 蕭統（1986）。《文選》。上海：上海古籍。

陳鼓應注譯（1983）。《莊子今注今譯》。北京：中華。

陳鼓應編著（1984）。《老子注譯及評介》。北京：中華。

余嘉錫（1980）。《四庫提要辨證》。北京：中華。

葉瑛校注（1994）。《文史通義校注》。北京：中華。

季羨林校注（2000）。《大唐西域記校注》。北京：中華。

[清] 浦起龍通釋（1978）。《史通通釋》。上海：上海古籍。

文獻

[清] 趙翼著，王樹民校證 (1984)。《廿二史劄記》，北京：中華。

[宋] 蘇軾 (1981)。《東坡志林》。北京：中華。

伊永文 (2006)。《東京夢華錄箋注》。北京：中華。

[宋] 孟元老 (1998)。《東京夢華錄》（外四種），北京：文化藝術。

[元] 陶宗儀 (1959)。《南村輟耕錄》。北京：中華。

[南宋] 周密 (1988)。《癸辛雜識》。北京：中華。

[唐] 徐堅 (2004)。《初學記》。北京：中華。

[明] 謝肇淛 (2001)。《五雜組》。上海：上海書店。

[明] 胡應麟 (2001)。《少室山房筆叢》。上海：上海書店。

[明] 王守仁 (1992)。《王陽明全集》。上海：上海古籍。

王明編 (1960)。《太平經合校》。北京：中華。

[明] 陸容 (1985)。《菽園雜記》。北京：中華。

[明] 葉盛 (1980)。《水東日記》。北京：中華。

[明] 郎瑛 (1988)。《七修類稿》。北京：文化藝術。

[明] 鄧士龍 (1993)。《國朝典故》。北京：北京大學。

[明] 陸粲撰，譚棟華、陳稼禾點校 (1987)。《庚巳編客座贅語》。北京：中華。

[明] 李詡 (1982)。《戒庵老人漫筆》。北京：中華。

[明] 熊過 (1997)。《南沙先生文集》。《四庫全書存目叢書‧集部》第 91 冊，山東：齊魯。

[明] 陳洪謨 (1985)。《治世餘聞繼世紀聞》。北京：中華。

[明] 沈德符 (1959)。《萬曆野獲編》。北京：中華。

[明] 余繼登 (1981)。《典故紀聞》。北京：中華。

[明] 田汝成 (1980)。《西湖遊覽志》。浙江：浙江人民。

[明] 田汝成 (1980)。《西湖遊覽志餘》。浙江：浙江人民。

[明] 何心隱 (1981)。《何心隱集》。北京：中華。

楊正泰校注 (1992)。《天下水陸路程（三種)》。山西：山西人民。

[明] 王錡 (1984)。《寓圃雜記》。北京：中華。

[明] 宋懋澄 (1984)。《九籥集》。北京：中國社會科學。

[明] 李清 (1982)。《三垣筆記》。北京：中華。

［明］鄭曉（1984）。《今言》。北京：中華。

［南宋］洪邁（1994）。《容齋隨筆》。吉林：吉林文史。

［明］劉若愚（1982）。《明宮史》。北京：北京古籍。

［清］錢謙益（1982）。《國初群雄事略》。北京：中華。

［明］王應奎（1983）。《柳南隨筆》。北京：中華。

［明］湯顯祖（1982）。《湯顯祖詩文集》。上海：上海古籍。

［清］王士禛（1982）。《池北偶談》。北京：中華。

［清］王定安（1995）。《求闕齋弟子記》。上海：上海古籍。

［清］陳田（1993）。《明詩紀事》。上海：上海古籍。

［清］錢大昕（1997）。《嘉定錢大昕全集》。江蘇：江蘇古籍。

［清］劉廷璣（2005）。《在園雜誌》。北京：中華。

［清］劉獻廷（1957）。《廣陽雜記》。北京：中華。

［明］姚士麟（1985）。《見只編》。《叢書集成初編》。北京：中華。

［明］李贄（1975）。《焚書》。北京：中華。

［清］徐鼒（1957）。《小腆紀年附考》。北京：中華。

［清］俞樾（1995）。《茶香室叢鈔》。北京：中華。

［清］琴川居士編（1967）。《皇清奏議》。新北：文海。

［清］余治（1969）。《得一錄》。新竹：華文。

［清］張宜泉（1984）。《春柳堂詩稿》。上海：上海古籍。

［清］丁日昌（1969）。《撫吳公牘》。新竹：華文。

鄧之誠（1996）。《骨董瑣記全編》。北京：北京出版社。

朱駿聲（1958）。《六十四卦經解》。北京：中華。

李慈銘（2001）。《越縵堂讀書記》。遼寧：遼寧教育。

上海書店出版社編（2007）。《清代文字獄檔》。上海：上海書店。

［清］愛新覺羅敦敏（1984）。《懋齋詩鈔・四松堂集》。上海：上海古籍。

［清］繆荃孫（2014）。《繆荃孫全集》。江蘇：鳳凰。

汪維輝編（2005）。《朝鮮時代漢語教科書叢刊》。北京：中華。

［清］董康（1988）。《書舶庸譚》。遼寧：遼寧教育。

浙江古籍出版社輯（1992）。《李漁全集》。浙江：浙江古籍。

［清］丁耀亢（1999）。《丁耀亢全集》。河南：中州古籍。

文獻

盛偉編 (1998)。《蒲松齡全集》。上海：學林。

孫漱石 (1997)。《退醒廬筆記》。上海：上海書店。

[清] 梁啟超 (1989)。《飲冰室合集》。北京：中華。

陶湘編 (2000)。《書目叢刊》。遼寧：遼寧教育。

吳熙釗、鄧中好校 (1985)。《康南海先生口說》。廣東：中山大學。

中國社科院近代史所等編 (1981)。《孫中山全集》。北京：中華。

包天笑 (1971)。《釧影樓回憶錄》。香港：大華。

[清] 顧炎武 (1994)。《日知錄集釋》。湖南：岳麓書社。

[漢] 許慎 (1963)。《說文解字》。北京：中華。

上海古籍出版社編 (1986)。《全唐詩》。上海：上海古籍。

周振甫 (1981)。《文心雕龍注釋》。北京：人民文學。

[明] 高儒 (2005)。《百川書志》。上海：上海古籍。

王重民等編 (1957)。《敦煌變文集》。北京：人民文學。

王重民 (1983)。《中國善本書提要》。上海：上海古籍。

葉德輝 (1988)。《書林清話》。遼寧：遼寧教育。

[清] 梁啟超 (1985)。《中國近三百年學術史》。北京：北京中國書店。

湯用彤 (1983)。《漢魏兩晉南北朝佛教史》。北京：中華。

程千帆 (1980)。《唐代進士行卷與文學》。上海：上海古籍。

傅璿琮 (1986)。《唐代科舉與文學》。陝西：陝西人民。

陳垣 (2001)。《中國佛教史籍概論》。上海：上海世紀。

錢鍾書 (1979)。《管錐編》。北京：中華。

錢存訓 (2004)。《中國紙和印刷文化史》。廣西：廣西師範大學。

張秀民 (1989)。《中國印刷史》。上海：上海人民。

雷夢辰 (1989)。《清代各省禁書匯考》。北京：北京圖書館。

陳寅恪 (1980)。《柳如是別傳》。上海：上海古籍。

余英時 (1987)。《士與中國文化》。上海人民出版社。

戈公振 (2003)。《中國報學史》。上海：上海古籍。

長澤規矩也 (1952)。《和漢書的印刷及其歷史》。日本：吉川弘文館。

馬祖毅 (1999)。《中國翻譯史》。湖北：湖北教育。

吳世昌 (1984)。《羅音室學術論著》。北京：中國文聯。

陳耀東（1990）。《唐代文史考辨錄》。北京：團結。

謝國楨（2004）。《明清之際黨社運動考》。上海：上海書店。

蕭一山（1986）。《清代通史》。北京：中華。

中國人民大學清史研究所編（2000）。《清史編年》。北京：中國人民大學。

[清] 蟲天子（1992）。《香豔叢書》。北京：人民文學。

周越然（1996）。《書與回憶》。遼寧：遼寧教育。

鄭光主編（2000）。《元刊〈老乞大〉研究》。北京：外語教學與研究。

陳平原、夏曉虹編（1997）。《二十世紀中國小說理論資料》。北京：北京大學。

W‧C‧布思 (John Wilkes Booth) 著，付禮軍譯（1987）。《小說修辭學》。北京：北京大學。

大衛‧利明、愛德溫‧貝爾德（1990）。《神話學》（李培茱等譯），上海：上海人民。

[英] 盧伯克（1990）。《小說美學經典三種》。上海：上海文藝。

愛克曼輯錄，朱光潛譯（1978）。《歌德談話錄》。北京：人民文學。

丁錫根編（1996）。《中國歷代小說序跋集》。北京：人民文學。

舒蕪等編（1981）。《中國近代文論選》。北京：人民文學。

侯忠義編（1985）。《中國文言小說參考資料》。北京：北京大學。

中國戲曲研究院編（1959）。《中國古典戲曲論著集成》。北京：中國戲劇。

大連圖書館參考部編（1983）。《明清小說序跋選》。遼寧：春風文藝。

孫楷第（1982）。《中國通俗小說書目》。北京：人民文學。

孫楷第（1958）。《日本東京所見小說書目》。北京：人民文學。

樽本照雄（1997）。《清末民初小說目錄》。日本：清末小說研究會。

石昌渝主編（2004）。《中國古代小說總目》。山西：山西教育。

李劍國（1993）。《唐五代志怪傳奇敘錄》。天津：南開大學。

李劍國（1997）。《宋代志怪傳奇敘錄》。天津：南開大學。

朱一玄、劉毓忱編（1983）。《三國演義資料彙編》。百花文藝出版社。

馬蹄疾編（1980）。《水滸資料彙編》。北京：中華。

劉蔭柏編（1990）。《西遊記研究資料》。上海：上海古籍。

文獻

黃霖編 (1987)。《金瓶梅資料彙編》。北京：中華。

李漢秋編 (1984)。《儒林外史研究資料》。上海：上海古籍。

欒星編 (1982)。《歧路燈研究資料》。河南：中州書畫。

一粟編 (1963)。《紅樓夢卷》（古典文學研究資料彙編），北京：中華。

北京故宮博物院明清檔案部編 (1975)。《關於江甯織造曹家檔案史料》。北京：中華。

一粟編 (1963)。《紅樓夢書錄》。北京：中華。

魏紹昌編 (1980)。《李伯元研究資料》。上海：上海古籍。

魏紹昌編 (1982)。《孽海花資料》。上海：上海古籍。

蔣瑞藻編 (1984)。《小說考證》。上海：上海古籍。

孔另境編 (1982)。《中國小說史料》。上海：上海古籍。

1994 年。《傳奇匯考》。北京：書目文獻。

莊一拂 (1982)。《古典戲曲存目匯考》。上海：上海古籍。

馮其庸、李希凡主編 (2010)。《紅樓夢大辭典》（修訂本），北京：文化藝術。

王利器輯錄 (1981)。《元明清三代禁毀小說戲曲史料》。上海：上海古籍。

譚正璧 (1980)。《三言兩拍資料》。上海：上海古籍。

[宋] 李昉等編 (1961)。《太平廣記》。北京：中華。

[元] 陶宗儀 (1986)。《說郛》。北京：北京中國書店。

魯迅輯 (1997)。《古小說鉤沉》。山東：齊魯。

李時人編校 (2014)。《全唐五代小說》。北京：中華。

[元] 陶宗儀 (1988)。《說郛三種》。上海：上海古籍。

李劍國輯校 (2001)。《宋代傳奇集》。北京：中華。

程毅中編 (1995)。《古體小說鈔 · 宋元卷》。北京：中華。

喬光輝校注 (2010)。《瞿佑全集校注》。浙江：浙江古籍。

[南宋] 洪邁 (1981)。《夷堅志》。北京：中華。

[明] 臧懋循編 (1989)。《元曲選》。北京：中華。

隋樹森編 (1959)。《元曲選外編》。北京：中華。

北京圖書館出版社著 (1998)。《日本藏元刊本古今雜劇三十種》。北京：北京圖書館。

李佑成、林熒澤編譯 (1997)《李朝漢文短篇集》。韓國：一潮閣。

周欣平主編 (2011)。《清末時新小說集》。上海：上海古籍。

吳組緗主編 (1991)。《中國近代文學大系・小說集》。上海：上海書店。

劉世德、陳慶浩、石昌渝主編 (1991)。《古本小說叢刊》。北京：中華。

《古本小說集成》編輯委員會著 (1994)。《古本小說集成》。上海：上海古籍。

陳慶浩、王秋桂主編 (2000)。《思無邪匯寶》。臺北：大英百科。

魯迅 (1975)。《中國小說史略》。北京：人民文學。

胡適 (1988)。《胡適古典文學研究論集》。上海：上海古籍。

胡適 (1988)。《胡適紅樓夢研究論述全編》。上海：上海古籍。

鄭振鐸 (1984)。《鄭振鐸古典文學論文集》。上海：上海古籍。

魯迅 (1979)。《魯迅論中國古典文學》。福建：福建人民。

孫楷第 (2009)。《滄州集》。北京：中華。

孫楷第 (2009)。《滄州後集》。北京：中華。

趙景深 (1980)。《中國小說叢考》。山東：齊魯。

袁珂 (1982)。《神話論文集》。上海：上海古籍。

譚正璧 (1956)。《話本與古劇》。上海：上海古典文學。

戴望舒 (1958)。《小說戲曲論集》。北京：作家。

聞一多 (2009)。《神話與詩》。武漢：武漢大學。

胡士瑩 (1980)。《話本小說概論》。北京：中華。

周紹良 (1984)。《紹良叢稿》。山東：齊魯。

阿英 (1985)。《小說閒談四種》。上海：上海古籍。

阿英 (1980)。《晚清小說史》。北京：人民文學。

[清] 王國維 (1944)。《宋元戲曲史》。上海：商務印書館。

吳曉鈴 (2006)。《吳曉鈴集》。河北：河北教育。

周汝昌 (1976)。《紅樓夢新證》。北京：人民文學。

戴不凡 (1980)。《小說見聞錄》。浙江：浙江人民。

馬幼垣 (1980)，。《中國小說史集稿》。臺北：時報。

許政揚 (1984)。《許政揚文存》。北京：中華。

葉德均 (1979)。《戲曲小說叢考》。北京：中華。

文獻

馬幼垣（1992）。《水滸論衡》。新北：聯經出版。

周貽白（1986）。《周貽白小說戲曲論集》。山東：齊魯。

韓南著，尹慧珉譯（1989）。《中國白話小說史》，浙江：浙江古籍。

王秋桂等譯（2008）。《韓南中國小說論集》。北京：北京大學。

李劍國（1984）。《唐前志怪小說史》。天津：南開大學。

李劍國、陳洪主編（2007）。《中國小說通史》。北京：高等教育。

李豐楙（1996）。《誤入與謫降》。臺北：學生書局。

徐志平（1988）。《清初前期話本小說之研究》。臺北：學生書局。

陳益源（1997）。《元明中篇傳奇小說研究》。香港：學峰文化。

黃仁宇（2001）。《十六世紀明代中國之財政與稅收》。香港：三聯。

吳晗（1956）。《讀史劄記》。香港：三聯。

鄧廣銘（2007）。《岳飛傳》。香港：三聯。

徐復嶺（1993）。《醒世姻緣傳作者和語言考論》。山東：齊魯。

周建渝（1988）。《才子佳人小說研究》。臺北：文史哲。

胡萬川（1994）。《話本與才子佳人小說之研究》。臺北：大安。

韋鳳娟（2014）。《靈光激照》。河北：河北教育。

王瓊玲（2005）。《夏敬渠與野叟曝言考論》。臺北：學生書局。

路大荒（1980）。《蒲松齡年譜》。山東：齊魯。

陳美林（1984）。《吳敬梓研究》。上海：上海古籍。

時蔭（1982）。《曾樸研究》。上海：上海古籍。

陳大康（2014）。《中國近代小說編年史》。北京：人民文學。

梅節（2008）。《瓶梅閒筆硯》。北京：北京圖書館。

陳益源（2003）。《王翠翹故事研究》。北京：西苑。

張愛玲（2012）。《紅樓夢魘》。北京：北京十月文藝。

鄭明娳（2003）。《西遊記探源》。臺北：里仁書局。

磯部彰（1993）。《西遊記形成史研究》。日本：創文社。

王三慶（1981）。《紅樓夢版本研究》。臺北：石門圖書公司。

陳平原（1997）。《陳平原小說史論集》。河北：河北人民。

胡從經（1988）。《中國小說史學史長編》。上海：上海文藝。

林明德編（1988）。《晚清小說研究》。新北：聯經出版。

後記

　　寫完最後一節，長長吁了一口氣。終於到達了終點。

　　想要做這個課題很久了，但遲遲未能完成。並非不用功，提筆方知讀書少，若東拼西湊草率成篇，就有違當年的初心，故不能不潛入文獻浩瀚海洋，同時對小說發展進程中許多問題進行反覆思考，完成的日子就這樣延宕。這是我深感愧疚的。其間研究《清史》。花去了五年時間，當然，在研究〈典志‧小說篇〉，對於撰寫小說史清代部分大有助益，但畢竟使小說史的寫作中斷。隨著時間推移，更加覺得重要的歷史應該被看見，這樣的信念使我不能不竭盡全力，完成了這部書。

　　且不論這部書品質如何，但我必須感謝許多學界友人對我的幫助，也令我難以忘懷。在日本訪學期間，磯部彰教授不辭辛苦和繁難，幫我聯繫並陪我到宮城縣圖書館、內閣文庫、尊經閣文庫、東京大學圖書館及東京大學東洋文化研究所圖書館等日本著名的各公私圖書館查閱文獻資料。在東京和京都的訪書，還得到大塚秀高教授和金文京教授的大力協助。在荷蘭萊頓大學訪學時，承蒙漢學院圖書館館長吳榮子女士特許，利用高羅佩特藏室，此時已在哈佛大學執教的原漢學院院長伊維德（Wilt L.Idema）教授從美國回來，在高羅佩特藏室與我討論小說版本與《水滸傳》成書年代問題，使我受益良多。

後記

　　書稿中引用前輩和時賢的研究成果頗多，有的已加注標明，也有未盡注明者，他們的成果都是我今天賴以向上攀登的基石，在此，謹向他們表示崇高的敬意。

電子書購買

國家圖書館出版品預行編目資料

唐傳奇與宋代通俗文學的崛起：從《鶯鶯傳》
到《清平山堂話本》，從傳奇小說的誕生到話本
的初生 / 石昌渝著 . -- 第一版 . -- 臺北市：崧燁
文化事業有限公司 , 2022.05
　　面；　公分
POD 版
ISBN 978-626-332-330-8(平裝)
1.CST: 古典小說 2.CST: 中國文學史 3.CST: 唐
代 4.CST: 宋代
820.97　　111005625

唐傳奇與宋代通俗文學的崛起：從《鶯鶯傳》到《清平山堂話本》，從傳奇小說的誕生到話本的初生

臉書

作　　　者：石昌渝
封面設計：康學恩
發 行 人：黃振庭
出 版 者：崧燁文化事業有限公司
發 行 者：崧燁文化事業有限公司
E - m a i l：sonbookservice@gmail.com
粉 絲 頁：https://www.facebook.com/sonbookss/
網　　　址：https://sonbook.net/
地　　　址：台北市中正區重慶南路一段六十一號八樓 815 室
Rm. 815, 8F., No.61, Sec. 1, Chongqing S. Rd., Zhongzheng Dist., Taipei City 100, Taiwan
電　　　話：(02) 2370-3310　　　傳　　　真：(02) 2388-1990
印　　　刷：京峯彩色印刷有限公司（京峰數位）
律師顧問：廣華律師事務所 張珮琦律師

定　　　價：350 元
發行日期：2022 年 05 月第一版
◎本書以 POD 印製